站在到处是人的地方

畀愚 著

作家出版社

目录

罗曼史

1

后半夜开始下雨。

春天的雨悄无声息，邢美玉睡不着，躺在床上总觉得有什么东西在心头一点一点地滋长。隔壁的房里静悄悄的。儿子还没结婚，却已经像做了人家的上门女婿，一个月也难得在自己的床上睡上两晚。但这又能怪谁呢？邢美玉心里清楚，要怪就只能怪她自己。有些夜里，明明知道儿子把女朋友带上了床，可就是忍不住，要出去隔着房门"关心"上一句，哪怕就是问一下明天早上吃什么也好。当妈的总是这样，还小的时候担心儿子吃亏，会让人欺负；大了，有了对象，就怕他在那上头太贪，过度了，那可是要乐极生悲的。怎么说身体是自己的，而女朋友就算成了老婆，也不定是谁的呢。以后的日子还长。这话，邢美玉对儿子说过不知多少遍了。可儿子听不进去。一个在这上头没吃过亏的人，是永远不会明白的。邢美玉就吃过这样的亏。那种羞辱，隔了二十年回想起来，还能恨得把牙齿都咬碎了。邢美玉就是这么一个记仇的人。

二十年前的邢美玉烫着一头的大波浪，儿子都上幼儿园了，她还俏得像个没出阁的大姑娘。那个时候的男人看她，都会忍不住把目光落在她的两个胸脯上。按照她老公的说法，它们就是两只活蹦乱跳的小兔子，而且还是剥了皮的。老公在沉醉的时候，经常把脸贴在上面，像吃奶时的儿子，那样地馋，那样地贪，动不动就说要吃一辈子，还说就算让他死在上面也甘心。男人就知道在舒服的时候胡说八道，但邢美玉心里还是笑开花的，那样地摇曳，那样地荡漾。一个女人任劳任怨地图什么？不就是男人的甜言蜜语。看着一个硬邦邦的男人，在自己身上一点一点变得柔情似水，邢美玉满眼都是幸福。

然而，邢美玉做梦都没想到的是老公会死，会在人家的怀抱里心肌梗死了。一连三天，她坐在镜子前看着自己的脸，可怎么看，都不像是个悲伤的寡妇。邢美玉的脸上看不出一点表情。直到出殡回来的那天下午，她一声不响地进了房间，关上门，拉起窗帘，打开灯，站在镜子前看着自己，心里想的却是那个女人。那女人一脸雀斑不说，大女儿都快初中毕业了，下面还连着生了两个，别说是两个胸脯早挂到了屁股上，就算割下屁股那两块肉扣在胸口，那也是两只死兔子。邢美玉看着自己，忽然伸手解开扣子，一件件地，把自己脱光。镜子里的女人是那样地白净与水灵。那才是要人命的一个身子。邢美玉垂下眼睛就流泪了，无声无息的，泪水一滴一滴滑过脸颊，沿着脖子一直淌到胸脯上，凉得就像冰。邢美玉咬紧了牙齿，默默地穿上衣服，出去洗了把脸后，又梳了梳头，瞥了眼搁在桌子上的骨灰盒，一扭脸出了家门。

　　亲戚们都担心她这是"想不通"去了，赶上去想拦，可邢美玉的眼神就像一把刀，从那么多人中间杀出了一条路来，头也不回地去了百货商店。亲戚们只好一个个跟在屁股后头，远远地看着。邢美玉就像一个口袋里没钱的顾客，在店里转了一圈后站在针织柜台前，低着脑袋，说得很轻，口气很软，就像一个垂死的人。她说要跟那女人谈一谈。

　　邢美玉上牙齿咬着下嘴唇，把那女人领到大街上，没开口，上下看了她一眼，还是咬着嘴唇。女人等了会儿，说没事她就进去了，她还要盘账呢。就在女人回身的时候，邢美玉一把就撕开了人家的衬衫。女人叫了一声，看了眼掉在地上的一个纽扣，伸手就回了邢美玉一个耳光。啪的一声，打得邢美玉反倒愣在了那里。看不惯的是那些亲戚，大家一拥而上，女人很快倒在地上。邢美玉十分地从容，跪在大街上，就像撕开一块破布扎的拖把那样，一把一把地撕，一把一把地扯。最后，她连皮带肉地从女人身上揪下一把毛来，才拍了拍手，站起来，说她就是要看清楚，那女人身上到底长了什么要人命的东西。到了派出所里，邢美玉还是这句话——她就是要看清楚，那女人到底长了什么要人命的东西。

邢美玉被判了三年。罪名是污辱妇女。

现在，二十年一晃过去了，可邢美玉在许多夜里醒来，还以为是躺在监狱那张木板床上。她睁大了眼睛，不敢动，呆呆地瞪在黑暗中。黑夜是不分牢里牢外的，都是一样地静谧与悠长。邢美玉常常是在半梦半醒中发现天亮了。

这天早上，儿子忽然回家了。邢美玉刚把头发盘起来，儿子拎着一大包羊毛衫进来了，话都顾不上说几句，扔下就走，说是要送货去上海，车在下面等着呢。儿子是羊毛衫厂的业务员，整天除了接单，就是送货，要么陪着客户吃吃喝喝的。邢美玉连儿子的脸都没看清，只听见一阵下楼的脚步声。邢美玉跑到阳台上，见儿子一头钻进了小货车里，一下就远去了，消失了，就像汽车发动时喷出的那一屁股白烟。

儿子长得像那个死鬼，高高瘦瘦的，有棱有角的。但静下心来细看，眉宇之间还是有一点邢美玉的影子的，秀气，忧郁。尤其是他心事重重的时候，咬着下嘴唇，不说话，一个人默默地坐在那里，那神情活脱脱就是一个年轻时的邢美玉。有好几次，都是邢美玉特意跟儿子扯起婚事的，都二十六了。可是，儿子不说话，从来都没在这事上面开过口。邢美玉说起了，他就抬起眼睛看着她，然后又一点一点地从她脸上移开，落在屋子的某个角落里。其实，邢美玉是有打算的，把这房子好好地装一下，自己腾到北面的小屋里去。邢美玉表示过，愿意替他们操持这个家，等有了孩子，她就是一个不花钱的保姆。

话是从儿子的女朋友嘴里掏出来的。小姑娘叫小芹，没心没肺的，还没结婚呢，就好像是这个家里的儿媳妇了，肚子里的话，动不动就会搬到脸上来，摆在那儿。她直截了当地告诉邢美玉，他们要过的是两人世界。邢美玉一下子愣在了那里，什么叫"两人世界"？那是娶了老婆忘了娘。邢美玉人坐在凳子上，却更像是一脚踩空了，身不由己地悬在了那里。儿子不声不响的，原来想的是这个。看来小两口躺在被窝里面不知道合计过多少次了。邢美玉在床上躺到后半夜，爬起来，打开抽屉，对着那几张存折一直坐到天亮。邢美玉恨不得找支笔，在每张存单后面都添上个零。

　　邢美玉筑不起儿子的"两人世界"。这个事实，她的公婆早在十年前就看出来了。老公婆俩在一天晚上忽然来找邢美玉，拎着一串香蕉，站在屋里，看上去有点低三下四。老公婆俩怕邢美玉，这大家都知道。邢美玉出狱后干的第一件事就是要给儿子改姓。那怎么行？爷爷听说孙子要姓邢，急得嘴角都在哆嗦了，就这么一个儿子死了，剩下的这个孙子可是他们老两口的命根子。可再宝贝的命根子也是人家的儿子。老人家都善于用妥协来争取胜利。妥协的方法除了割地，就是赔款。邢美玉的公公在退休前是小学里的历史教师，深知历史的功过得用发展的眼光来看。老两口每月掏了三百元的抚养费，才把孙子的姓氏保住了，协议签到了孩子十八岁。而那晚，儿子十八岁的生日才过了几天，这老两口就来了。邢美玉坐在对面看着他们，心里面在冷笑，这是黄鼠狼给鸡拜年来了。可是，让邢美玉做梦都没想到，这么样平常的一个晚上，老两口送上门来的不光是一串香蕉，还给她儿子送来了一套房子。

房子在教师公寓的二楼，三房一厅，八十二个平方。公公说到后来，有点忘乎所以了，站起来，大手一挥，好像把历史课讲到了天安门城楼上。公公说老天爷还是长眼睛的，还是让他赶上了这趟末班车。但更激动的是邢美玉，又不好过分地流露出来，还得把屁股死死地摁在椅子上，强忍着，憋着。可忍不住的是泪水，不知不觉就悄悄地蒙上了眼睛。邢美玉太需要一套房子了，这里的三十来个平方是那死鬼单位的宿舍。人走茶凉，何况是死了。死鬼那单位改制好几年了，每年都有人来催，要么让你买，要么让你搬。邢美玉哪来的钱买？又能搬哪里去？为这，好几次差点就找个人把自己嫁出去了。现在好了，邢美玉长长地吐出一口气，老天还真是开了一次眼。谁知，老两口临走时却一人一只手，拉住十八岁的孙子，再三强调，还要他一定记住了，这是爷爷跟奶奶留给他，为了让他将来派用场的。说完，抬起眼，意味深长地看了眼邢美玉。那意思就是你邢美玉高兴归高兴，激动归激动，你住得再舒服，仍然是一个房客，东家是他们的孙子。

邢美玉才不管那么多呢。你说签协议，她就签协议；你说按手印，她就按手印。那个时候，邢美玉想的就是搬，快点搬，快点进到那八十二平方的三房一厅里面去。邢美玉就是想不到时间过起来会这么快，一转眼，儿子二十六了。许多时候，她停下手里的活仔细想想，记忆真是个奇怪的东西，能一下把人拉回到过去，可时间呢？时间更不可思议，甚至有点可怕，不知不觉就把你推到了现在，逼进了死角里。现在，邢美玉的工作是往女式羊毛衫上钉珠片。活儿是儿子厂里面接来的，两块钱一件。每天，她坐在桌子前钉珠片，一针一线的，让一件单调的毛衣复杂起来，变得漂亮，变得有了层次，让人眼花缭乱。

邢美玉从米小住早上去菜市场，通常都要到了下午三四点的时候，才放下手里的活儿，洗把脸，换件衣服，一本正经地下楼，就像是个上幼儿园去接小孩的外祖母。邢美玉上菜市场，大部分都不是为了买菜，而是为了散散心，活动活动坐了一天的两条腿。对于那些五十出头的家庭妇女来说，菜市场就是她们的健身房，就是她们的茶馆。大家凑在一块东拉西扯的，当面说当面的话，背后扯背后的淡。邢美玉是在豆腐摊前碰上小芹她妈的。小两口虽说没结婚，两个大人见了面却比两亲家还热络，有话没话都要扯上好一会儿。可是，这一次有点反常，邢美玉叫声小芹她妈，人家扭头就走。邢美玉又叫了声，小芹的妈走得更快了，夹着两条腿，匆匆忙忙的，好像裤裆里面憋着一大泡尿，在急着找厕所。邢美玉愣在了那里，看着她的背影十分地不解，想了很多，晚饭都没怎么吃，就打电话给儿子，非要他马上回家不可。儿子正在陪客户吃饭，可邢美玉不能等，对着话筒，话说得很阴沉。邢美玉说，你忙，就这辈子都别回来了。

儿子还是回来了，喝了酒的脸，一块红一块白的，坐在那里，疑惑地看着母亲。邢美玉是说着说着才嗓门大起来的。许多话，都是当妈的不该对儿子直说的，可这个晚上，邢美玉说了，而且说得毫不掩饰，都有点赤裸裸了。她问儿子跟小芹谈了几年了？去医院刮过多少个了？到底是怎么个打算法？儿子什么话也不说，还是看着母亲。邢美玉仍在说，人家也是有父母的，你们这样天天睡在一个被窝里，就顾着眼前这点乐子，刮到以后生不出来了怎么办？人家的父母会怎么想？会怎么看她这个当妈的？说到这里，邢美玉忽地站起来，去房里拿出那几张存单，一股脑地摊在桌上，说她省吃俭用，就攒了这点家底。说完，她一张一张地看几张存单，全部看了一遍后，抽出其中的一张，坐下，继续说这是她留给自己的，将来要防着万一的。儿子在这个时候叫了声妈，声音拖得老长，听上去远得就像是从天边传来的。儿子不是没有苦衷，这一声妈里面，邢美玉都听出来了。她闭上嘴，把脸别到一边，长长地吐出一口气后，邢美玉说，这家是你的，我搬。

儿子沉默，点了根烟，低着脑袋一口一口地抽。

邢美玉等了会儿，说，结吧。

2

还是找房子先搬。邢美玉想好，就动起来了，她几乎把镇上的中介公司都跑遍了，房子是看了不少，可不是嫌大，就是嫌小。不过，中介公司里的人倒是看出来了，这女人是嫌贵。再便宜的房子都嫌贵。大家都对她爱理不理起来，问三句，也难得懒洋洋地答上一句，有个别心直口快的直截了当地告诉她，想要住得称心，别租，买块地自个儿造去。这是什么态度？邢美玉恼火，但她不跟这种人废话，扭头就走。满世界哪里不是房子？不靠这帮人，还省掉一笔中介费呢。邢美玉穿街走巷，自己去打听，自己去找，就当是散步，还锻炼身体呢。这天，好不容易找到一家合适的，有厨房还带着卫生间，邢美玉站在院子里，正想跟房东再还还价的，就发现问题了。隔壁住的怎么都是外地人？老老小小的一大帮，就像建筑工地的大门口，他们放着凳子不坐，一个个光着膀子不是靠着墙，就是蹲在了屋檐下。而且，那些人看人的目光都是由下往上挑的，恨不得眼睛里面长出只手来，把人家的裙子都撩起来。邢美玉怕。五十多岁的女人不怕难为情，是想得多了。跟这么一群民工住在一个院里，那不等于是老母鸡住进了黄鼠狼的窝里。

　　想不到找间房子都这么难。邢美玉无可奈何，回到家里，只能继续往羊毛衫上钉珠片，但还是忍不住要对王师母唠叨几句。王师母是邢美玉的邻居，一梯两户就住在隔壁，退休的护士长，上班的时候在医院里伺候病人，退了没几年，老男人瘫了，看来她这个护士长是要当一辈子了。王师母在家坐不住，又不敢走远，每天王老师一打盹，她就要来敲邢美玉的门，哪怕聊上两句也是聊。爱说话的人都热心，王师母刚搬来那会儿，就要给邢美玉做介绍。用她当年的话说，哪怕找个男人给你抚养儿子也好。现在，换汤不换药，王师母还是差不多的一句话：找房子租，不如找男人嫁。

　　当护士的见得多了，什么话都敢说，说什么都不脸红。邢美玉嘴上不顺应，心里还是动了一下的。说老实话，一个人躺在床上时，什么没想过？不知想过多少回了。但结果是两个字：死心。对男人死心，对自己更死心。这天晚上，邢美玉躺在床上又在想了。细细地想来，自己这一辈子，说穿了是毁在了男人的手里。那死鬼是一个，另一个就是刘奎新了。那个时候的邢美玉刚刑满释放，工作没了，可日子还得一天天地往下过。然而，哪个单位会要一个牢里出来的女人呢？那些天里，邢美玉真是走投无路了，心里面除了恨，就剩下后悔了。有好几次，她把自己关在屋子里，对着镜子狠狠抽自己的耳光，骂自己，也骂那个女人，骂完了，就自己抱紧自己哭。邢美玉是真的后悔了，那么毒的一只×，都能让男人死在上头，自己干吗非要去看这一眼？这一眼，邢美玉觉得是把自己都看到头了。

是表姐主动找上门来的，说是她们家的"木头"点头了，让邢美玉准备准备就上粮管所里帮着收粮去。表姐家的"木头"，就是邢美玉的表姐夫刘奎新，粮管所的副所长。但表姐更像是他们所里的正书记，比刘奎新都来得说一不二。邢美玉落泪了，不光是感激，还有一股温暖荡漾在心头。这才是亲人。

粮管所里一年收三季的粮，春花、早稻、晚稻。邢美玉每天坐在码头的磅秤后面，穿着蓝大褂，戴着乌兜帽，在大太阳底下，跟什么人都客客气气的，说什么话都是轻声细语的。可这不管用，邢美玉才收了一季的谷子就看出来了，临时工就是临时工，这条界线没画在脸上，却刻在了每个人的心里。

邢美玉花了一个月的工资，买了老酒、香烟、水果，还有一双女式皮鞋，送到表姐家里。表姐毫不客气地收下了，在试新皮鞋的时候，她小声关照邢美玉好好干，找机会转正。邢美玉听进去了，拿眼睛看坐在沙发里的表姐夫。邢美玉发现这个表姐夫不光是块"木头"，简直就是块"石头"。在所里从没跟自己说过半句话，到了家里还是屁都不放一个，就知道一口茶，一口烟地盯着电视机。邢美玉也是没话找话，叫了声表姐夫，说他的烟瘾可真大，屋子里都像在生炉子了。刘奎新这才呵地笑了笑，扭过头来看了眼邢美玉，又呵地笑了声，继续抽他的烟，看他的电视。可是，不会说的人会做。过了没几天，还在食堂里吃着午饭，刘奎新像是忽然想起了什么来，板着一张瘦脸，让邢美玉吃完了来一下。

太阳火辣辣的，照得人睁不开眼睛。刘奎新带着邢美玉从粮管所的后门出来，沿着河堤一直骑到了他家里。一路上，邢美玉心事重重，一肚子的疑问，可看着刘奎新的后脑勺，就是不敢问，也不敢说，坐在自行车后架上，只知道两只手死死地抓紧坐垫上的两根弹簧。一直等看到了刘奎新家里那张床，邢美玉有点明白了，回身想跑，刘奎新用身体挡在房门口。邢美玉睁大眼睛，叫了声表姐夫。刘奎新笑了笑，抓住她就往床上摁。邢美玉不能喊，哀求表姐夫放开她吧，他们两个是不能这样的。刘奎新摁在那里，想了想，说明天一早上保管组报到去。邢美玉一下睁大了眼睛，不动了。

事后，邢美玉想哭的，却又哭不出来，趴在床上就觉得痛，浑身上下都在痛，可这种痛又很不真切，有点装腔作势，有点得了便宜在卖乖。邢美玉一声不响地抱起衣服下床时，刘奎新叫了声美玉。好像还是第一次听他这么叫。邢美玉愣了愣，回过身来。刘奎新躺在那里，眯着眼睛，脸上的表情很是满足，还有那么一点灿烂。邢美玉竟然有了一丝莫名其妙的温暖，站在床边等着他往下说。刘奎新在床上坐起来，声音一下回到了办公室里。他对邢美玉说，先去适应适应，慢慢来。

邢美玉不说话，站在床边一件一件地穿上。临走，又看了眼刘奎新那张板着的瘦脸。刘奎新不光是脸瘦，身上更瘦，而且还黑，仔细回想一下，压在身上，就像怀里抱着的一捆柴火，真不知道他那一身劲是哪来的？刘奎新基本上每天中午都要让邢美玉"来一下"。要是特别来劲了，还会连着再来一下，邢美玉躲都不能躲。有一次，她咬紧了牙关，就是不去。刘奎新在床上空等了两个小时后，端着茶杯就上保管组里来坐了一下午，脸板得就像那只翘起的鸡巴，不说话，坐在那里，弄得谁也不敢开口，又不敢走，老老实实地陪着坐了一下午。下班的时候，组里的人你看看我，我看看你，都搞不懂副所长的哪根筋搭错了，跟谁生那么大的气呢。只有邢美玉知道，这是在给她颜色看呢。邢美玉还知道，自己是怎么也斗不过刘奎新的。主要是保管组里太舒服了，跟坐码头是不能比的，每天就是查一回仓，穿上胶鞋在仓库转一转，拔出插在谷子上的温度计看一看。那些日子里，邢美玉什么都不想，就想快点转正，成了基本工连仓库里都不用转，每天就剩下喝茶吃瓜子了。为这，邢美玉在刘奎新的床上是加过一把劲的，又巴结，又奉承，从没这么下作过，想起来都恶心。刘奎新有点惊讶，但非常地满意，咧着嘴，一脸都是回味。可在转正的问题上，却还是那句话：慢慢来，得一步一步走。

这天，表姐忽然来了，一点预兆都没有。邢美玉刚从刘奎新那里回来，匆匆忙忙到了所里，一进保管组的门，就见表姐正坐在她位置上呢。本来，一屋子人都有说有笑的，一见她站在了大门口，一下全都闭嘴了，抬着脑袋一起看着她。说到底，邢美玉还是做贼心虚的，站在那里一下子都不知道怎么好了。表姐这时走过来，笑吟吟的，瞥了她一眼，随口说了句玩笑话，说她的脸红得就像刚从被窝钻出来。保管组里的人都笑了，邢美玉慌张得不得了，赶紧用两只手捂着脸，来回地拭，红了吗？没有，热，是热。

邢美玉做梦都没想到表姐这是来给她介绍对象了。那人叫王新华，加油站里的正式工，一个月光奖金跟夜班费都好几百呢，但主要还是人老实。表姐强调，老实得连老婆都看不住，去年跟人跑了。邢美玉不出声，两个人沿着仓库边上的一条阳沟一直往前走。表姐的语气是不容置疑的，就像邢美玉的妈，吐出来的每个字都能一锤子定音。表姐说男人只要人品好，家里条件好，在单位里面吃得开就行。她依次扳完三根手指后，站住了，盯着邢美玉问，还有什么好考虑的？邢美玉不出声。表姐却是个喜欢自作主张的人，第二天就带着王新华上家里来了，连瓜子、话梅都带上了。说得好听，是来串串门的。邢美玉没法子，只能应酬着。三个人坐在桌子的三面，那姓王的还真老实，坐得毕恭毕敬不说，瓜子都嗑得小心翼翼的。但越是老实的人，说话越不知道轻重，冷场的时候，他没话找话，冷不丁地问邢美玉几岁了。哪有一见面就问女同志年龄的？邢美玉随口说三十三了。说完，发现错了。1952年12月份生的，怎么说都该三十五了，就算阴历也该是三十四。邢美玉自己都不知道怎么蹦出这个三十三来的。表姐却看在眼里，撇了撇嘴，心里有数了，说了没几句站起身来，说忽然想起件事来，要回家一趟。

表姐一走，邢美玉还是不自在，不知道跟这个姓王的说什么好，只能偷偷地打量他。从长相说，王新华比那死鬼强，比刘奎新更像个男人，结结实实的，隔着衬衫都能透出里面的腱子肉来。尤其笑起来，嘴巴一咧，有种说不出来的憨厚。说心里话，邢美玉从小就喜欢男人这样的面相，像她的父亲。王新华也在看她，两个人的眼睛在桌子中间碰上了，一接头，马上都缩了回去。瓜子在这个时候派了大用场，两个人面对面坐着，不说话，就像是比赛，只知道一粒一粒地嗑。

王新华一个星期上三个夜班，来邢美玉家里谈三个晚上，星期天就在家里陪儿子。每次来的时候，手里拎着一包瓜子，一包话梅。瓜子是两个人看电视吃的，话梅用来打发邢美玉的儿子。谁说老实人拎不清了？王新华人是木讷了点，但手巧，来了没几天，就把邢美玉家里的抽水马桶、下水道、煤气灶都调理顺畅了。邢美玉不是不动心，这心早动了，里面还带着很多感激的成分，人家这么好的条件，不嫌自己坐过牢，不嫌自己没工作，还拖着一个"油瓶"。有一回，邢美玉特意试了一下，在厨房里洗衣服，洗着洗着，啊呀一声把手给扭了。王新华心疼得不得了，从坐的沙发里几步就蹿进来，搓了两下手，一把抓起水池里的衣服，非要他来洗。那可都是女人家贴身的小衣服。邢美玉从来没见过一个大男人给女人洗三角裤，而且洗得那么细致，搓了正面，搓反面，搓完了还要举到灯光下照一照，抹上肥皂再细细地搓上一遍。邢美玉都快看呆了，仿佛那两只手不是在搓自己的三角裤，而是在搓她的心，一下一下，搓软了，搓皱了，什么滋味都有，揉成了团，拧成了块。但静下来就不这样了。王新华走后，邢美玉不敢躺下，都好几天了，一躺到床上这心就痛，像被撕出了一条大口子，就连做梦，都像有两个人在扯着她的两条腿，痛得让人哭都哭不出来。忍了好几次，邢美玉忍不住对刘奎新开口了。那天，一到刘奎新的床上，她就宣布这是最后一次了。刘奎新不作声，板着脸，上上下下忙完了，邢美玉又说她以后不来了，她真的有人了。刘奎新说这不冲突。邢美玉默默地穿上衣服，临走，回头认真地看了刘奎新一眼，说，我真的不来了。

刘奎新连着咳了两声，说，过了晚稻就要招工了。

邢美玉愣在门口，握着门把好一会儿，慢慢地走回来，走到床跟前，坐下，一点一点地趴到刘奎新胸前，埋在那里。邢美玉说她真是对不起王新华。刘奎新笑了笑，没动，看着她，等着。

可是，邢美玉进不了粮管所，这辈子都别想转正。那时候，她跟王新华的恋爱已经谈到了床上。瓜子是没空嗑了，一个星期三晚，两个人忙着上床都来不及，就等孩子睡着了。这是没办法的事，要把男人的心留住，就得敞开自己那两条腿。邢美玉清楚得很，也难受得很，每次跟王新华上床，总是带着一股歉疚的心情，所以做起来特别地认真，尤其地小心，想迁就，又不敢放得太开，王新华可是个老实人。但老实人也知道打算，知道差不多了，该把事情办了。结过一次婚的人都是实干家，不来花里胡哨的那一套。话是一天晚上在枕头边说的，王新华说电视机、录像机、录音机、电冰箱、煤气淋浴器这些现存的他都有，但床一定要新的。他让邢美玉放心，他已经让家具厂的朋友在做了。邢美玉不说话，直挺挺地躺在床上，看着黑暗中的天花板，上牙齿咬着下嘴唇，一颗心总算放到了肚子里，踏实了，落定了。邢美玉长长地吐出一口气，说心里话，这一天，早在头一回上床那一刻就在盼了。

按照王新华的意思"十一"就办了，用不着铺张，家里人一起吃顿饭，两个人再上杭州去度个蜜月。毕竟是二婚嘛。可邢美玉坚持要等到元旦。邢美玉有邢美玉的想法，不能对人说，这是她心里面的小秘密。邢美玉想来个双喜临门。工作与婚姻一起来个双丰收。早在好几个星期前，埋在刘奎新肚子下面那会儿，刘奎新就透露了——已经差不多了，该打的招呼他都打过了，就剩下时间问题了。邢美玉一下子抬起头来，嘴巴张得比眼睛都圆，瞪在那里，顷刻间就心潮起伏了，都有点热泪盈眶了。刘奎新正在兴头上，伸手一摁她脑袋，别愣着呀，继续，继续呀。

　　而事情就是黄在刘奎兴的床上。邢美玉都想好了，只等转了正，就再也不跟刘奎新"来一下"了。一个女人家该过河拆桥的时候，就得过河拆桥。邢美玉是狠下了一条心的。所以，那段时候特别地温顺，刘奎新在食堂里都用不着开口，丢下个眼神，邢美玉就会乖乖地跟在屁股后头，远远的，走得若无其事的，就像是饭吃撑了，一个人在河边散步呢。那天也是这样子，邢美玉不急不缓，赶到刘奎新家里还要了根火柴，对着镜子剔了好一阵的牙。中午吃牛肉了嘛。刘奎新有点等不及了，咳了两声没见动静，就用力一拍棕棚床，邢美玉这才脱光了爬上去。表姐就是这个时候推门进来的，早就布置好了的，后面还跟着王新华。邢美玉以为表姐会扇自己耳光，揪着头发一边打，一边骂。但是没有。表姐都不像表姐了，站在床跟前，就像个服务员，甚至还拿起床头柜上的胸罩递到邢美玉手里。受不了的人是王新华，一根手指隔着大老远指了好几下，嘴巴张开又闭上，闭上后又张开，可就是一句话都说不出来。王新华掉头就走，表姐从柜子里取出一双皮鞋，往邢美玉怀里一塞，说，走吧。

这天下午，邢美玉没去保管组里，而是直接回了家。走过中塘桥时，她看清楚了，抱在怀里的正是自己送给表姐的那双皮鞋，已经破得不像样子了，上面一个一个的小口子，密密麻麻的，都是剪刀戳的。表姐戳了多久？不知道。可邢美玉看得出来，那一刀一刀的，每一刀都是能戳得死人的。

王新华是在黄昏时分来的，蹬着一辆小三轮，停在了邢美玉的家门外。王新华一句话都不说，进了门就低着脑袋往车上搬东西，把他这小半年里支起来的电水壶、录像机、功放、音响、毛巾被，还有自己平日里的替换衣服，一样一样搬到车上。最后，他看了邢美玉一眼，低头要走，邢美玉忽然说，别走。

邢美玉说完，解开纽扣，脱下王新华托人从广州捎来的牛仔服，一把扔了过去后，蹲下去抓起儿子的脚，两下就扒下那双回力牌白球鞋，又一下，这回扔到了王新华身上。儿子这一年还不到十岁，吓坏了，光着两只脚站在地上，"哇"的一声就哭了。邢美玉不出声，拉起儿子的手，直挺挺地站在那里，瞪着王新华，上牙齿咬紧下嘴唇。邢美玉忍住眼泪不往下掉。一个女人家，打掉牙齿也只能自己往肚子里吞。

3

儿子在做结婚准备了，却什么话也没对邢美玉说。先是拉了一车复合地板来，堆在了楼下的车库里，过了没几天，又拉来一车瓷砖与水泥，都把整个车库塞满了，才上来看着邢美玉，支支吾吾的，说木料定了，就等人家送货上门了。邢美玉看了眼儿子，站起来，把摊了一桌子的羊毛衫，一件件叠整齐了，抱进怀里，一声不响地进了房间，关上门，坐在床沿上，手里还是抱着这堆羊毛衫。儿子的声音是从门缝里传来的，说他在外面借了间房子，哪天让小芹陪着邢美玉先去看看，要是看不中，他再想办法。

儿子说完就走了。整个下午，邢美玉都抱着这堆羊毛衫，就像月子里抱着吃奶的儿子，一坐就是一个下午。

邢美玉决定把自己嫁出去。而要娶她的男人在哪里？不知道。一连好几天，她都在心里面盘算，把印象中的那些男人一个个都过了一遍，没有着落。又过一遍，还是没着落。邢美玉多少是有点发急的。这天傍晚，她盛了两碗绿豆汤，叫开王师母家的门，说是让他们老两口尝一尝，可一屁股坐进椅子里就不走了，又不知道怎么开口好，扯来扯去的，一脸都是心事，偏偏又要装轻松，咧着嘴巴笑得都没样子了，还是不愿意合上这张嘴。王师母一眼就看出来了，老寡妇这是门闩松动了，在急着让人说出去呢。可王师母偏就不提这档子事，吊在那里，有一搭没一搭的，尽说那些不着边际的话，要不就是撅着屁股，一口一口地往老头子嘴里喂绿豆汤。

王师母最后还是给指了条路的，说得像个没事人似的，说着说着就说起了她的一个远房亲戚，都离过三回了，最近又结了，而且嫁的还是个返聘的教授，就在上个月，两口子办了护照，上非洲开灯泡厂去了。王师母特别强调，人家可是在婚介所里对上的，要不然，一个棉纺厂的下岗女工，上哪找教授去。邢美玉心跳得厉害，喉咙头热辣辣的，都快要脱口而出了。可回到家里静下来又一想，婚介所不就是中介公司吗？开口闭口要的就是钱，看套房子都得收你十五块。邢美玉是舍不得这钱，但在床上翻了大半夜后，第二天还是忍不住上了婚介所。

邢美玉找了家门面不大的，来来回回在大街上走了好几趟，才低着脑袋进去，还让人当成是来给孩子看照片的。接待的小姑娘说最好是让本人来，看完资料就可以安排见面了。邢美玉盯着桌上的电话机，好一会儿才说她自己就是本人。邢美玉脸都红了，可人家小姑娘根本不在意，麻利得很，指着表格让她尽量填明白点，尤其是电话，一定要写清楚，填完就进里面去拍张数码照片。小姑娘说得很清楚，登记是免费的，拍照也是免费的。那什么是收费的？邢美玉关心的是钱。小姑娘说见面，见一个，就收一次费。小姑娘说他们这儿还有俱乐部呢，办张贵宾卡就可以享受优惠了，见三个免费送一个。邢美玉在心里面撇嘴，还贵什么宾，都到这里来找男人了，那就等于是贱卖。

可婚介所的电脑里不这样，那么多的男女老光棍，进去的时候孤苦伶仃的，但一出来，一个个都优雅了，温柔体贴了，不光有气质，大部分还都有房有车的。邢美玉挑得眼都花了，越看就越是拿不定主意，原来全世界的好男人都躲进了婚介所的电脑里。还是小姑娘说了句大实话：自行车也是车嘛。小姑娘建议她多挑几个，多接触接触，余地大一点。邢美玉才不理她呢，不能拿人民币去打水漂。邢美玉最后挑了个文化馆里退休的干事，付了五十块钱后，一直等到第三天，婚介所里才打电话来，都替她约好了，就在望吴楼门前的柱子边，时间是傍晚的六点钟。邢美玉一下子紧张起来，开始慌乱了，整个下午什么都干不成，就知道站在大衣柜前照镜子，一会儿把头发盘上去，一会儿又放下，看了好一会儿，还是盘起来的好看。邢美玉对着镜子，拿定主意了，要是谈得还可以，明天就去小温州那里烫个头。

老干事比照片上要年轻，一点都不像六十好几的人。站在望吴楼前的台阶上，邢美玉拘束得很，甚至还有点扭捏。她以为老干事会请她上望吴楼里坐坐，喝喝茶，嗑嗑瓜子，好好地聊上一聊。可是没有。老干事请邢美玉坐到柳树底下的一张长凳上，很随意，有点老相好的意思，这是饭后出来散散心，透透气的。老干事话说得很清楚，他女儿嫁人了，住在北京，儿子也成家了，住在南京。老干事说就他一个人住着一套公寓房，三室二厅的。邢美玉相当地满意，抿着嘴笑了笑，身不由己地点了点头，飞快地瞥了眼，见人家正拿脸对着自己，赶快地收回眼睛，低头看着自己的两个脚尖。这些，老干事都看在了眼里，他搓了两下手站起来，请邢美玉要不上他家里去坐坐，顺便参观一下他的房子。邢美玉不吱声，眼神一下落到了河水上面，心想怎么可以一来就请人上家去的。老干事等了会儿，不见动静，只好重新坐下来，请邢美玉不用担心，他不是坏人，哪有他这样的坏人呢？为了证明，他从随身的包里面掏出好几张旧报纸，一张一张摊开来，非要邢美玉看一看，那可都是他发表的诗。邢美玉可不想看什么诗，也看不懂。老干事却一定要往她怀里塞，看看嘛。邢美玉只好接过来，上面的好多字都已经不认得了，不过阿拉伯数字邢美玉会看，1985年的报纸。1985年，那时候自己正在劳改农场里扎扫帚，而人家在写诗。邢美玉无端地心酸起来，端着报纸，上面那么多黑压压的字都挡不住，一下子汹涌上来，弥漫开来，把眼睛都快蒙住了，看上去那么样地迷离与涣散。眼睛是心灵的窗户，可眼神也会让一个女人不知置身何处。

老干事忽然抓起她的一只手，一个劲往自己胸口拉，就像电视里的白马王子，跪下去的心思都有。文化人就是不同凡响。老干事说，你就是我的红颜知己。这可吓坏了邢美玉，心思一下收了回来，赶紧摇头，说不是的，她可不敢当。老干事用力点头，非要说敢当，就是这样的，他看着邢美玉，说要为她写一首诗。老干事眯着眼睛，又把邢美玉上上下下打量了一遍，好像那诗就藏她身上的哪个旮旯里，就等着他去探索，去发现，去挖掘出来。老干事憋了好一阵，说，小邢，还是上我家里坐吧。

原来这就是老干事的诗。邢美玉那口气一点一点松了，取而代之的是失望，她轻轻地抽回自己那只手，人也坐正了，低下头去。邢美玉轻轻地说她要回去了。话虽这么说，人坐着没动，还是低着头。老干事连连点头，说，也好，上你家也好，一样的，一样的。

邢美玉是看出来了，老干事又是一个刘奎新，穿着衣服像教授，脱了裤子就是禽兽。五十多岁的女人可不能再让人家往床上摁了，邢美玉什么话都没了，站起来，走了。老干事慌忙赶上去，一手捏着旧报纸，一手提着包，笑呵呵的，请她走慢点，不用急，时间有的是。邢美玉不理人，咬紧了下嘴唇，只顾自己走。老干事倒是神色从容，不声不响的，跟在屁股后头，像个通情达理的老丈夫，脸上还挂着微笑，好像在对每个经过的路人说，有什么办法，这年头，女人就是这脾气。邢美玉忽然站住了，回头直视着他，问他跟着干什么。老干事叹了口气，两手一摊，让邢美玉自己看嘛，两个人好好的，不要说闹就闹嘛。老干事很会做，一脸的无辜，还有点委屈，声音里充满文化人的苦口婆心，他劝小邢同志要珍惜，这都是缘分嘛，很难得的。老干事说着，再次拉起邢美玉那只手，轻轻地托在手心里，就像是拍婚纱照，优雅，并且旁若无人，满目深情地看着邢美玉。老干事清了清嗓子，忽然吟诵道，如果我是一只鸟，我就用嘶哑的声音为你歌唱。

女人会为一个字死，也会为一句话生。老干事深知这个道理，把女人的耳朵打通，那她身上的什么门也都敞开了，他要往灶膛里再加把火了。他把脸凑过去，很神秘，也很自信，得意洋洋地对邢美玉一句说了心里话——别看他年纪大了，人老雄心在。他说他这是六十多的年纪，五十多的长相，至于这身体嘛……老干事卖了个关子，顿了顿，笑眯眯的，把嘴凑得更近了，说，最多只有四十岁。老干事不光色，原来还口臭，闻着就像隔夜的马桶。邢美玉皱紧了眉头，抽了一下手，没抽出来，还紧紧地攥在人家手里，她赶紧别过脸去。老干事是有点急切了，上了年纪的男人都这样，急于要表明，急于要证实。他拉着邢美玉一个劲地说真的，不骗你的。老干事真诚地说，试一试你就知道了。

邢美玉一下回过头来，脸色已经不对头了，说，试什么？

可是，老干事没看出来。经验有时是害死人的。老干事说，五十块都花了，我们总得试一试嘛。

邢美玉自己都不知道怎么了，根本没想过要打人的。她用力抽出手来，就想走，就想快点回家去。可那只手不听话，也不知怎么搞的，一下就甩了过去。声音不响，却扎扎实实地打在人家脸上。打完了，邢美玉也吓坏了，像杀了人，两边看看，却什么也没看进眼里去。邢美玉扭头就走，比跑都来得快，扔下老干事一个人，孤零零地站在暮色中，好一会儿才醒过神来。老干事捂着脸，见一旁的两个年轻人望着他，垂下手来，叹了口气，说真是神经病。可那两个年轻人还在看着他，只好又补充了一句：明天就送她去精神病院。

第二天，邢美玉一大早就闯进婚介所，非要要回那五十块的见面费不可。她涨红着一张脸，很不讲理，大声地问这叫相亲吗？这叫给人做介绍吗？没有人回答，大家都在直愣愣地看着她。邢美玉就自己回答自己，同时，也是告诉在场的所有人：这是拉皮条，是耍流氓。还是没有人搭腔，但这不重要，重要的是那五十块钱。不还就不走了。邢美玉一屁股坐进一张椅子里，胸脯一起一伏地鼓在那里。谁知，老板也是个认死理的人，就是不肯还，还说这不是钱不钱的问题，这是规矩，是原则。他问邢美玉人见到了没有？邢美玉反问他这算是人吗？邢美玉说，这是个老流氓。

老板笑了笑，手往门外的街对面一指，派出所的门开着呢，让她找警察说去。老板说，流氓归派出所管。

可邢美玉就是要要回那五十块钱。老板没办法，都快僵持到中午了，老板上了趟派出所，叫来了两个穿制服的协警，一指邢美玉，问他们怎么办，他还要不要做生意了。协警答不上来，但很客气，请邢美玉到派出所里去坐，有什么话对他们两个说。邢美玉却很不客气，说她没啥好说的，她就是要要回那五十块钱。协警不高兴了，有道理讲道理，生意总得先让人家做下去嘛。协警给邢美玉出了个主意，请她找工商所去，这买卖上的纠纷，说穿了也不归他们派出所管。不过临走，协警还是警告了一下的，一指邢美玉，让她别闹事，谁闹事，谁吃亏，治安条例是帮理不帮人的。

说到底，坐过牢的人对制服是敬畏的，邢美玉不敢扯着嗓子要钱了。可不吹胡子瞪眼的，谁拿你当个人？就像是个影子。邢美玉完全是自己给自己找台阶下，忽地站起来，让他们等着，这事不会就这么了结的，她让他们等着。邢美玉在众目睽睽下走到大门口，忽然回过头来，用力一指，大声说，有你们好看的。

邢美玉气呼呼地回到家里，才记起来今天是星期天。儿子与小芹都在，摆了大半桌的菜，都是摊上买来的熟食。邢美玉最忌熟食了，费钱不说，主要是不卫生，可儿子就知道图方便。邢美玉一进门，儿子一见她的脸色，什么话都不说，赶紧起身盛了碗饭。开口的是小芹，很亲热，叫了妈后，用筷子一指，说这些都是国强去买的，他们俩已经好几天没在家吃饭了。小姑娘都管这里叫家了。邢美玉鼻子里出了口气，坐下，让她多吃点，不要客气。小芹又开口了，小心翼翼地对着邢美玉，说下午她没事。邢美玉一愣，放下筷子，看着她，等着她往下说。小芹脸垂下一对长睫毛，盖住那双不大的眼睛，话却说得毫不含糊。小芹说木料都到了，都已经冲开了，摊在了木行里，一天的保管费就要十块钱。说着，她抬起眼睛，又说，妈，吃了饭我们去看看那房子，我带你认认路去。

那房子就在老街上。窗外是条混浊的河，来凤桥就横在河上面，名字是老名字了，桥是新的，造得很有气势，像座庙。谁说现代的能工巧匠们不伟大？都能把桥造出庙的气势来。搬出教师公寓没几天，儿子拎着一大包羊毛衫来了。邢美玉正在洗头，儿子就一声不吭地等着，趴在窗口，一口一口地抽烟。

洗完头，邢美玉一声不响地站在儿子背后。儿子回过身来，被母亲的神情吓了一跳。邢美玉站在暗淡的光线里，披头散发的，就像个刚从河里爬上来的落水鬼。但更可怕的是她的眼睛，亮得出奇，黑白分明得出奇，一动不动地盯在他脸上。儿子扭头看了眼窗外的河，马上又回过头来盯着邢美玉。邢美玉什么话都没说，端起那一脸盆的洗头水，走过去从窗口泼了出去，哗的一声，水在河面上撞得粉碎。

4

夏天说来就来，一点前奏都没有，心急火燎的，一来就让人脱衣服。不过，细心的人还是发现了，比夏天来得更快的是蚊子，就像电视里的轰炸机，密密麻麻的，从四面八方来了就到处挑衅，就想发动战争。蚊子的敌人就是人。可以说，夏天就是那么多蚊子用它们的小翅膀扇动起来的。但是，女人们喜欢夏天。蚊叮虫咬没关系，汗流浃背也没关系。女人要的就是身上的衣服少一点，薄一点，再少一点，再薄一点。把该露的都露出来，把不该露的也半遮半掩着。夏天是个让女人变得轻快的季节，让上了年纪的女人变得年轻，让漂亮的女人变得性感，让不漂亮的女人变得迷人。夏天就是女人们的魔术师，是老天爷亲手给女人们搭起来的一个大舞台。邢美玉同样喜欢夏天。夏天把白昼拉长了，把黑夜压缩了。说到底，一个女人最难熬的还是黑夜。

现在，邢美玉的每一天都在那个窗口开始。她把桌子移到了窗边，喝完粥，就埋着脑袋往羊毛衫上钉珠片。屋子里面静悄悄的，前几天墙壁上还潮得长出白毛来，这天一热反倒干燥了，而且还阴凉。潮湿与黑暗的好处就在于阴凉。让人受不了的是蚊子，还有河水中那种腐烂的气息，怎么闻都是一股没倒干净的臭马桶味。邢美玉真是触景伤情，想想自己都已经坐惯抽水马桶了，到头来搬进了破屋子不说，还要天天蹲床背后那个木马桶，撒泡尿都不敢坐踏实，就怕里面的粪水溅屁股。

有一天，居委员会的两位女同志忽然找上门来。她们笑容可掬的，问长问短的，不是查户口，但就是查户口。要不然，翻开笔记簿记什么记？邢美玉说家里正装修呢，她这是暂时住一下。居委会的同志很宽容，告诉她没关系的，住多久都没关系，本地人是不用办暂住证的。那人说着，举头在屋子里望了会儿，提醒邢美玉一定要注意，这间是危房，去年一场台风刚把屋顶掀了，虽说修是修了，还是得注意，安全第一嘛。邢美玉也跟着在屋里张望，有点担心了，问她该怎么个注意法。那人想了想，留了个电话，说有事找社区。邢美玉心想，找了社区这台风就不来了？这屋顶就不塌了？可嘴上没说，就知道一个劲地道谢。两位女同志起身告辞的时候，其中的一位忽然想起来，说街道上正开展全民健身走活动呢。那人说着，扭头像是跟另一位商量，又像是自言自语，说像邢美玉这种情况，应该是有资格参加的。另一位想了想，一点头，语气相当地肯定了，说暂住的也是居民嘛，重在参与。邢美玉才不会去全什么民，健什么身，不稀罕，也没那闲工夫。但那女同志邀请得十分诚恳，说来吧，有一条毛巾，还有两块香皂发呢。

完全是看在香皂与毛巾的分上，邢美玉去了，但带回来的不光是香皂与毛巾，更大的收获在心里。邢美玉碰上了一个男人。说出来都没人相信的，就这么一次的全民健身走活动，在人民广场上跑了两个圈，那个男人却好比是个跳水运动员，一个猛子就扎进了邢美玉的心里。有点实在，又有点虚幻，溅起了数不清的水珠子，白花花的一大片，可一眨眼都落下去了。落下去，但静不下来，还在那里一圈一圈地荡漾。排在大太阳底下，邢美玉顷刻间无限地落寞，扭头看了眼那男人。那男人正高举着一条胳膊，在发号施令：各就各位，预备……那男人忽然垂下手，跑了过来，就站到了邢美玉的面前，示范了个起跑的姿势，说得这样，肩，肩要往前送。可邢美玉的肩就是送不出去，怎么弄都摆不出"送"的姿势来。男人笑了，温和地开了句玩笑，说邢美玉这是在抱孩子呢。邢美玉本来就热，这一下脸更红了，瞄了他一眼，嘴抿得像个大姑娘。这个时候有个女居民捣乱了，叫邹主席，这不是奥运会，还让他看看头顶的大太阳，都快晒死人了。

那个男人是工会里退下来的邹副主席。跟邢美玉比起来，邹副主席年纪是偏大了一点，两鬓都发白了，可人长得精神，还那么腰是腰、背是背的，挺拔得很，穿了一身短袖的运动装，脖子里面挂着个哨子，就像邢美玉上中学那会儿的体育老师。这点经验邢美玉是有的，男人怎么样，用不着眼睛去看，拿耳朵来听就够了。两圈跑下去，一边擦汗，一边喝水的时候，三言两语的，邢美玉基本上就心中有数了。居委会里举办的运动会，有的是多嘴多舌的人。只要提个头，比如说就这么嘀咕上一句：这邹主席倒还真看不出岁数来啊。就有人纠正了：副的，早退了，都快十来年了。但这些都不重要，有一句话，邢美玉听进去了：邹副主席的老婆去年死了，真是个没福气的女人。邢美玉心里怦地一下，好像自己一下成了那个有福气的。她忍不住要抬头，又要去望一眼这位去年死了老婆的邹副主席。可是没见到，转了一圈后，邹副主席就站在她身后面，拿了瓶矿泉水，咧着嘴巴笑得很亲切，对邢美玉点了点头，说生命在于运动噢。这回，邢美玉的心怦怦跳了两下，不知道答什么好，用力一点头，有点慌，有点乱，但一脸都是认真。

其实，邢美玉早就见过邹副主席，每天都见得着。大清早，只要推开窗户，邹副主席就站在来凤桥上，比北京时间都准时。六点钟来，七点半走，一手托着鸟笼，一手捧着保温杯，逗上一会儿鸟，耍上一套太极拳，再一边压腿，一边还在逗鸟。每天都是这样，风雨无阻，阴晴不改。邢美玉坐在窗口，都能听到他逗鸟的口哨声，就像吹在耳边。邢美玉的心一下就成了笼子里那只鸟，就知道拍着翅膀在里面扑棱，叽叽喳喳地叫个不停。

邢美玉开始早锻炼了。在上来凤桥之前，她是做了一点准备工作的，上街上去扯了一块白色的人造棉，花了一整天给自己做了一身练功服，穿在身上相当地飘逸，要是腰里扎条带子都能去演牧羊女了。可在镜子前照了好一会儿，还是发现有点美中不足，于是，又去夜市上买了双白色的跳舞鞋。这才叫配套嘛。邢美玉以为邹副主席一见她，就会露出亲切的微笑，然而没有。邹副主席始终耷拉着眼皮，一门心思沉浸在他的一招一式里面，就知道怀中抱月，就知道白鹤亮翅。邢美玉站在一边叫了声老邹，他这才勉强抬了下眼皮，像是嗯了声，但更像是两个鼻孔里面放了个闷屁。邢美玉很是下不了台，看了看两边那些打拳、压腿的人，好在谁都没注意她。邢美玉走也不是，站着更不是，只好背了个身，一个人在那里上牙齿咬着下嘴唇，不知道干什么好，只能踢踢腿、伸伸腰、拍拍手。

太阳光很快就贴到了湖面上，虽然照不到桥廊下的人，可还是热得不行。老话说隔水晒死人嘛。邢美玉头上在冒汗，心却越来越凉，慢慢就结成了冰，硬邦邦地堵在胸口，在那里膨胀，同时也收缩。恨谁都不如恨自己。邢美玉毫无理由地埋怨起自己来，扯什么人造棉？买什么跳舞鞋？而邹副主席就是在这个时候站到她跟前的，满头大汗，一手捧着保温杯，一手托着杯子盖，看了会儿，晃了晃脑袋，说这不成，练得有个章法。邢美玉不理人，就像是个聋哑人，哼都没哼一下。她把睁着的眼睛合上，一下子投入了，也沉迷了，把腿踢得更高，把手拍得更响。邹副主席笑了笑，喝了口茶水后，又说，女同志还是耍耍木兰拳的好。

5

邢美玉一下子就迷上了木兰拳。她找出儿子学英语那会儿的录音机，摆到了桥头上，伴音磁带是邹副主席带来的。他们一个教得认真，而学的人更是用上了心。这可不光是一个教与学的过程，来凤桥上一起锻炼的人都看出来了，两个人眉来眼去的，功夫都在拳外了。然而，眼看一套拳学得差不多了，邢美玉有点沉不住气了，想趁着这股东风再推波助澜一下，掀起一个高潮来。她哎呀一声，这天早上把脚给扭了，蹲下去就站不起来了。桥上的好几个人都回过头来，都想上前帮忙，可个个都是有心无力、插不上手的模样，眼睛看着邹副主席。邹副主席不像王新华，没搓手，也不着急，站在一边请邢美玉去美人靠上坐一下，先歇会儿吧。邢美玉很是失望，抬着眼睛，两边看看，既无助，又痛楚，都快要忍不住了。可一转脸，她竟然拿出了一副一不怕苦、二不怕死的劲头，坚持着站起来，说不要紧，她还行。说着就要摆架势，邹副主席过去关了录音机，说，今天就到这里，到这里吧。

看样子邹副主席更关心笼子里那只画眉鸟，说完扭头逗他的鸟去了，扔下邢美玉一个人踮着脚尖站在那里。邢美玉一赌气，抱起录音机，跷着脚，一瘸一拐就回了桥下的小屋里，站在窗口，隔着窗玻璃眼睛盯着他看。邹副主席一门心思在逗鸟。邢美玉是听不到他噘着嘴巴吹出来的口哨声的，但此时无声胜有声，时间一长，那声音就成了一把刀，悄无声息地钻进来，一刀一刀都在挖她的心头肉。整个上午，邢美玉什么都懒得做，没钉珠片，连饭也不想做，就坐在窗口，而心里面空得什么都搁不住。邢美玉再也不想学什么木兰拳了。

谁知，中午太阳最热烈的时候，邹副主席忽然来了，折扇遮在脑袋上，给邢美玉送药来了。这是邹副主席第一次上家里，不请自来。他把红花油与止痛膏一起放在桌上，摇着折扇一个劲地说这天真热，真是热，像火在烧。邢美玉这才从无措中缓过神来，如梦方醒，赶紧把电风扇开到最大的档位上，对准他吹。在吹的时候，她又想起来了，去倒了一杯水。邹副主席坐在桌边说了什么话，邢美玉一句都没听进去，自己说了什么话，也记不起来了，反正耳朵与嘴巴一下子都不知道是谁的了。但有一句话，邢美玉听进去了，还在心里转了个弯，深深地扎下了根。临走的时候，邹副主席满脸都是关切，站在门口说他有医保卡。他让邢美玉往后小毛小病的就对他说。邹副主席强调：一定要说。邢美玉吸了口气，原来人家早明白了，都拿自己当自己人了。邢美玉必须要有所回应，要有所表示，这回她没叫老邹，垂着眼帘子，冷不丁地说了句，往后别带茶杯了。邹副主席一愣。邢美玉把头抬起来，白了他一眼，一撇嘴，像是在埋怨，还带着一点俏皮，又十分地亲密，说，也不嫌麻烦。最后，邢美玉认真地说，往后，我给你沏着。

邹副主席咧着嘴，点了点头，沉吟一下后，却说，不急，还是注意点影响的好。

说完，邹副主席走了，张着折扇遮在脑袋上，一头扎进了烈日里。邢美玉一下就不高兴了，什么叫不急？什么叫要注意点影响？邢美玉想不通，都快想进牛角尖里去了。一直到了晚上，才开始释然起来，躺在床上劝慰自己说，男人跟男人是不一样的，看来这位邹副主席是个慢性子。邢美玉长长地吐出一口气。

其实，邹副主席有邹副主席的难处。邢美玉是好，相比起来年轻，人也漂亮，看着都开胃，可这中间还夹着一个姚老师呢，就在不久前人家介绍刚认识的。邹副主席十分地为难，在心里面自己跟自己战斗过好几个回合了，都是不分胜负。说起来，这位姚老师邢美玉也认识，中心小学里退休的教导主任，就住在教师公寓里面。退了休，还整天板着一张苦瓜脸，好像全世界的人都想揩她一把油一样。不过，姚老师的长处也是显而易见的：有文化，还有退休金，但对于一个丧偶的老男人来说，最主要是人家还没结过婚，都快一辈子了，连对象都是头一次谈。六十岁的处女意味着什么？邹副主席在心里打过一个比方的，那就好比是头大熊猫，珍稀得很啊。

邹副主席跟姚老师从不在公共场所碰头。障碍来自女方，年轻时都没跟谁约过会，老了更拉不下这张脸去搞什么花前月下的了。为此，姚老师红着脸，拒绝得很婉转，说还是别让她破这个例了。她还再三关照邹副主席，这来来去去的要尽量避着人一点，她可是一辈子都没让人说过半句闲话的。可以说，完全是顾着姚老师的好名声，邹副主席每次上她那里都是偷偷摸摸的，连楼梯都爬得像个贼，高抬腿，轻落步。邹副主席每次去，姚老师都会提早把耳朵贴在门背后，听着他一步一步地上楼，到了门外，一把拉开，就像放进了一阵风，很隐秘，很默契，相当地会心。邹副主席喜欢这感觉，到了屋里都不敢大声说话，基本上是以眼睛交流为主的。这可是非同一般的，邹副主席很是受用，人都跟着年轻起来。两个人通常坐的地方在书房，面对面的，茶倒是黄山的毛峰，喷喷香的，就是姚老师这长相没法跟邢美玉比，老，而且干。有一次，邹副主席喝着茶，姚老师忽然拿出一幅肖像画来，涨红着脸，说这是她凭印象替邹副主席画的。姚老师当过三十年的美术教师，这一笔一画里千丝万缕的，邹副主席能看不出来吗？男人感动了，也就离冲动不远了。邹副主席站起，要去拉姚老师的手，可人家六十岁了也是大姑娘，顿时慌了神。姚老师惊叫一声，把桌上的茶杯都打翻了，溅了一桌子不说，还烫着了邹副主席。这回，轮到邹副主席脸红了，站着都不知道手放哪里好，伸也不是，收回来更不是，只能摊在那里。姚老师更不安，像是犯了大错误，一声不响地把桌子抹干净后，坐回椅子里，低着脑袋主动向邹副主席做检讨，同时也表明了心迹。她请邹副主席不要怪她，他们不能这样，真的不能。说着，她抬起脑袋来，请邹副主席要理解她，要多给她一点时间。邹副主席不吱声，却用眼睛问了好几声为什么。姚老师忽然眼睛红了，一把埋下脸去，声音比蚊子叫的还要轻。邹副主席俯到她跟前，花了很大的力气，总算听清楚了。姚老师说，是你的，迟早是你的。

　　大姑娘就是大姑娘，都六十岁了还能羞成这样子。邹副主席相当地感慨，而更多的还是为难，两头都好，两头都舍不得。这可怎么好？真是的，年轻的时候都没这样抢手过，老了，反倒俏了。这真是的，怎么就这么地讨人欢喜呢？邹副主席这几天空下来就在卫生间里照镜子。可是，镜子是不会有答案的，里面仍旧那么一张脸。邹副主席使劲搓了两下手，出了卫生间，站在客厅里仔细地想了想，这三角恋爱的味道还真是不错的，看来男人是越老越值钱啊，就像古董，像字画。邹副主席一下子就心血来潮了，在饭桌上铺开一张宣纸，大笔一挥写下四个行书：左右逢源。想了想后，另起一行，又写了四个：乐在其中。

6

七点半一过，来凤桥上锻炼的人都陆续地回家了。毕竟这是座桥嘛，要把道让给上班、上学、买菜、开店、摆地摊的居民们。可是，邹副主席没急着走，坐在美人靠上。邢美玉上屋里给他续了杯茶水，顺便还搓了块毛巾来，一屁股坐在了他边上。邢美玉是故意的，趁着邹副主席喝茶的工夫，举起毛巾拭了拭他额头的汗珠子。这说穿了也纯粹是个动作，一种意思，让人感觉就像是对风雨同舟了几十年的老夫妻。姚老师就在这个时候忽然来了，撑着一把遮阳伞，站在了他俩跟前。她涨红了脸不说，还瞪圆了眼睛。邹副主席慌忙站起来，伸出手想给两个人做个介绍的，姚老师却开口了，说人家说了她还不信。姚老师一字一句的，每一个字都是从牙齿缝里挤出来的。她说，原来这是真的。

说完，姚老师扭头就走，根本没看邢美玉一眼。邹副主席是彻底乱了阵脚，对着她的背影一扬手，哎了一声，想赶上去，可看了看坐着的邢美玉，就是挪不开步子，尴尬与难堪都堆在了一张老脸上。要说邢美玉就是见过世面的人，不动声色，捧着他的鸟笼站起来，递到他手里，看着他，说还不快追。邹副主席站着没动，邢美玉就象征性地推了他一把，语气也跟着加重了，但看起来是真心实意的。邢美玉说，去吧，快。

对男人邢美玉真是看穿了。都这把年纪了，这一个个的不是想吃白食，就是吃着碗里，看着锅里的，这是什么世道？简直就是一个师父教出来的。回到自己的小屋里，邢美玉趴在桌子上想哭，却怎么也流不出眼泪来。也真是怪事了，连泪水都不帮衬着自己。邢美玉索性躺到床上去，瞪大着眼睛，什么也不看，什么也不想，就那样一动不动地瞪着。

邢美玉没想到姚老师会来杀个回马枪，已经在吃晚饭了，她忽然闯了进来。而且，进了门也不入座，就这么站着，摆出她那张当过教导主任的青皮脸，一动不动地看着邢美玉好一会儿，才说她不会跟人争的，尤其是争男同志，以前她没争过，现在也不会争，将来更是不可能。邢美玉不理她，埋头吃饭，就当她是脱裤子放屁。姚老师很是没趣，脸一下涨得更红了，看了会儿，忽然蹦出一句：做人要有自知之明。

邢美玉一下抬起了头，姚老师却一扬下巴，扭脸，走了。邢美玉啪地把饭碗蹾在饭桌上，盯着那扇敞开的门，过了很久，这口气还堵在胸口出不来，窝在那里。她对着门口忽然大声问了一句——什么叫自知之明？谁没自知之明了？问完了，还不解气，抓起饭碗，一股脑都倒进了河里。

第二天，邢美玉一大早就上了来凤桥。可是，邹副主席没来，一连三天都不见人影。邢美玉有点慌了，心中没底，好像掉了什么东西，这大白天的，在屋里钉珠片，钉着钉着忍不住地要站起来，要到外面去找一下。邢美玉去的地方很明确，就在邹副主席住的田园新村门口，哪怕是转上一圈也是转，再带着一身的大汗回来，想想自己真傻，真像个十七八岁的小女孩。第四天的上午下起了雷阵雨，却一点都不凉爽，又闷又热。雷阵雨的好处就是把人往屋子里面赶。邢美玉一手撑伞，一手提着一个大西瓜，在田园新村里转了好几圈，打听了好几回，才进了一个楼梯口，上了二楼，敲开了邹副主席家的门。

邢美玉脸相当地红，屁股一挨凳子，就只会一把一把地在脖子里抹汗水。邹副主席递了把毛巾过来。邹副主席这是在生病，吃坏了，拉了三天的肚子，到今天才算止住了，可还虚弱得不行，看着都让人心疼。邢美玉叹了口气，仿佛是自说自话，眼睛看着窗外的雨珠，说一个男人家没个人照料怎么行？看这家乱的，真是的。邢美玉摇了摇头，站起来，开始收拾起屋子来，就像在自己的家里。邹副主席赶紧拦着，那怎么成，怎么能让你动手呢。邢美玉不管，几乎是不由分说，而且还多此一举，硬把邹副主席扶进藤椅里，非要他躺着，好好地养养神。可邹副主席怎么躺得下去？好几次都要翘起来，邢美玉用眼睛摁住他，就像看着一个不听话的儿子，但说的话却十分感伤。邢美玉垂下眼睛说这是不放心她，嫌她笨手笨脚的。邹副主席赶紧说他可不是这个意思，他一点也没有这个意思。邢美玉忽然扭脸一笑，抿着嘴就在屋里忙开了。邢美玉是个能干人，这是一眼就看得出来的，来来回回没几趟，屋子里就有了条理，桌子更像桌子，椅子更像椅子了，还好像宽敞了，亮堂了，邢美玉的脸上也挂满了汗珠。但这些汗是值得的，从邹副主席的眼睛里，邢美玉看到了成果。比练了这么多天木兰拳显著多了。最后，她找了把刀，把拎来的西瓜剖开，一半放进冰箱里，另一半再剖开，再剖开，一刀一刀的，剖成小小的一瓣，送到邹副主席嘴边，说吃，拉了肚子要补充水分的，不然会脱水的。邢美玉就像是个医生，邹副主席却成了听话的孩子，都能从西瓜里啃出奶花香来。这个时候的幸福是什么？幸福就是一块送到嘴边来的西瓜，就一个字：甜。临走的时候，邢美玉说了，下午她还要来，要给邹副主席做好吃的来。

说完，她就发觉太轻佻了，跟自己一贯的表现不相符，随即红着脸又补充了一句，你就当是请个保姆嘛。

这真是忙碌的一天，天空中阵雨不断，邢美玉的两只脚也没停过，匆匆忙忙回了趟家，从枕头套子里拿了钱，上店里一下就扯了好几块真丝面料，一点都没手软。到了裁缝铺还要让师傅加快，加钱没关系，就是要快。钱是花在刀口上的，现在就是这个关键的时刻。连着三天，邢美玉天天翻花样。可以说，邢美玉就是用每天两身的连衫裙，连同葱花鲫鱼汤、毛豆排骨汤、百合莲子羹、桂花绿豆汤，彻底地征服了邹副主席。说穿了，要征服一个男人，不就是要他眼花缭乱，要他馋，要他吃了还想吃吗？一个七十岁的男人，除了眼睛跟嘴巴以外，还有什么地方搞不定的？第三天的午后，邢美玉靠在邹副主席的藤椅里，累是累，可心里面是憋着一股劲的，就想那姓姚的女人忽然闯进来，让她好好地看看，邹副主席正在边上给自己打着折扇呢。

邹副主席忽然合起折扇，由衷地说，小邢，真是辛苦你了。

邢美玉很不好意思，说，应该的。

邹副主席摇了摇头，想了想，没说什么，而是一把抓起邢美玉的一只手，很是突兀，还有点紧张，看着她，要说的话却都到了手指上，用力捏了一把，又是一把。邢美玉坐起来了，抬起眼睛，一动不动地盯在邹副主席脸上。但邢美玉的眼睛很快垂了下去，一下子羞得都不成样子了，脑袋挂到了胸口，可手还在人家的掌心里握着，不敢动。邢美玉看着自己的两条大腿，在心里面长长地吐出一口气。

现在，邢美玉每天的生活都起了变化。羊毛衫上的珠片是没工夫钉了，重心都移到了邹副主席那头，不是保姆，胜似保姆，而且还是往里贴钱的那种。但是，邢美玉坚信一个道理：舍不得孩子套不着狼。跟往后的大好日子比起来，这几个钱算得了什么？每天早上，两个人在来凤桥上练完了，气归丹田后，坐着喝上一会儿茶，逗上一会儿鸟，邢美玉就急着要上菜市场去了。得给邹副主席做好吃的。然而，邹副主席这人喜欢凑热闹，有事没事的，系上围裙挤进厨房里，一定要帮把手。当过领导的同志就是喜欢掺和，还好瞎指挥，常常要在老方法上搞创新。明明是煲个鲫鱼汤的，最多往里面搁块豆腐，那都是上得了菜谱的做法。但邹副主席不，他要改革，要推陈出新，相当地主观，自说自话地加进了紫菜、蛋皮与胡萝卜丝。这汤的颜色是好看了，像块调色板，可味道呢？邢美玉尝了一口，邹副主席也跟着尝了一口，味道就在两个人皱紧的眉头里。不过，失败并没有使邹副主席气馁，他人坐在饭桌边，神情却像回到了镇工会的办公室里，拿筷子一指那个汤，解释说，我们得辩证地看待这个问题，至少营养还是很丰富的嘛。

邹副主席这人话不算多，三言两语的，却总能通过剖析概括出一个道理来，并且还能一把提上去，让本来很平常的一件事情，一下子有了高度，变得意义深远，高高在上了。邢美玉是真心地喜欢听他摆事实，讲道理，凝视着他，会发现他整个人都变得高大起来，那样地神采奕奕。邢美玉常常是支着下巴，专心得像个小学生，而且两只眼睛不忽闪都不行。邢美玉一个人的时候，在心里面对这个男人也概括了一下，不光是有工资与房子，总的来说，邹副主席这个人在想法上有深度，在做法上有风度，除了握一握手，偶尔用上一点劲外，从不拉拉扯扯的。每次在他家里吃完晚饭，洗干净了饭碗，都是邹副主席主动提出来的，上外头去逛一逛，饭后散百步嘛。当过领导的就是不一样，邹副主席在时间与空间的把握上很有分寸，逛得差不多了，也就到了来凤桥畔的小屋门口。邹副主席每次都是目送邢美玉进了屋，关上门，才转身一步一回头地往回走。有一次，邢美玉贴着门缝往外张望时很纳闷，男人嘛，难道还真有削尖了脑袋不往里面钻的？

邢美玉首先想到的是岁数。那晚，她躺在床上辗转反侧，几乎可以断定了，都七十岁的男人了，只怕是"不行了"。邢美玉没想到"不行了"这三个字会这样地尖锐，每一次想起来都像一根针，一下扎在心头上，痛得都能激出一身的汗来。可是，等到天一亮，邢美玉摸着心口，很快又说服了自己，"不行了"就"不行了"，这行不行的又不能当饭吃。自己这是太贪心了。历史已经有过这样的教训了：一个人太贪心了，是绝没好果子吃的。

而事情出在一天上午。两个人从菜市场里出来，肩并肩的，一个托着鸟笼子，一个拎着一马甲袋的菜，都有点夫妻双双把家还的味道了。谁知，就在出口处碰上了姚老师。邢美玉心里一跳，一下子兴奋起来，还故意挺了挺胸，斜眼一看邹副主席，想一把挎住他的。可邹副主席的眼睛早躲进鸟笼子里去了。姚老师却不躲不避，一脸都是迎难而上的架势，直视着他们，又像眼睛里根本就没这两个人，有的只是一对狗男女。邢美玉做梦都没想到，这个老处女竟敢"呸"的一声，把一口唾沫就吐在她脚跟前。完全是碍着邹副主席的面子，邢美玉忍住了，扭头狠狠瞪了这女人一眼。姚老师竟然也回过头来，横眉冷对，又一低头，

"呸"的一声，第二口唾沫，吐在了他俩身背后的水泥地上。但邢美玉还是忍住了，对着那口白森森的唾沫冷冷地一笑后，一扬脸，上牙齿咬紧下嘴唇，扭着屁股，走得头也不回。

话是到了邹副主席家里说开的。一进家门，邢美玉就盯着他，问为什么。邹副主席装愣，看着她，挑起眉毛，一脸的无辜。邢美玉说，她凭什么吐唾沫？

邹副主席伸出脖子，谁？

邢美玉说，她。

邹副主席拧着眉头，想好一会儿，还是明知故问，她？哪个她？

邢美玉极其失望，男人个个是无赖，邹副主席也不例外。她把盯在邹副主席脸上的眼睛收回来，一点一点地垂下去，落到自己的脚尖上，老半天才摇了摇脑袋。邢美玉扬起脸来，又摇了摇脑袋后，扭身就走。受点委屈的女人都是这动作，扔下邹副主席一个人愣在那里。可回到自己那小屋里，邢美玉也愣住了，睁大了眼睛怎么回想都不敢相信，自己就是这么扭着屁股走回来的。坐在窗口那张桌子前，她一个劲地问自己这是干什么呢？跟谁较这么大的劲呢？这人绝不是邹副主席，也不可能是那老处女。那就只能是她自己。想到深处，邢美玉就在心里面狠狠地骂自己。但这还不解恨，邢美玉忽然一巴掌抽在大腿上，"啪"的一声，当场就起了五个手指印。然而，邢美玉不觉得疼。邢美玉有的只是后悔。除了后悔，就剩下揪心了。发什么火呢？生什么气呢？邹副主席可不光是个男人，他还是一张医保卡，还是一套三室两厅的公寓房。

7

除了养鸟、打太极，邹副主席还好跳个舞、拉个二胡什么的，说穿了这也是多年工会工作中培养出来的兴趣。三天不跳，两条腿就要发痒。邹副主席跳舞，一般都在下午，外面烈日当头，里边却黑灯瞎火的。就当是乘凉。邹副主席算过这笔账的，花五块钱打上一个下午的空调，怎么算都是划得来的。可邢美玉看不惯这种地方，男男女女的，搂完了这个抱那个，看着都让人喘不过气来。邹副主席请邢美玉去过一次，那也算是在公共场所里首次亮相。谁知，茶都没喝一口，邢美玉就嘀咕着要回去了。那一次，邢美玉显得相当地有涵养，一副很害羞的样子，低着脑袋说她是个喜欢清静的人，这种场合，她适应不了。然而，这天下午，邢美玉主动上了新新商场二楼的舞厅里。她穿着一件真丝的连衫裙，还在脖子里洒了好几滴花露水。邢美玉不会跳，就沿着舞池逛了一圈，在邹副主席面前亮了个相后，一声不响地坐到角落里，谁也不看，坐在那里像是练气功，眼观鼻，鼻观口。邢美玉以为邹副主席会过来的，但是没有。邹副主席就像个没事人，异常地活跃，三步跳完跳四步，把探戈与恰恰也跳了后，连桑巴都不肯漏下，没有舞伴就一个人在那里扭屁股。邢美玉眼睛不看，心里面清楚，男人就知道装腔作势。她在鼻子里哼了一声，忽地站起来，三步并作两步闯到邹副主席跟前，在人家看来很有点兴师问罪的气势，惹得好几双眼睛都睁大了，盯着她。邢美玉在众目睽睽之下看着邹副主席，深吸了一口气，叫了声老邹后就说不出话来了，平白无故的，一下子觉得那么地委屈，心酸得要命，几乎都想哭了。舞厅里黑咕隆咚的，而音乐又是那么地轻快，每一个节奏都像打在嗓子眼上。邢美玉说不出话来，四下看了看。她用力地睁大眼睛，强忍着，老半天总算想出一句话来。邢美玉轻轻地说，歇会儿吧，小心累着了。

邹副主席听不到，耳朵里灌满了音乐。听不到，可是看明白了。邹副主席看到了两颗泪，顺着脸颊从邢美玉眼睛里滑下来。女人的眼泪不值钱，那是没流对时间，也没流对地方。邢美玉坚信，此刻这两颗泪对她的一生都至关重要。她索性站在那里，看着邹副主席，让泪尽情地在脸上流。

邢美玉终于在邹副主席家里过夜了。顺利得很，老天爷都像是在帮忙，气温一下子突破了一百年来的最高点，就连电视里的气象播报员都喘上了粗气，再三提醒广大市民一定要做好防暑降温工作。可邢美玉还跟往常一样，侍候邹副主席吃完了，把碗洗了，桌子也抹干净了，捋了捋头发，随手拿起扫帚在客厅里面找灰尘。邹副主席忽然叫了声小邢，让她别忙活了。邢美玉说没事，闲着也是闲着。邹副主席说有事要跟她商量。邢美玉这才直起腰来，注意到邹副主席的脸，红得就像刚刚喝了半斤白酒。邢美玉的心里怦地一跳，站在那里不动了。邹副主席捏着折扇又叫了声小邢，语气相当地郑重，说这几天还是别回去了。说完，没等邢美玉缓过神来，他已经把道理摆开了，主要是因为天气，太热；另外还有屋里这空调，一个人是开，两个人一样也是开。最后，邹副主席把折扇往手心一敲，匆匆忙忙地下了结论，说，这也是为节约用电出点力嘛。

邢美玉一颗心狂跳着，人却窘在了那里，不敢动，来回地捏着扫帚柄，又怕邹副主席等急了，低着脑袋慌忙应付了一句，人家的替换衣服都没带呢。

邹副主席笑了，一招手，让邢美玉来。邹副主席把什么都准备了，马甲袋里不光放着胸罩短裤，就连睡裙与连衫裙都挂在了房间的大衣柜里。站在打开的柜门前，邹副主席脸还是那样的红，扇子却摇得像是蝴蝶在飞舞。轻得都没骨头了。但看着那几件衣服，邢美玉马上想到了他那个死鬼老婆。这个念头忽地从心底钻出来，反而让人平静了。邢美玉不说话，像是被这些衣服迷住，拿在手里一件一件地看，里里外外地翻，细心得就像服装厂里的检验员。衣服是全新的，吊牌都还在上面挂着呢，而且，邹副主席也说了，要是尺码不对头，明天就去换。他在买的时候跟营业员是打过招呼的。邢美玉长长地吐出一口气，心潮又澎湃起来，这回是无遮无拦了，汹涌得很。她把那件连衫裙捂在胸口，一点一点地扭过身来，慢慢地抬起眼睛。邢美玉又不知道说什么好了。

让邢美玉没料到的是邹副主席在床上"还行"，"不行"的反倒是她自己，不光生疏了，主要是那些记忆。邹副主席都还没来得及进去，那些人一个一个已经伸着脑袋挤出来了，一会儿是刘奎新，一会儿是王新华，就连那死鬼也来赶热闹，在邢美玉心里面翻腾，来来去去的，好像那里是个跑马场。可以说，邢美玉在床上表现得一塌糊涂，好在邹副主席没在意，草草收场后，还反过来宽慰她没事的，不要紧的，一回生，二回熟嘛。邹副主席说完，抹了把额头上的汗，坐起来打开电视机。邢美玉蜷缩在一边，越想就越觉得自己不应该，太对不起邹副主席了。她翻了个身，一把搂住他。邹副主席误会了，想要回应一下，就是不见反应，只好笑了笑，有点尴尬，说等会儿吧，等他先把《新闻联播》看完了再来。

其实，邢美玉没睡着。《新闻联播》还没完呢，邹副主席的鼾声就上来了，一起一伏的，邢美玉是在这鼾声里打了个盹，醒过来也不知道几点钟了，却怎么也睡不着了。邹副主席的鼾声已经换了个调，就像有个人在枕边锯木头。邢美玉悄悄地支起身，打开灯，是想偷偷地看上一眼身边这个男人，却被邹副主席的脸吓了一跳。邹副主席的脸塌陷了一大块，在灯光里下巴翘得特别高，尖尖的，像只杀白了的鸡屁股。邢美玉找了好一会儿，才在床头柜的玻璃杯里发现了他的假牙。没有牙齿的男人根本就不像是个人。邢美玉无声地叹了口气，看他看得都有点走神了。而邹副主席对邢美玉相当满意，几天下来，把路走顺了，睁开眼睛就盼天黑，动不动就要往上爬。上了年纪的人在这事上头就是喜欢逞强，不服老，好表现。这些，邢美玉是看在眼里的，可好说好话地劝，他听不进，又不好把话挑明了，让他悠着一点。那是很伤人自尊心的。邢美玉只能在床上帮衬着，用得多是虚劲，有好几次真是累得气都喘不上来，骨头都好像散了架。哪想，这让邹副主席更来劲了，追求得也更高远，不光要持久力，还要什么爆发力。而且，邹副主席本身就是个认真的人，只要有一次觉得不到位，他都会趴在床上挠着头皮，寻根源。

完全是为邹副主席的身体着想，邢美玉才想了这个法子。上街去买一包卫生巾回来，抹上一点番茄酱后，又淋了几点红酱油，扔在抽水马桶边上的废纸篓里，再在自己身上夹上一条。这一个星期，邹副主席在床上是消停了，可人更静不下来，越发地壮志不已，老是一个人在屋里转圈，一边搓手心，好像捡到了什么宝。要不就是冲着邢美玉笑，咧着嘴，跟个小孩子似的，笑一笑，就朝她眯起眼睛，带着一点隐秘，而更多的还是兴奋。看来这个男人是入迷了。邢美玉总算松了口气，可提起来却是一块石头。邢美玉要的可不光是个男人。女人永远是这样子，给出去巴掌大的一块地方，就想着把整个世界都装进来。

天气稍稍转凉一点后，邢美玉忽然提出来要回去了。说这话的时候，邹副主席已经率先躺在了床上，翘在那里，睁着眼睛，一眨不眨地盯着邢美玉，好半天才问她这是干什么呢？好端端的回去干什么呢？邢美玉笑了笑，说去了还会来，鸡都杀了，她明天还要来做葱油鸡呢。邹副主席是个明白人，一眼就从笑容里看出这个女人有心事。不然，邢美玉不会笑成这个样子。邹副主席从床上坐起来，拉过她的一只手，引导着在自己身边坐下来，问她到底是怎么回事？邹副主席的语气既关切，又温和，让她慢慢地说。邢美玉并没有马上开口，她的半只屁股搭在床沿上，垂着脑袋，一缕头发从额头上挂下来，随着胸脯的起伏，在那里一颤一颤的。等了好一阵，邹副主席有点沉不住气了，两只手使劲把她扳过来。邢美玉这才抬起眼睛，里面竟然全是泪，像凝固了，在眼眶里面一动不动。邹副主席慌了，拖长了调子，你这是干什么嘛？邢美玉抬着眼睛，声音很轻，说她听到闲话了。邹副主席一愣，忙问什么闲话？邢美玉没说，看着他，那神情是欲诉无言的，大不了还是生离死别的。邹副主席一下子明白了，随手一掸，让他们嚼舌头去。说完，趁势搂住邢美玉，一笑，把脸贴上来。邢美玉笑不出来，那两颗泪蓄不住了，滑过脸颊，挂到了下巴上，整个人也僵在了那里。可邹副主席在动，舌头活跃得像小狗，欢快地凑到她的耳朵边，轻轻地说了一句。邢美玉人一下子挺了起来。邹副主席停了停，一本正经地看着她，说，时间你来定。

邢美玉一时还真定不下这个时间来。想要快的，可总不能在六月里面结婚，叫人笑掉牙齿不说，都这把年纪了，只怕还会让人戳断脊梁骨。主要是邹副主席这人太固执，按邢美玉的意思，两个人去把证领了也就行了。邹副主席不肯，说什么也不能亏待了"新娘子"，非要学着年轻人也把房子装一下，还拖着她上县城里去了一趟，看中了一张水床垫，二话不说先买了回来，插上电源，连夜就在高科技上折腾出了一身的汗。这些让邢美玉很感慨，晚到总好过于不到。后半辈子总算遇上了一个好男人。有一天，两个人正在水床上面打午觉，电话忽然响了。是邹副主席的女儿要来，车子已经在路上了。

邹副主席的女儿嫁在县城里，四十好几了，儿子都上高中了。可是，他们一家人邢美玉没见过，在这里住了两个多月了，电话每个星期都来，一般都在四点半左右。邢美玉从不接电话，怕的就是他女儿。女人还是了解女人的。邢美玉想回避一下，下了床匆匆忙忙换了条裙子，邹副主席问她这是干什么？邢美玉不好说什么，意思都在看过去的那一眼里面。邹副主席一摆手，说怕什么？丑媳妇总要见公婆的嘛。说完，他笑了，知道自己说错了。说心里话，邢美玉是很想见见他女儿的，这一面谁也躲不过去。晚见不如早碰面。

邹副主席的女儿长得肯定像她妈。坐在客厅里，邢美玉冷眼旁观，就见她瘦瘦的，看上去比实际年龄要年轻得多，最多三十七八的样子。但小邹不看她，进了门就没看过邢美玉一眼，好像这个人根本不存在，就算在，那也只是个影子。倒是她老公挺懂规矩的，长得也斯文，白白胖胖的，还戴着副金丝边眼镜。邢美玉刚把茶端上去，人家就弯着手指磕了磕桌面，还对着邢美玉点了点头，一笑。女儿见了爸无非也就问长问短的，说来说去逃不出这几句话：天气热，身体要当心；该吃的就去吃，别不舍得花钱；他们一家都好，就是工作忙了点。可是，小邹始终不看邢美玉，这让邹副主席有点挂不下面子了，看了看女儿，又看了看女婿，问他们干吗不带儿子来？小邹说儿子跟着学校去夏令营了。邹副主席沉下一张脸，说，外孙不来，你们来干什么？

　　邢美玉知道，邹副主席这是在为她摆脸色。可父女俩要是真为这翻了脸，那自己往后的日子肯定也好过不到哪儿去。邢美玉还是很会做人的，赶紧站起来，冲着夫妻俩一笑，话却是对那女婿说的，让他们先喝着茶，吃了晚饭再回县城，她去菜市场上转转就回来。邹副主席正在气头上，一摆手，让她别去，这么热的天买什么菜。邢美玉还是笑着，让他们慢慢聊，她去去就来。说着，她朝邹副主席使了个眼色，意思是耐着点性子。

　　邢美玉出了门哪里都没去，就站在楼梯间里，屋里说的话一句不漏地都钻进了她耳朵里。邹副主席的女儿是个厉害角色，说话就像连珠炮，盯着父亲问他知道找的是个什么样的女人吗？她的口气一点都不像妇联里的女干事，倒像是公安局政治处的，一个劲地问自己的父亲，知不知道那个女人坐过牢？知不知道那个女人让人捉奸在床过？女儿的声音里都带上了哭腔，最后问父亲什么样的女人不好找，偏偏要给她找这么一双破鞋做后妈？邢美玉都快被一肚子的火点着了，恨不得一脚踹开门，进去就给那女儿两个大耳光。好在邹副主席这个时候下了结论，他先是一拍桌子，嗓门大得就像吼。邹副主席在屋里说，翻什么老账？历史本来就是越捣越臭的，就算是，我也既往不咎。

邢美玉总算能往肚子吸口气了，她站直了身子，抹了把额头上的汗，捋了捋头发，一步一步地下楼。等到她提着菜回来，夫妻俩已经走了。邢美玉留心了一下，从邹副主席脸上也没看出一点反常来，他戴着老花镜，脑袋埋在一张广播电视报里。邢美玉也像什么事都没发生，进了厨房后，又从里面伸出头来，问，买了这么多菜怎么办啊？

邹副主席说，吃，吃不完就搁冰箱里。

比较起来还是邢美玉的儿子识大体，他跟邹副主席也碰过面了，就在没几天后的早上。邹副主席急着在想装修了，非要去邢美玉儿子那新房里"取取经"。两个人是在来凤桥上打完了拳，顺路去转转的，衣服都没换。谁知，儿子跟小芹早在那里了，工匠活刚干完，小两口这是趁早上凉快在收拾呢。邢美玉一开门，四个人都愣了愣。大家都没这个准备。要说还是女孩子脑子活络，小芹上来，笑嘻嘻地叫了声妈，眼睛一瞄邹副主席，说邹伯伯吧？邢美玉这才转过弯来，一招手，让儿子叫人呀。好像儿子还是七八岁的小孩子。儿子当然叫不出口，冲着邹副主席点了点头，想起口袋里的烟，赶紧掏出来。邹副主席也紧张，从不抽烟的一个人，不仅接过来，还点上了，一口一口抽得有模有样的。

这场面让邢美玉看着十分舒心，还有点突发奇想，要是亲生的该多好啊。过了两天，邢美玉忍不住打电话把儿子叫到来凤桥下的小屋里，母子俩关上门好好地谈了一次。说是谈，其实也都是邢美玉一个人在那里说，把肚子里的话一点一点地往外倒，就像在拆一件旧毛衣，来来回回，无穷无尽。儿子就知道低着头，一劲地抽烟。说到动情处，邢美玉又有点眼泪汪汪了，看着儿子叹了口气，妈这可都是为了你啊。儿子不说话，也不敢看母亲的脸，扭头冲着窗外，还是抽烟。沉默中，邢美玉忽然有了种说不出来的揪心，特别地酸楚，她屏住一口气，等了好一会儿，才让自己松懈下来，跟着儿子的目光转向窗外。看了好一会儿，邢美玉小小心翼翼地对儿子说，那妈就把自己嫁出去了？

8

现在，邢美玉就想日子过得快一点，最好一转眼夏天过了，秋天就来了。可日子这东西从来不听人的话，永远是自以为是的，该怎么过，还是怎么过。邹副主席看着邢美玉拿着内衣进了卫生间，听着里面的水声一响，赶紧打开大衣柜，从挂着的呢大衣口袋掏出一盒药片来，用力抠出一片，放在嘴里咬了半颗，想了想，把另一半也一起塞进嘴里，放好那盒子，重新关上门，就着床头柜的茶，一口吞了下去。邹副主席在床上用药，邢美玉是知道的。这种事哪个女人感觉不出来？邢美玉说过他好几次了，有一次还毫不客气地指出来，这种东西会要人性命的。可男人不这么想。男人都有一股拼死吃河豚的劲儿。而且，吃了还想吃。尤其是到了女人身上，谁还顾得了性命？就知道奔着更高、更远的目标去冲刺。邹副主席可以说是尝到药的甜头了，每次都那样地畅快淋漓，每次都像回到了五十岁。这小小的药片是什么？邹副主席曾经在一次事后得意洋洋地说是科学。科学就是为了改变生活嘛。谁知，这一次却是改变了命运。电视机里的《新闻联播》都结束了，邹副主席还在上面不肯下来。邢美玉累得不行了，浑身都是汗，她抓过一边的睡裙抹了把脸，也在邹副主席脸上抹了一把。邹副主席喘着粗气，忽然说不行了。邢美玉也喘着气，说那就歇会儿吧。邹副主席这回没逞强，嗯了声，一头趴下去。邢美玉人动不了，也懒得动，但还是伸着手替他擦了擦背上的汗。邹副主席又动了动，喘着气说他真的不行了。邢美玉没在意，心想，吃什么药，这还不是自作自受吗？就把话说得有点俏皮了，像个妈在心疼儿子。邢美玉说，少吃多滋味，还有明天呢。

可是，邹副主席再也没有明天了。他真的不行了，歪在邢美玉的怀里说不出话来，就知道瞪圆了眼睛，两只脚才蹬了几下就不动了。乐极生悲这话说得一点没错。明天的太阳升起来了，邢美玉坐在派出所的一间办公桌里，一把鼻涕一把眼泪地哭。没有人理她，她只能哭。这个时候除了哭，邢美玉什么都不去想。就是想哭。想让自己一辈子的泪水都在这个早晨流干。

站在到处是人的地方

1

李明珠十八岁就在百福楼饭店当服务员了。她的工作服就是一条白色的围裙，往腰里一扎，两个胸脯就像两个山峰从云雾中显露出来。

那时，上馆子吃饭的人还不多，只有到了粮站里收粮的日子，饭店里才坐满了挑完粮食的农民。那些人当时就开始糟蹋钱了，一来便把脸喝得跟猴子屁股一样。他们的老婆孩子聚在饭店门口向里张望，嚷着叫他们少喝点少喝点，再喝就开不了船了。他们却像聋子一样瞪着血红的眼睛，这些眼睛到了后来就变成了店堂里嗡嗡飞舞的苍蝇，飞着飞着就停在了李明珠的胸脯上。他们说那是两只刚刚出笼的烧卖，咬一口准是一包又浓又鲜的汤汁。

现在，二十多年一晃就过去了，千禧年都已近在眼前。饭店的工作服换成了一件玫红色的缎面旗袍，穿在身上就像裹了床被面。可是，李明珠的两个胸脯再也耸不起来了，它们就像两个冰淇淋球一样慢慢地化掉，化成了两摊晃晃悠悠的水。为了这件工作服，李明珠起床的第一件事就是往胸罩里垫海绵，让两只垂下去的乳房重新鼓起来，鼓得像小孩子的屁股，中间还得挤出一条沟来。她一直想买两只衬着水袋的胸罩，用过的人都说像真的一样，戴上去暖烘烘的，就像让两只手托着一样，你怎么动它就跟着怎么晃。可那要几十块钱，李明珠在小商品市场里转了三圈，下了四次狠心都没舍得买。她拿着胸罩翻来覆去地看，看得摊主话也懒得说了，她才把胸罩一扔，掏钱买了两条腹裤。她要把肚子上皱皱巴巴的赘肉都勒平了，把那件旗袍穿出个样子来。

李明珠穿上旗袍就像看到了二十年前的自己。她站在更衣室的镜子前反复端详，什么叫徐娘半老，什么叫风韵犹存，她觉得就是自己穿上旗袍的时候。李明珠越看越喜欢，喜欢这颜色，喜欢这款式，穿上了就不想脱下来。可是过了没几天，经理又给她发了件白大褂与一顶白帽子、一只白口罩，说她在饭店里站了二十年了，现在也该轮到她坐着上班了。

说着，经理一指门口的外卖亭子，让她坐到里面卖卤菜去。

李明珠不愿意，她告诉经理她是服务员，不是售货员。经理也告诉她不管是什么员，只要还是店里的工作人员就得服从他的安排。李明珠没话说了，她穿上白大褂在亭子里一坐就是一天，像只待在笼子里的鸟，眼睁睁地看着外面热热闹闹的街道，越看心里就越发痒。由于找不到人说话，她不停地喝水，不停地出来上厕所，到了下班的时候，她胀鼓鼓的肚子里面就剩下了一句话。

她在更衣室里对其他服务员说，坐着虽然比站着舒服，可没人说话却比死还要难过。

李明珠卖了半个月卤菜就收进了一张假币。

这天，她把赚来的钱交到财务科去，出纳用两根手指捻了会儿，就抽出一张对她说是假的。李明珠不相信，举着那钱到窗口对着夕阳照了又照，越看越觉得里面的水印不像是个人的模样，她问出纳该怎么办。出纳说银行里的办法是没收，不过她不是银行，她让李明珠去换一张真的交上来算了。李明珠问她去哪里换。出纳说当然是到自己的钱包里去换。

李明珠当场就跳起来了，她把那张钱往出纳桌上一扔，说，我不管，我怎么交给你的，你就怎么交到银行里去。

说完，她一扭身就走了。

出纳叫了她一声，见她走得头也不回，就拿着它去请示经理。经理对此事非常重视，第二天一早就把李明珠请进办公室来。李明珠一见坐在办公桌后面的经理，二话没说就把身上的白大褂扒了下来，连同帽子与口罩也一起摘了放在经理桌上。

经理问她这算什么意思。

李明珠说，这意思就是我知道你要说什么，我早说过我是服务员，不是售货员，现在你还要我当银行的点钞员，你不如把我开除算了。

经理笑了笑，宽容地一摆手，让李明珠别把这事放在心上，他说钱的事算了。李明珠松了口气，伸手想去拿放着的衣服，却见经理一指旁边的沙发，请她先坐到里面去，他还有话要说。经理不仅是个宽容的人，而且还是个实事求是的人。他知错必改，当场对李明珠表示在她的工作安排上是欠考虑的。

李明珠有点感动了，站起来也向经理表示是她的工作态度没有端正，没把心思用在钱上面。究其原因她说主要是做生不如做熟，干什么都不如干老本行拿手。她请求经理让她回包厢当服务员去。

经理又一摆手，从坐着的皮椅里站起来郑重地说过去的就让它过去吧。他吩咐李明珠去总务科领条围裙，现在就到厨房里去报到。李明珠没听明白，她问经理去厨房里干什么。经理说要她记住，在服务行业干什么都是为人民服务。

说完，他掐灭烟头走了出去。

一连三天，李明珠一上班就抱着两条胳膊站在厨房里。她什么话也不说，什么活也不干，就是抱着她的胳膊站着。厨房里的领导是厨师长，他用眼睛看了李明珠三天，一看见她的脸色，要说的话到了嘴边又咽回了肚子里。领导不开口，厨房里的其他人更没什么话说了，他们都把李明珠当成了一件摆饰，当成了大厅里放着的一棵铁树，懒得看上一眼。

到了第四天，正在杀鱼的洗菜工终于对李明珠说了第一句话。他让李明珠躲开点，当心鱼血溅到身上。洗菜工说这话时双手沾满了鲜血，那条鱼肠子流了一地，沿着马赛克的地砖一路扑腾过来，像个垂死挣扎的人那样，瞪圆了眼睛，嘴巴一张一翕着。

那是条二十来斤重的草鱼，李明珠从没见过这么大并且流着血的鱼，她的脸一点一点白了，白得连嘴唇也发青了。她一路退到水池边上，那鱼也跟着到了水池的地方，像在追赶李明珠那样把她逼进了死角。李明珠再也没地方躲闪了，才咬着牙齿从鱼上面跨过去。她回头又朝地上的鱼看了眼，然后绕过长长的配菜桌出了厨房，径直奔上楼闯进了经理的办公室时，她的心还像厨房里的鱼在不停地扑腾。

可是，等她看清经理办公室里另外坐着的副经理与工会主席后，她反倒开始平静下来，用力呼吸着，走到经理跟前对他说，我不干了，我真的不干了，你让我下岗算了。

副经理与工会主席都站起来劝她，让她不要说气话，提醒她现在找个工作不容易，还问她不在这里干要到哪里去干？

他们越是好声好气地说话，李明珠就越觉得鼻子里发酸，她想哭却哭不出来，她的肚子里来来回回只有一股气在蹿腾，但她不知道该说什么好。她找不到话说。一个字也说不出来。憋了很久才反反复复地说，我不干了，你们让我下岗算了。

李明珠是憋着一口气从三楼下来的，到了一楼的楼梯口忽地站住了。从上面望下去大厅里灰蒙蒙的，那些年轻的服务员站在靠近总台的地方，仰面看着她，就像看着一个醉醺醺的顾客下来。

按照惯例，这会儿应该是打扫卫生，把该换的台布换掉，把门窗与柱子用抹布擦得锃亮，再用拖把把地拖得锃亮，然后等着用餐的顾客陆陆续续地进来。可她们谁也没动，好像从今天起这些事情都不用干了。李明珠在这个时候却回过神来了，她昂着头穿过大厅，从这些人面前笔直地走过去，神色庄严而镇定，仔细看似乎还带着一点笑容。

　　只是，这笑容到了外面被风一吹就散了。

　　回家的一路上李明珠恍若走在梦里，以至沿途的景致被模模糊糊地掠在了脑后。到了可以望见家门的街口，她才放慢了步伐，才有点清醒了，开始后悔起来。家一步步在她眼睛里清晰起来，等到跨进了敞开的家门，看见了儿子这才长长地呼出一口气。

　　儿子都快高中毕业了，这时正在看电视，真不知道他脑子里在想些什么，整天稀里糊涂的，就知道看电视。李明珠一直对他讲把书念好了，就等于给父母赚钱了，争脸了。儿子对她的话从来爱理不理。他的人一天天长高，都高出李明珠大半个脑袋了，跟她说的话却一天天地少起来，倒是他们父子俩好像还有点话说。有时李明珠看着他们也想插几句，儿子却一点也不客气地让她不懂就不要瞎说。光为这当妈的心里就一阵阵发酸，他们父子俩聊得越起劲，她的心就越酸，心越酸眼睛也跟着发酸。

　　忍着这股泛上来的酸劲，李明珠说了声吃饭。

　　刘庆丰赶紧去厨房里捧了三碗饭出来，他的腰里系着李明珠的围裙，一脸微笑，一脸迁就。儿子却纹丝没动，一脸的兴奋，一脸的紧张。他的眼睛快要掉进电视机里了，跟着一个足球从草坪这头滚到那头。

李明珠走过去关了电视，说，吃饭。

儿子狠狠地盯着她，没开口。他不开口，这眼神看上去更狠毒。李明珠看在眼里火在心里，但不能为了一个眼神对儿子发火，她一肚子的气要撒也只能撒到丈夫身上。可刘庆丰把晾着的衣服都收了，叠整齐了放进了抽屉里，热水瓶里也灌满了开水，饭菜都摆上桌子了，连卫生间里的抽水马桶也用洁厕精洗过了。

李明珠在家里转了一圈后，又转了一圈，实在找不出让自己发火的理由。这让她更火了，一步走到刘庆丰面前，指着他的鼻子问他：今天抽了多少根烟了？我隔着三丈远都能闻出你的烟味来。

那不成狗了吗。儿子在她身后说。

他好像存心要把李明珠肚子里的火往自己身上引。李明珠厉声问他作业做了没有，她不容儿子开口，一指房门让他做作业去。刘庆丰这才说，总得让他先吃饭吧。

李明珠松了口气，刘庆丰只要一开口，她一肚子的火就找到了导火线，吃吃吃，她一连说了三个吃，一跺脚说，吃死你。

刘庆丰咽了口唾沫，往常只要老婆的嗓子提起来了，他的嘴巴也就闭上了。今天却稍有不同，他朝她咧了咧嘴。那笑容一闪即逝，他往饭碗里夹了几筷菜，拿着碗就去了隔壁。

这举动却让李明珠变得无限落寞，就像星星之火找不到燎原的草皮。她一个人吃完饭时天都快黑了，叫了两声儿子，屋子里回荡着她的声音。过了会儿，她走到房门口叫儿子快出来把饭吃了。儿子从里面喊出两个字：不吃。这话又把她的火惹了上来。

可火归火，等她洗干净碗筷，擦干了手，她有点担忧起来，一扭身去街口的小店里买了两包泡面。

李明珠拿着两包面回来，看到儿子已经出来吃完了，那只碗空荡荡地放在桌上，她那颗心才算放下去。

2

第二天，李明珠天没亮就醒了。她像块煎饼那样在床上翻来覆去，可是一句话也不说，紧咬着牙齿，把什么话都憋在肚子里。刘庆丰问她怎么了，是不是结石又痛了。她没说话。刘庆丰问她今天要买什么菜，她没说话。起床后，儿子要上学去了，问她把他的球鞋放在哪里了，她还是没说话。刘庆丰也准备去上班，走到门口回头看了她一眼。

那时，李明珠正在水池边洗脸，她是从墙上的镜子里看到丈夫回头的表情，忽然想说了，却又不知道从何说起。等到刘庆丰转身走了，她才对着镜子没头没脑地说了句——没有这么便宜的事。

李明珠一遍一遍地洗脸，然后又一圈一圈地在屋里转悠，快到九点钟的时候她想通了，决定去一趟饭店里。

可这一路上她越走越急，就像去赶一班快到点的汽车那样，走得都快要跑起来了，路过一家杂货店时她进去买了包烟。李明珠拿着这包烟来到经理办公室里，给在场的每个人敬了支，然后笑嘻嘻地对经理说昨天是她一时冲动，回到家里让她老公骂了一个晚上，总算把她骂醒了，现在她不要求下岗了。

她伸出手请经理把签字那个文件还给她。她说，让我来把它撕了，我这就回厨房里干活去。

经理却说那文件从她签完字的一刻起就已经生效了，而且已经送上去了。李明珠说不会的，肯定是经理在吓唬她，在寻她开心。她说，我可没空跟你们闹着玩，你们在水里，我现在是站在火里。

经理说他也没空跟她闹着玩，他在这种事上面从不闹着玩。

李明珠的脸色变了，说，判了死刑还有十五天可以上诉呢，你们办起这种事来怎么比杀人还快？

经理没理她，李明珠就看着副经理。她跟副经理的关系一向不错，他们年轻的时候关系更好，好到就像两根筷子，搁起来是一副，用起来是一双。他们上班一块来，下班一块回，吃过晚饭还一块在公路上逛。那时的副经理在厨房里配菜，他的手一天到晚油腻腻的，走着走着就用它捏住李明珠的手。李明珠随他捏着，他捏得越紧，她的头垂得越低。有一次，他还把手伸进她毛衣里，李明珠就红着脸让他在那里揉啊捏啊。揉得她都快喘不上气来了，才想起推开他。他就用脚顶住她，把她顶在一根树干上。李明珠没力气了，她的心跳到了嗓子眼里，跳到了脑袋里，人也跟着成了一团面。她的背抵着树干，肚子上却顶了根树杈，它们都硬邦邦的，一起支撑着她。可顶了阵他就不行了，抽起筋来了，打摆子似的从喉咙发出了呜呜的声响，人也软下去了，蹲在了地上。李明珠很害怕，用手拉他，问他怎么了，他却蹲着支支吾吾不肯站起来。

李明珠一直到跟刘庆丰结了婚，才明白那天在他身上发生的事。虽然后来他再也没捏过她的手，也没把手伸进她衣服里，可凭着那次让他隔着裤子舒坦了一回，李明珠觉得他应该在这时为自己说句话，再不说就没机会说了。她用眼睛一个劲望着副经理，看着他把一杯茶喝完了，光剩下茶叶了，他还在咝啊哈啊地咂着嘴。李明珠的心凉了，她在办公室中央站了会儿，见没人理她就冷笑一声，一转身，走了。

外面的阳光这时刺眼地照耀着，空气中到处飘荡着一股饥肠辘辘的气味。李明珠穿上旗袍，像迎宾小姐一样站在饭店的台阶下，她以标准的姿势站立着，双手摆在屁股后面，收腹挺胸，脸带微笑，不卑不亢。已经很久没有这样无依无靠地站着了，她的腰酸了，她的脖子也酸了，可她的腿一点也没感觉。这种滋味只有在当年杭州的望湖宾馆培训时才有过，她的师傅是个三八红旗手，整天让她在头上顶只碗站在房间里。

李明珠一直都在怀念那些晚上的日子。那时也像现在这样，是夏天快到的季节，她像西湖里到处盛开的荷花，一阵风都能让她笑得摇摇晃晃。杭州市里有一个小伙子看上了她，请她吃饭，请她看电影，请她到断桥上去看月亮。李明珠对他说她已经结婚了，他根本不相信，他说要验过了才知道。李明珠坐在他宿舍里的一个晚上，真想让他验一验，不过城里的男人就是有点娘娘腔，有点油嘴不油身，真要让他动真格了，他倒反而一本正经起来了。他把李明珠从靠着的床上拉起来，说他要得到她的心，不是她的人。李明珠听不懂他说的，就看着他的眼睛。他的眼里有亮光跳跃着，像刀子上的锋口刺人双眼。李明珠莫名其妙地害怕起来，她的脸一阵红一阵白。男人动手动脚让人害怕，男人光说不练更让人难过。李明珠这时既难过又害怕，她说什么人啊心啊的，她不懂。说完，拉开门就跑着回了旅馆。她有点羞愧，有点恼怒，又有点纳闷，城里的男人怎么像猪一样。

那人还偷偷写情书给她，那些信在她回来后仍跟雪片似的飞过来，弄得李明珠收起来也不是，撕了也不是。那时候，在跟刘庆丰睡觉时，她会冷不丁地想起那人，不知道城里的男人是怎样睡的。可这种好时光过去了就没有了，像她现在的胸脯一样，瘪下去了就再不可能鼓起来。

现在，连干了二十多年的破饭店都不肯给她一次机会，李明珠百感交集，所以说出的话越发声情并茂。她拦住走向门口想进去的顾客，劝他们千万不要进去上当，那里的菜是隔夜的，炒菜的油是回锅的，盛菜的盘子是没消毒的，最最要紧的是里面的经理得甲肝进过三次医院了。

李明珠见到上海人就用上海话说，见到杭州人就用杭州话说，见到北京人就只能用普通话说了。她劝他们要吃饭可以到对面的"好再来"，或者到隔壁的"罗星阁"，就算到街拐角的排档上也比这里强。她把二十多年来在饭店里积累的经验、学会的噱头统统用上去了。

这种做法很有效，也很吸引人。有点像街上常见的义务宣传与义务门诊，一下就有很多人围上来看她。

饭店里的服务员正看得起劲的时候，经理命令她们出去，想办法让她走。可是服务员都不愿意，她们说这不是她们的工作，她们的工作是笑脸迎客。经理就回头让站在身后的工会主席出面。工会主席说人家已经不是店里的职工了，他管不了。经理的脸色很难看，让人找来副经理，对他说治安工作是他负责的吧？现在去门口管管去，不能让一个人坏了整家店的形象。

副经理没法子，官大一级压死人，他要当这个副经理就得硬着头皮亲自出去，搓着双手劝李明珠别这样，这是没意思的。李明珠没理他，背过身去给他一个后脑勺。副经理只好转过去又说，这是损人不利己的事，对你一点好处都没有。李明珠再把脸转过去，副经理就像个缠着大人要零花钱的孩子，又跟着转过去。等到看见饭店里的服务员都在冲他笑，脸上搁不住了，只好板起面孔，说，那你把工作服脱下来，不上班就没资格再穿这件衣服了。

这句话有分量，说得李明珠的身子唰地转过来。她把副经理从头到脚看了两遍，鼻子里哼哼着，迎着副经理一挺胸，把胸脯实实在在地蹭在了他手臂上。当年，他一下就瘫软在这对乳房下面，今天也一样。李明珠说，那好，你来脱。

副经理的脸腾地红得跟厨房里的猪肝一样。李明珠向前跨一步，他就向后退一下。虽然，他一丝一毫也没感受到这对胸脯的分量，可是在明亮的阳光下，在那么多笑眯眯的眼神中，这对包裹在水红色丝绸下的乳房就是武器，是两门昂扬的大炮。

这时，工会主席出来给他解了围，副经理也是饭店的员工，是员工就是他关心的对象。可他一来也把话说错了，他站在台阶上说再不走，他就要报警了。

李明珠这才忽略掉副经理，仰脸望着工会主席，那眼神像根针刺在这张油腻腻的脸上。她说，你最好让人把我拖去枪毙了，一了百了。

李明珠脸上有了真正的笑容，她嘻嘻哈哈地笑了起来，笑得就像个疯子，笑得围着她看热闹的人也跟着笑了。他们都说这样爽快。

谁曾想，警车不一会儿真的呜呜地叫着开来了，那声音听着都让人心惊肉跳。李明珠也有点怕了，她把头发向后拢了拢，对看着她的那些人说，我不怕，我没偷没抢怕什么？

警察确实没什么好怕的，人民警察就是为人民服务的，而且还见多识广。他们只看了李明珠一眼，心里就跟明镜似的一清二楚。他们让围观的人不要看热闹了，都回家吃饭去。他们让李明珠也回家吃饭去。李明珠说她没地方吃饭了，她的饭碗砸了。警察就不好再说什么了，为这事是不能请她上派出所的食堂里去吃饭的。他们连经理递过来的烟都没接，让他把自己分内的事管好做细了，不要给人添麻烦，警察有警察要干的事。他们还让经理去学点法律常识，不要动不动就报警。

经理伸开两只手也问他们：那叫我怎么办？我不能打她，也不能骂她，赶又赶不走，你们叫我怎么办？这店还做不做生意？

那两个警察都想笑，其中的一个说，做生意是你的事。他扭头看了眼得意洋洋的李明珠，总觉得这话说得不太妥当，想了想，对经理说，没人会站一辈子的，站得没劲了，自然会走的。

这话说得一点也不错。中午的热闹劲一过，李明珠倒是真的走了。她一扭身刚走了几步，对面好再来餐厅的老板跑着追出来，把她请去了。一直请进了楼上的包厢里，关上门，脸上露出了亲切的笑容。

李明珠却毫不在意。老板还在百福楼饭店里当厨师那会儿，李明珠就没拿他当过一回事。他是个贼，而且还是个专吃窝边草的贼。这种人最让人看不起了，他就知道把炒剩的菜从后门带出去。抗洪那年人家都去了坝上，都在拼了命地保护家园。他倒好，找了辆车把厨房里的家伙都拉走了，连几把菜刀也没放过。这事把镇长惹火了，把县长也惹火了，他们一拍桌子，公安局局长就不得不火起来。人家是顶风作案，他是顶着台风暴雨作案，这就不仅仅是个盗窃问题了，这是在破坏全镇人民抗洪救灾的决心，当然要罪加一等。

一车锅碗瓢盆外加两把菜刀，他就给判了十年。

这十年牢，把他的头坐秃了，肚子坐得更大更宽了。可事情就是这样不可思议，干了十年活的人没成老板，他坐了十年牢却成了老板。他把这笔账都记到了"百福楼"头上，一出来就在对面开起了饭店。

老板现在是明人不做暗事，他打出牌子要唱对台戏，他要把失去的时光追回来，要在哪里跌倒就在对面爬起来。他对李明珠说他们过去是同事，现在却成了同志。他一指桌上早备好的客饭，让李明珠尽管吃，千万不要跟他客气，他们是为了共同的目的才走到一起来的。老板还说只要她站一天，他就供应一天茶水与盒饭，如果下雨的话他连伞也准备了。

李明珠真是感激老板，抬头看着他，她看得很仔细。虽然，包厢里没有开灯，可她清晰地看见老板脸上透出的红光。他是个红光满面的男人，他的脸像个红烩猪头，上面还有层油腻腻的光泽。李明珠看完他再看桌上的饭菜，红烧猪排、炒干丝、炒豆芽、雪菜冬瓜汤，她对老板说，你放心吧，你的客饭我吃定了。

李明珠一连站了三天，可是到了第四天，饭店的经理已经没有耐心了。他在办公室里掐灭刚点燃的一支烟，拿起电话打给酒厂的厂长，请他看在经常来吃饭与记账的分上帮个忙，去做做刘庆丰的工作，让他劝劝老婆不要再胡闹了。经理搁下电话还是不放心，想了想又拿起电话打到中学的校长办公室，请校长也看在他们是邻居的分上帮个忙，做做李明珠儿子的工作，让她的儿子劝劝他妈，不要再站在饭店门口胡闹了。

于是，这天中午的时候，李明珠一家子都到了饭店门口。刘庆丰看着老婆觍着脸笑着，一句话也不说。他儿子却一点也不客气地上去一拉李明珠，让她马上回家去，别站在大街上给他丢人现眼了。李明珠让儿子快回家去，她说这不关别人的事。可她儿子说，我不是别人，我是你儿子，你丢脸，就等于是丢我的脸。

次日一早，儿子背着书包上学去了。出了院子他仍然有点放心不下，重新回来，走到李明珠床前叮嘱她，别再站到街上去了，你就待在家里吧。儿子说，你就让我安安心心地读几天书吧。

3

一个大活人只有手脚闲了下来，脑袋里想的东西才会多起来。李明珠日思夜想，苦思冥想，思前想后，到了怎么也想不通的时候，能做的事就只剩下睡觉了。睡觉不仅可以美容养颜，还能让心头的怨气一点一点地平息下去，就像搁着的一杯开水那样慢慢凉下去。

李明珠闷头闷脑睡了几天后，发现睡觉还有一个好处，它不仅省力而且省钱。这天，她在床上再也待不下去了，那样会把一个活人睡成死人的。她打算去看趟父母，可人到了街上就像一滴水掉进了一条河，她变得身不由己，不由自主地跟随一些游客逛了起来。

　　这几年，李明珠住的镇子像让太阳烤煳了似的，一天到晚热辣辣黑压压地挤满了人。这些人从各式各样的汽车里下来，如同一群春天里的小蝌蚪，在垄沟里撞来撞去。然后，就顺着街道一个劲地往里涌。街上铺了没几天的石板路，很快被踩得又光又亮，不久就发出了一片路基松动的声音。

　　李明珠走在这些咕咚咕咚的声音里，毫无理由地想起了过去的时光，要不是亲眼看着房管所的人把新房子拆掉盖起了旧房子，还用墨水把白墙刷得黑乎乎的，她真以为又回到了爷爷奶奶活着的年代。她看见镇上的人都敞开了自己的家门，在墙上挂满用油烟熏黄的国画；他们把祖先的牌位也拿了出来，放到最显眼的地方，还在下面摆上了在尿水里浸泡过的铜器与烧热后淋上猪血的玉器；那些人笑容满面地坐在家门口，就像售票员坐在公共汽车上，弯着舌头招呼李明珠到他们家去坐坐看看。这些人真是赚钱赚糊涂了，看见是个人就想往家里拖，李明珠告诉他们她是本地人，她从小就住在这条街上的。他们却说没关系，去看看吧，现在跟过去不一样了。

　　现在跟过去当然不一样了。李明珠在街上转来转去，像个检查卫生的退休工人。她把镇上的旮旮旯旯都逛到了，发现只要有个旮旯就能有钱赚，就算上屋顶揭几片瓦也有人敢摆在家门口叫卖。他们把这种东西称作瓦当,是艺术品,什么叫秦砖汉瓦?就是这个东西。那些人吆喝得额头上的青筋一跳一跳的,一脸的真诚,满腔的热忱。李明珠却觉得很滑稽,可一想自己现在比这些摆地摊的还不如,她焦急起来,决定要去找个活干,不能一天到晚在街上闲逛,那是要坐吃山空的。

但在找工作的事上她很慎重,出发之前,已经去贴满海报的那面墙上看了大半天了。那些工作都不行,做生不如做熟,要干还得去干老本行。李明珠打定主意就回家换了条新点的裙子,把脸仔细洗了一遍,擦上粉,还用水把头发抹湿了,让它们湿漉漉地粘在额头上。

李明珠在镇上转了一圈,那些饭店差不多让她问遍了,而饭店的老板给的答复也是差不多的。他们把她打量了几眼后问她几岁了?然后告诉她,他们要的是18—25岁的服务员。

等李明珠来到好再来餐厅时,头发早干了,脸上的粉也随汗水被抹干净了。老板对她说的话比别人要实在,他说是真不需要人了,多用一个人,他就得多开一份工资。李明珠很失望,回头看了眼对面的百福楼饭店,现在正是夕阳西下的时候,正是饭店又开始热闹的时间。

老板在李明珠快走到门口时,赶上来,笑嘻嘻地问她服务员还没当够吗,干吗要在一棵树上吊死。老板指着大街给她出了个主意,你去拉客,把客人拉进来就给你十点回扣。老板说,那比伺候人好赚多了。

李明珠回了他一句:你妈才去拉客呢。

李明珠找了几天没找到活干，就从箱子里找出刘庆丰的一件毛衣，把它拆了，洗了，晒干了，她准备用这些毛线织三双冬天穿的绒拖鞋。可一个人在家里干这活太静了，也太热了，她犯不着为了织双鞋子整天开着电扇，就用一个马夹袋装着它们坐到廊桥的条石上去织。那里的阳光都被挡在廊棚外面，而且从河上吹来的风很凉爽，还带着一股清清淡淡的水草气味。

这天，李明珠正织得起劲的时候，一对上了年纪的夫妻来问她烧香街在哪个方向。李明珠用嘴一努桥下的街道，告诉他们这个地方就是烧香街。他们又问她那桥下的药师庵上哪里去了。李明珠说去了西园路。说完，她有一针织错了，可那对老夫妻仍在不屈不挠问她，那西园路又在什么地方？

李明珠索性放下手里的活，对他们说，西园路就在有个西园的那条路。

上了年纪的人就是烦，他们嘀嘀咕咕地说烧香街上连庙都没了怎么还叫烧香街。说着，就在李明珠旁边坐下来，说他们当年就住在药师庵边上，门前还有两棵银杏树，一到秋天银杏果子噼噼叭叭地掉到院子里，捡得他们手指都烂了。他们还说庙搬了，总不会连树也一起搬走了。他们像是在说给李明珠听，说着老头儿拿出照相机对着桥头拍了张，又对着桥尾照了张。然后，他把照相机递到李明珠跟前，请她为他们合拍一张，他指点着上面的按钮，说，谢谢你，按下去就可以了。

李明珠还是头一次摆弄这种东西，有点紧张。她在镜头里看了好一阵，看着他们拉直了衣襟，挺起腰板坐正了，才叫他们笑一下。他们就这样咧开了嘴。他们雪白的牙齿肯定是假牙。李明珠还是有点紧张，不过按下去咔地响过了，她就轻松了。原来这就是给人照相的感觉，李明珠有点不敢相信，她反复看着手里的照相机，忽然问他们是不是还要去西园路？她说，我带你们去吧。她说，我还可以替你们拍照。

老头看了眼老太婆，看得出老太婆才是做主的人。她摸出一包果脯，用两根手指挑了颗塞进嘴里，含着果脯问李明珠价钱怎么算？她的话说得真动听，把李明珠不好意思挑明的话一下子说了出来，甜滋滋、金灿灿的就像她含着的果脯。李明珠说，钱随便你们给，就当请我喝瓶矿泉水，只要你们玩得高兴，给不给都没关系，反正我闲着也是闲着。

李明珠说着就开始收拾那些毛线，心里一畅快，嘴里的话也越说越多。她拎着织了一半的拖鞋，领着他们去了药师庵，去了朝南大街上的万世堂，又穿过了整条西棚街的长廊。她像带着两个多年不见的亲戚，带着他们把镇上收门票的地方都走了一遍后，开始担心起她的钱来。应该事先把价钱定下来，应该跟饭店里一样，虽说是先吃后付账，却都是明码标价的，这样结账起来就说得清道得明了。钱的问题一下子像石头一样堵在李明珠心里，她的两条腿也如同拖了这块石头，越走越沉。等到和他们站在邮电路上告别的时候，她完全是在强颜欢笑了。

不过，老头儿很爽快，掏出钱包翻了翻，抽了一张人民币问她够了吗？李明珠心里的石头咚地掉下去，溅起了一片水花。她清晰地听见了这个声音，反倒有点不好意思起来。她的脸红了，说出的话也有点紧张了，想不到赚钱就这么简单。李明珠客气了一下，就一下。她像怕老头儿会老实不客气地把钱放回钱包那样，慌忙一把接过钱，连看也不看就在手里攥成一团，毫不含糊地往口袋里一塞。她的一口气松了，心田里的水哗哗地流遍了四肢。这感觉真舒服，这就是赚钱的感觉。她真想在路上蹦一蹦，跳一跳，可走了没几步就听见老头儿在喊她。李明珠马上警觉起来，如果这时候是在夜里，街上没有这么多来来往往的行人的话，李明珠说不定会跑起来。

她慢悠悠转过身去，听见老头儿问她哪里的饭店吃起来实惠一点。李明珠又松了一口气，她一想就想到了好再来餐厅。这回老头儿也不客气了，他说，那你带我们去吧。

"好再来"的老板亲自站在门口迎客，他一见李明珠两只眼睛就眯了起来，亲自把他们领到座位上，伸手招来服务员。李明珠闻到饭店里的味道，精神就上来了，她站着对老板说这是她的亲戚，他让老板关照下去菜要炒好一点，价钱收便宜点。老板连连点头，还亲手斟了三杯茶，拧了三块毛巾，让他们先擦把脸。她把话都说到这份了，老头只好开口请李明珠跟他们一起吃个便饭算了，他老婆也跟着说一起随便吃点吧。李明珠客气了几句才拉开椅子坐下了，反正是不吃白不吃，吃了也白吃。她是见惯了饭桌上的人，听惯了饭桌上的话，人只要一坐到饭桌前，就是韭菜下到了热锅里面，三拌两拌就熟了，透了，香味就腾腾地上来了。李明珠随便搬几句好听的话一说，菜还没上齐，就已经哄得这对老夫妻像耳朵里灌了酒，一个劲地晃动着脑袋，就差没认她做干女儿了。上了岁数的人就是好糊弄，只要让他们的耳朵舒服了，他们身上什么地方都舒服了。老头儿特意去总台上借了纸笔，把他们的住址电话留给她，非要让她带着丈夫儿子明年去北京看他们。他说他们两个儿子都在外国，他们什么都不缺，就缺说说话的人。

李明珠把他们送上了汽车，直到汽车开走了，她还站着使劲地挥手，挥得人都快要飘起来了，她还在用力挥着，不停地挥着。她是自己在对自己告别，她要把在饭店里干的二十二年都用这辆车装走，就剩自己留在这个停车的地方。李明珠虽然一口酒也没喝，而且还满满地吃了两碗饭，可她走起路来轻飘飘的，两边的脸也红彤彤的，心在胸膛里面突突地跳着。她一会儿左手捏着右手，一会儿又右手捏着左手，一再让自己克制，可高兴的事怎么能说克制就克制呢，这跟肚子里燃着一团火是一样的，愤怒与快乐都是用来发泄的，憋在心里都是很难受的。李明珠走进一家文印店，看着正弹琴一样敲击电脑键盘的小姑娘，对她说要印张名片。李明珠活了四十年还是头一次印名片，她问小姑娘印一盒是多少钱？小姑娘让她等一会儿，等她把手头上的尾巴了结掉。李明珠说，我等不及了。

小姑娘抬头看了一眼，给了她一张纸，让她把姓名、单位、职务、地址、电话、手机都写清楚了。李明珠写了个名字后就有点傻眼了，她拿着纸和笔走到放着样品的柜台前，把那里放着的名片一张张从头到尾看了个遍，一直等到小姑娘把电脑里的尾巴结掉了，问她好了没有。她才在名字后面又加了四个字——导游小姐。她想了想，把家里的电话也写了上去，看了看后觉得导游小姐这个称呼不好听，与她的年龄也不相符，太轻薄了，太妖气了。现在的小姐早已不是过去的小姐了。李明珠考虑再三，把后面的小姐涂掉改成了导游。

李明珠决定要做导游了，她对小姑娘说简单点，就这样行了。小姑娘看了眼纸让她先把钱付了，过半个小时再来取。李明珠说，一手交货一手交钱，那是规矩。

小姑娘说，我印好了，你不来取我找谁去？

怎么会呢？上面不是有电话吗。李明珠说。

可你没地址、没单位啊。小姑娘，你不来取我找谁去？

我付了钱，你印错了怎么办？李明珠问。

小姑娘说，不会的，就这几个字不会错的。

李明珠没办法，要印就得先付钱。她让小姑娘再便宜点，她说字少就应该便宜点。小姑娘回答她说名片不是按字数算的，是按张数算的。李明珠有点不高兴了，脸也跟着沉了下去。她对小姑娘说，你不便宜，我就不印了。

可是，李明珠再次来到好再来餐厅时就后悔了，应该把名片印起来，这时候递上一张就是像模像样地谈生意了。现在，她只能对老板摊开一只手掌，老板没明白她的意思，笑眯眯地看着她。李明珠对他说她现在是导游了。说着，她抬起另一只手，把两只手的食指交叉着举了举，说，十点，我是来拿我那十点回扣的。

老板从账台里拿出一个本子说他把账目记在这上面，让李明珠一个月一结账。他说这叫月结。

李明珠摇了摇头，坚持要一天一结账。她说，我不要月结，我要日清。

4

李明珠忽然想要痛痛快快地花上一次钱，但这钱要花得让自己高兴，要实惠，还要让儿子高兴，让刘庆丰也高兴，于是决定去菜市场。李明珠在闹哄哄的菜市场里转了一圈后，才发现买菜其实也是件挺伤脑筋的事。看得上的东西她嫌贵，看不上的买回去又怕没人吃。现在不仅赚钱不容易，花钱也很麻烦。李明珠蹲在一个冷冻摊前看了鸡翅看了鸭掌，看完价格看成色，她有点拿不定主意，不知道刘庆丰买菜的时候会不会有她的顾虑。李明珠一般不大上这个地方来，买菜与炒菜一向是刘庆丰干的活，她只在家里负责把每天花掉的菜钱记进账本里，再把刘庆丰口袋里的钱盘一下。以前是一个星期盘一次，可最近刘庆丰好像烟抽得多起来了，李明珠隔上两天就让他掏出钱来盘一下。在她盘钱的时候，刘庆丰站在一边等着，用眼睛斜视着她，嘴里还哼哼地冷笑着。一听到这声音，李明珠心里就来气。她越气，就把刘庆丰的口袋看得越紧。这是她妈在侍候她坐月子时说的，要看住男人，只要看紧他的口袋就可以了。男人口袋里没钱，就算飞出去了也找不着枝头。李明珠却认为男人没了钱，就等于是把他翅膀上的羽毛拔了，想飞也飞不起来。

可是，拔光了羽毛的刘庆丰还是能扑腾几下的，虽然工资发下来在他口袋里放不到八小时，就得连工资单一起交到老婆手里。他的奖金也逃不过这样的命运。

刘明珠一碰见酒厂的人，问的第一句话就是奖金发了没有？发了多少？可奈何刘庆丰有手艺。他是车间里的机修工。有手艺的人都有外快，他把赚来的外快放在自己的工具箱里。那只工具箱就是他的小金库，那些钱他想怎么花，就可以怎么花，谁也管不了。

刘庆丰按时上班，准时下班，吃过晚饭就在家里转悠，话也不说，歌也不哼，就像哑巴一样从里间走到外间，又从外间走到卫生间里撒尿，然后哗哗地用水冲马桶。一听见水声，李明珠就心疼水费，她经常皱着眉头问刘庆丰你是男人还是女人？是男人怎么天天跑家里来撒尿。刘庆丰笑了，他要的就是李明珠心烦，烦了就不想见到他了，他就到该出去散心的时候了。

刘庆丰出门前还忘不了在桌上拿个空茶杯，不放茶叶，不倒开水。这表明他要去的地方不远，最远也不会走出这条街。他是去人家家里聊天，用人家的茶叶与开水泡杯茶喝。他活得就像李明珠肚子里的蛔虫，他把李明珠要说的话都堵在了她肚子里，连她不想说的话他都想到了。他对李明珠说不是他不想待在家里陪她聊聊天，他是怕一聊起来儿子就没心思用功了。

李明珠冷笑一声，你是怕我骂你吧？她说，你知道怕就好。

刘庆丰真的是有点怕李明珠，特别是怕她又尖又脆的嗓子。他下班回到家里见李明珠已经把菜烧好了不说，还在桌上他坐的那边放了瓶酒，刘庆丰有点吃不准了。

李明珠从厨房里出来，看见他就忍不住要笑，她越想笑就越抿着嘴忍住。可是，一个人的运气来了是忍也忍不住，挡也挡不了的。李明珠觉得运气就是条狗，现在正咬住她不放呢。

吃饭的时候，她一个劲地给儿子夹菜，让刘庆丰也吃，她还问刘庆丰她炒的菜味道怎么样？她把什么话都说了，就是不提要去当导游的事。她要把好消息留到最好的时刻说，那个时刻就是等到天黑了，外面的街上静下来，儿子呼呼地睡着后，她要在床上对刘庆丰宣布这件事，完了她还想庆祝一下。所以，她破天荒地备了一瓶酒，还破天荒地往刘庆丰杯子里倒个不停。

男人只有喝了酒才能兴致勃勃，可刘庆丰的兴致好像一天不如一天了，就知道埋头喝酒吃菜。李明珠有点失望，放下碗看了看他，又扭头看了看窗口，忽然一拍大腿问自己，我怎么把这么要紧的事给忘了呢？

李明珠顾不上吃饭了，她像游客一样在镇上走了一圈。这个时候街上的铺子正准备打烊，她问忙着收拾的人是不是老板，她说她是来谈点小生意。人家请她有话坐下说。她说不了，就站着说行了。李明珠说她是一个导游，从明天开始她会带客人过来，他们买不买东西我管不了，买什么东西我也管不了，但他们买了我就该有回扣。她说这是做生意的规矩，说着就把两根食指伸出来，一交叉，说，不多，我只要十点。

李明珠一家一家走过去，说过去，不一会儿天就暗下来了，街上的路灯也亮起来了。她心里很着急，可这种事急也急不来，话只能一句一句去说，一遍一遍地说，一个人一个人地说。她真想弄个喇叭把这些人喊到一块来，给他们开个会，但那是不可能的，她只能挨家挨户地把已经关了的店门敲开来。

她对家里开着私人展览馆的老板也这么说，我把人带来，你卖了几张门票，我就拿几个十点。李明珠走得脚都软了，说得嘴也麻了，她才发现了一个道理，什么叫老百姓？就是有一百个姓，就有一百条心。这些人中间有人一口同意了，有人跟她讨价还价，有人不同意就算了，还瞪着眼睛说要去告发她。

李明珠也不客气了，瞪着眼睛回敬说，我是靠两条腿走来的，你是开着店坐在这里的，我们谁怕谁啊。

回到家里咕嘟咕嘟喝完了一大杯凉开水后，李明珠才发现屋子里静悄悄的，灯虽然亮着，刘庆丰出去了，连儿子也不在房里做作业。她一屁股坐在椅子里，还没来得及生气，就马上又想起了明天要穿的衣服。做导游的形象很要紧。她拉开衣柜，把衣服一件一件拿出来，却怎么也找不到一件像样的衣服。这倒是一个不大不小的问题，李明珠正想着，儿子回来了。他一见李明珠就说到同学家里问道数学题去了。李明珠叹了口气，这摆明是在糊弄她，可她不想骂儿子，也不敢骂儿子，儿子不像刘庆丰任你怎么骂都是浪花打石头，拍得再响他也不吭声。儿子的这脾气就像自己，你越骂，他跟你争得越响。

现在，李明珠早已经争不过儿子了。他说出来的道理一套一套的，有的连听也没听说过。她不想让儿子坏了自己的情绪，就叫他快做作业去。等儿子进了房间，她才想起问他刘庆丰去哪里了。儿子瓮声瓮气地说，不知道。

等待是一团火，一下子熊熊地烧起来，又一点一点地灭下去，灭得只剩几丝火星了，一阵风过来又呼地烧起来。

李明珠心头这团火反反复复烧了又灭，灭了又烧，折腾得她肚子里胀鼓鼓的，就剩下一股钻来钻去的气时，刘庆丰回来了。像带来了一阵风，呼地吹得李明珠心里的火星子又跳跃着飞溅起来。她在床上翻了个身，把白天发生的事一桩桩一句句从嘴里倒出来，她尽量克制着自己的嗓子，说得既轻又慢，在静静的房间里仿佛水在流淌。老夫老妻是用不着客套的，她的眼睛在黑暗里一闪一闪的，她的手也没闲着，也跟水一样一路在刘庆丰身上往下流，流着流着水就漫了上来，漫成了水淹金山，一下让刘庆丰浮了起来。这时的刘庆丰就像根木头，一根直挺挺的木头，一根水往哪里流，就往哪里漂的木头。他在水里一起一伏哼哼叽叽，可漂到半路就搁浅了，任你流水有意哗哗地推着鼓着，你越急越澎湃，他索性一个鱼跃翻到了岸上，像鱼一样翻着白眼动不了了。

李明珠真是恨铁不成钢，只能眼睁睁地瞪着天花板，让这锅半开没开的水再一点一点地凉下去。不一会儿，刘庆丰的鼾声上来了，就像海上生明月，逼着李明珠清清楚楚地看到了自己波光粼粼的水花。她忽地坐起来，对着他光溜溜的脊背骂了声猪。骂完了，还觉得愤愤难平，就狠狠地踹了一脚，把刘庆丰踹得跳了起来，愣愣地问她怎么了？出了什么事？李明珠说，猪就是猪。

5

李明珠接的第一批客人是上海人。他们从一辆依维柯里钻出来，男男女女老老少少一共八个人。这是个吉利的数字，八就是发。李明珠跑上去就问要不要导游，我带你们去玩吧。上海人让她走开，别挡着道路。李明珠就拦着问他们第一次来吧？那就更应该请个导游了。她说时间就是金钱，少走冤枉路就等于给你们挣钱了，你们只要跟着我就行了。说到最后，她说给不给钱随你们便，她是头一天上班，就当图个热闹，讨个吉利。说得那些人都烦了，领头的男人用手向她一指，别说了，前头带路吧。

李明珠的鼻梁上架着一副墨镜，脖子里挂了串珍珠项链，一只手里拿了张地图，挡在额头上遮住火辣辣的阳光，另一只手高高地举着块手帕像面旗帜那样，率领着这伙人出了停车场。

导游就是带领客人到处走走逛逛，一路上有话没话地找话说，要不停地说，不能让游客觉得冷场了。这跟饭店里把客人领进包房里一样，在酒还没开菜还没上时站着陪他们聊聊天。这些李明珠早就会了，她还知道只要说得客人高兴，他们掏钱的时候也会高高兴兴的，这跟上饭店吃饭又是同一个道理。关键是要有客人，客人来了还怕钱不来吗？

李明珠带着这些人走在镇上，她回头看的时候，就像看着滚滚而来的钱，乐得心里都开了花。不做导游她不知道，原来自己这么地能说话，这么地会说话。李明珠的嗓子又尖又脆，她领着游客一路走到那两棵合欢树下，她说这两棵树就是镇上的牛郎织女，牛郎织女一年还能会上一次，可它们干望了六七百年。李明珠说到动情处自己都快感动了，她对那些笑哈哈的游客说，苦就苦在看得着、望得见，却偏偏又碰不上、摸不着。

一个戴着眼镜的游客上下打量了她好一会儿，冷不丁地问她以前是不是唱过戏？李明珠认为那是因为她说得比唱得还要好，才会有人这样问。她连连点头称赞这位先生就是有眼光。她说，如今唱戏没人听了，就算唱破了嗓子人家也当你在放屁。

这话说到了那人的心坎里，原来他是剧团拉二胡的。说话就要往人的心坎里说，要见人说人话，见鬼说鬼话，见到蛤蟆呱呱叫。要说得人家高兴，就算高兴不起来，也要说得人家感动、激动。人一激动了就不在乎钱了，就算在乎钱，吃饭的时候也不在乎酒了。李明珠趁着这些人兴致最高、最感动最激动的时候把他们带到"好再来"门口，提醒他们现在是吃饭的时间了。

她站在"好再来"的台阶上，一下子又回到当服务员的站姿，双手摆在屁股后面，挺胸收腹，面带微笑。她要的就是让对面的"百福楼"看看，看着她把一批一批的客人带进"好再来"里。她说，这是镇上菜炒得最好的饭店，我不会骗你们的，我们素不相识，我骗你们也没意思，好不好进去尝尝就知道了。说完，她指了指对面的"百福楼"，又说，大点的饭店就在对面，有谁甘心让他们斩我也没意见，这叫不斩不知道，斩了别懊恼。

李明珠嘻嘻哈哈地就把人带进了"好再来"，转眼也像到了家里，不等服务员招呼，就安排他们一个个坐下。她把菜单像唱歌一样报出来，还有什么比干老本行更拿手的？李明珠一下子回到了过去，她说大伙要吃好喝好，要吃饱喝足。她还让他们多喝点酒，她说黄酒是这个镇上的特产，喝了舒筋活血，保肝养胃，比吃药更管用。说到最后，李明珠实在没话说了，在一边站也不是，却又不敢冒冒失失地坐下，就傻呵呵地笑着，捋着她的头发。

那个拉二胡的游客这才想起她来，让她搬把椅子坐到他边上。李明珠一坐下就把嘴闭上了，把耳朵竖了起来。现在，轮到她听人说话了，这时听人说话是对人的尊重，是有文明、讲礼貌。李明珠却觉得跟这些人坐在一起很享受，那是人家抬举她，看得起她，拿她当个人看，才让她围着一张圆桌坐下。圆桌就代表了平等，是没大没小的意思。比起在"百福楼"里干的活，她一回到家就对刘庆丰说现在才是人干的活，她在"百福楼"里干了二十二年，是实实在在地做了二十二年的狗。她还说尝过了侍候人的味道，才能知道被人侍候的感觉有多好。她感叹一声，又说，吃吃喝喝才是人过的日子。

到了黄昏时分，李明珠送走了游客就更来劲了。她见到人就笑呵呵的，见到电线杆也忍不住想笑起来。她就像个去收租的地主，急匆匆地走在街上，挨家挨户地收她的回扣。她把收到的钱点了又点，回到家里一股脑地摊在桌上，又仔仔细细重新点了一遍。她对刘庆丰说想不到赚钱真的一点也不用费劲。她还问儿子想吃什么，想买什么，尽管对妈说。她说，我们的好日子就要来了。

但是，好日子是不会让人眼睁睁地看着扑面而来的。过了没几天，旅游公司的一个导游拿了一封信来到停车场。她把信交给李明珠就转身走了。李明珠追上去问她是谁让送来的。她头也不回地说是她们总经理。李明珠怎么也想不起旅游公司的总经理是谁，但那人肯定上"百福楼"吃过饭，现在他们变成同行了。李明珠迫切想知道信的内容，就在太阳底下拆开来读了起来。信是电脑里打出来的，说李明珠的行为损害了他们公司的利益，也违反什么管理条例的第几条第几项，还让她马上停止这种行为，并且在两天内到旅游公司作出解释，否则后果自负。李明珠把这封信看了两遍，撕成了八片随手一扔。这些纸一卷一卷地飞舞着，停车场里的老头儿跑了过来，他说罚款，乱丢垃圾罚款五块。李明珠说，你别跑了，省省劲吧，我去捡起来行了吧。

老头儿说不行。他问李明珠把头砍下来还能装上去吗？李明珠没理他，自顾自地弯下腰追着把地上的纸片捡起来。老头儿也追着她说真的不行，他等人丢垃圾等了好几天了，他有指标要完成的。他让李明珠就当帮帮忙：你就当一天少挣五块钱算了。

李明珠说，那不如你当没看见算了。

说来也奇怪，这时都九点钟了，一辆车也没开进来。他们就站在太阳底下有一句没一句地说着这五块钱的事，说到了最后，他们头上的汗都滴了下来，李明珠一指天空中的太阳，你看这么热的天，我们都是为了混口饭吃。她说，我们不要狗咬狗了，不如我请你吃根棒冰算了。

李明珠掏出两块钱让老头儿到外面的街上去买。谁知，老头儿接过来往口袋里一放，说，你还欠我三块钱。

李明珠没去旅游公司解释。她根本没把这事放在心上，倒是旅游公司的一个女人一早来找她了。这个女人长得又矮又胖，撑着一顶遮阳伞走得却很快，像一阵风吹来的一个皮球，一下就滚到了李明珠跟前。她上下打量着李明珠，李明珠也以她的样子上下打量着她。她问了声你就是李明珠吧？李明珠也问她是什么人？她说她是旅游公司里的人。接着她又问李明珠收到信了吗？收到了为什么不来？李明珠觉得这人很滑稽，她说话的表情有点严肃，说出来的话也很严厉。

我为什么要来？李明珠也问她：我没拿你们一分工资，凭什么要听你们的？说着，她就看着女人的脸，看着它一点一点变化起来，变得像块在烈日下暴晒的肥肉，一点点收缩起来，黯淡下去，她甚至可以感觉到上面晒出来的温度。女人把伞的一半遮到了李明珠头上，提议到旁边的一块阴影里去说。李明珠才不吃这一套，她断然说，不去，我不认识你，我没话跟你说。

女人把伞重新全部遮回到自己头上。她解释并不是她要来找李明珠的，是她的经理命令她来的，她也是没办法，不管你爱不爱听，她要说的话是一定要说的，这是她的工作。她说那她就长话短说了，可她一开口就成了关不掉的水龙头。不过说来说去就是一句话，就是说李明珠不能再接游客了，来镇上旅游的人只能由旅游公司接待。李明珠问她为什么？她说这是规定。李明珠问她是谁的规定？她说是旅游公司的规定。

那就不关我的事了。李明珠耸了耸肩膀，让她可以回去了。她说，我不是你们公司的人。

但女人却说没关系。她相信等她把话说完，走的人应该是李明珠了。于是，她不停地说，不停地解释旅游公司虽然是个公司，但也是政府下面的一个部门，叫旅游管理委员会，是一套班子，两块牌子，除了经营外还负责监督与管理镇上的旅游工作。她说她的总经理就是副镇长。她还对李明珠说，如果再执迷不悟、一意孤行的话就要采取措施了。

李明珠问她是什么措施？女人说是关于不道德的竞争，违反市场管理条例的措施。李明珠听到这种话就像耳朵里掉进了钉子，她让那女人别对她说这种话，她的心脏不好，这话要把她吓坏的。说着，就迈开两条腿走起来。只是，她怎么走都没走出停车场的大门。

李明珠沿着围墙在里面绕圈，那女人就像系在她裤子上的铃铛，一路跟着她。她走到哪儿，这女人的声音也出现在哪儿。李明珠烦了，站在停车场中央太阳最浓烈的地方，回头看到汗水正慢慢地、一滴一滴地顺着女人的鬓角淌下来，一直淌到脖子里面去。女人用一块手帕抹着汗，她的真丝连衣裙上半身的很多地方都湿了，在身上越贴越紧。李明珠本来打算对这女人说你不是我养的狗，跟着我是没饭吃的。可现在动了恻隐之心，觉得这女人也挺辛苦的，放着办公室不坐，来到大太阳底下说这些废话都是为了捧住手里的饭碗。所以，她把到了嘴边的话咽回了肚子里，站直身子听她说，等她把要说的都说完。

可是，这女人就像只广播喇叭，开着就怎么也停不下来了。就算广播电台里也有放放音乐、换档节目的时候，可这女人一说起她的政策来竟然没完没了了。这时，好在有辆轿车慢慢地开了进来，李明珠终于获得了拯救。她像飞起来的鸟那样，举起一条手臂跑了起来。她的生意来了，她再也顾不上那只广播喇叭了。她让自己的耳朵先断了电，现在轮到她开始广播了。车门还没开直，她已经开口了——要不要导游？让我带你们去玩吧。

女人这时也赶了上来。这时她也不再是只广播喇叭了，她成了一扇门板挡在李明珠前面，她说，李明珠，这样对你没好处的。

我不要好处。李明珠说，我只要生意。

女人不理她了。她扭头冲着轿车一笑，介绍说她是旅游公司的办公室主任，她说要导游请到他们公司里。说着，她做了个请的手势。从车里下来的四个男人，并没有走的意思，他们忙着先把嘴里叼着的烟点上，然后才问她哪里有厕所？女人愣了愣，李明珠可管不了这么多，有人抢她生意就等于在要她的命。她用手一拨，就把女人挤在一边，说，找厕所吗？跟着我来吧。

她领着那几个人就去了厕所，走到门口不等看厕所的老太婆开口，就掏出钱来每人两毛，替他们把钱也付了。其中的一个从窗口拿了两张草纸，李明珠又替他付了三毛钱。那人说等他出来把钱还给她。李明珠忙说不用着急，让他慢慢拉吧。说完，回头看见那女人还站在太阳底下，她撑着伞动也不动，远远看过去就像个巨大的蘑菇，拖着一个长长的影子。李明珠对看厕所的老太婆说没见过这种人，连我们混口饭吃的生意也想抢。老太婆说怎么没见过？她活了六十多岁什么人没见过？她说李明珠这是少见多怪。

四个男人从厕所里出来了三个，在等第四个的时候，其中的一个赞赏说这厕所不错，想不到里面还装了空调。接着，他们就问起镇上有什么好玩的地方？李明珠把导游手册上的目录背了一遍，她说出来玩除了要饱眼福还要饱口福。说着，她又把"好再来"里的菜单也背了一遍，她说这些都是这里的特色菜，在别的地方是吃不到的。那三个人笑了笑，说有钱什么东西吃不到。这时第四个人也出来了，他甩着湿漉漉的双手问有没有餐巾纸，李明珠说没有餐巾纸，只有手帕。她掏出擦汗的手帕给了他，那人诧异地看了看，擦完手还举到鼻子下闻了下，这动作让李明珠觉得恶心。

走在又长又窄的街上，李明珠偷眼打量这四个人，他们的头发乌黑发亮，他们脚上穿的皮鞋也乌黑锃亮，他们的胳肢窝里还每人夹着个包。看男人就只要看他们的头与脚就够了，就能看出他们的身份，就能看出他们口袋里装的货色，何况他们还夹了个包。李明珠看在眼里乐在心里，她一看就知道这四个都是舍得花钱的人，一路上就劝他们多带点土特产，带回家让老婆孩子也尝尝，要不买点古玩字画留个纪念。可是，他们都说不要。他们逛了石皮巷说没意思，爬了凤凰桥也说不怎么样，他们说外面的宣传都是骗人的，他们问李明珠难道就没好玩的地方了？

李明珠也问他们什么样的地方才算好玩？他们嘿嘿地笑着，开始有点不体面起来了，八只眼睛开始像水里的八条鱼，游来游去转悠在那些露着胳膊露着腿的女人身上。其中的一个说要去洗个头，说走得累了，还要去敲敲背，他让李明珠带他们去有发廊的地方。李明珠就明白了他们好玩的地方在哪里了，可他们去了那地方就用不着自己了，李明珠奉劝他们还是找个地方喝茶吧，喝茶一样能解乏，而且那种地方不卫生。

大便的男人就问李明珠是导游，还是从卫生局里出来的？他说是导游就赶紧带他们去。李明珠闭嘴了，一声不吭地领着他们来到开满发廊的那条街上时，四个男人几步就走到了她前面，让她倒像跟着四个导游那样向前走着。她越走越慢，越走越觉得走不下去，一个男人回头问她哪间发廊好一点。李明珠说不知道。那人就说她的业务还不行，服务也不到家。他觉得很奇怪，连这些都不知道怎么能当导游呢？他说，我们看走眼了，看错了你。说完，就率先推开一扇门，把头探了进去，又马上缩回头，笑着对其他三个人说不行。于是，他们又朝前走，又走进另一间发廊，四个人都进去，可不一会儿出来了一个。李明珠以为是来给她钱的，笑着脸迎上去却听见那人说客满了。李明珠就让他把钱付了，她说，我就不陪你们了，这种事是用不着导游的。

那人二话没说，把钱交到李明珠手里，然后上下看了她几眼，问她怎么样？李明珠也问他什么怎么样？那人说去赚点外快吧。他说，我们去找个地方将就一下吧？

李明珠吃了一惊，忙说，这种外快让你老婆赚吧。

6

李明珠站在停车场里的一天上午，肚子一阵一阵痛起来了。她扳着指头一算，就明白每个月的这天又到了。女人这事情一上来，干什么也提不起劲来了，她站也不是，靠也不是，烦躁、焦虑、不安，甚至恼怒都一股脑地从肚子里涌了上来。李明珠不仅肚子痛，头也开始痛了，腰也开始酸了。她就觉得全身的血液汇聚到了一个地方，热乎乎的，一股一股地冲下来，让她忍不住低头去看，看完了前面，又扭头去看后面。这种时候，她最担心的就是一不小心漏出来，所以一刻不停地往厕所里跑。好在她跟看厕所的老太婆熟了，她算了算，如果付钱的话，一天下来，两块钱就这样扔到了厕所里。

这一整天，她都过得心神不定，身上不舒服，心里更不舒服，可又说不出为什么，就像丢了什么记不起来的东西，一到家里就倒在床上不想动了。她不想吃饭，不想洗澡，躺在床上虾米那样蜷曲着身体，听着刘庆丰一个人在厨房里忙碌。刘庆丰炒起菜来就像"百福楼"里的厨师，掂、拌、炒、翻、滚，到最末了的装盘，都从锅铲之间清楚而准确地传来。不一会儿，他就叫李明珠出来该吃饭了，叫了两声进去一看见她睡着了，就掏出钱让儿子出去买了一瓶酒。

刘庆丰并不喜欢喝酒，也不热衷抽烟，可烟与酒是一个大男人的门面，是一件衣服的面子与里子。谁想结婚没几天的时候，那团热火正在兴头上，李明珠就用一道选择题把他的里子给撕了，光留了个面子。

李明珠问他要抽烟还是喝酒？她说两样里只能选一样。

刘庆丰正在考虑呢，李明珠已经替他做出了选择，她让刘庆丰要喝就在厂里喝个够，酒厂里到处都是酒，自来水龙头里流出来的也是酒，你喝够了再回来。

为此，刘庆丰十几年来一直舍不得把烟戒了，这是他仅剩的面子了，他不能连这点权利也自动放弃了。刘庆丰喝完一瓶酒，站起来就有点摇晃了。也不知道为什么，最近这几天他有点心神不定，这可能跟天气有关，天一天比一天热了，热得开始让人坐立不安。但要是按照李明珠的说法，是他的骨头有点痒了。刘庆丰叼着一支烟离开了家，临走的时候嘱咐儿子好好做作业，不要给他惹麻烦。他拿着茶杯一直走到酒厂的宿舍，他的两个徒弟住在那里。

刘庆丰待这两个徒弟就像兄弟。他们打麻将他也跟着打麻将，他们玩二十一点，他也看准了闭着眼睛把钱扔下去。他们赢了钱就去排档上喝酒，刘庆丰却只喝雪碧。他一直有顾虑，他怕李明珠闻到他嘴里的酒气，后半夜跳起来骂人。李明珠的嗓子在寂静的夜里，能把整条街的人都吵醒。所以，这天他想换种方法结束这个晚上，他说他不想去排档上，他在家里已经吃得酒足饭饱了。他问徒弟晚上除了排档还有什么地方好去？徒弟说除了排档就剩发廊洗头了。

于是，他们去发廊。两个徒弟走在前面，他走在后面。他的徒弟干什么，他也跟着干什么。他们洗头的时候逗得小姐咯咯地发笑，刘庆丰也把手伸到小姐的裙子里，可小姐在他头上拍了下，问他是不是手痒了。刘庆丰说不光手痒，他心里也痒。小姐咻咻地笑了，笑得刘庆丰很得意，这种笑声很像李明珠年轻时的笑声，可已经很多年没听到了。刘庆丰还想听一会儿，就说，你笑啊，你继续笑。小姐却不笑了，一扭身离开他的手掌转到另一边。刘庆丰的头也跟着转过去，问她，你为什么不笑了。

有什么好笑的。小姐说，我赚你二十块钱，有什么好高兴的。

刘庆丰的脸色黯淡下去，黯得超过了这里的光线，而他的眼睛却亮得就像两盏灯泡。小姐的手指不急不缓地挠着他的头皮，沙沙的，像雨又像风。原来这就是洗头，是种跟在家里对着自来水龙头完全不同的感受。刘庆丰闭上眼睛又开始紧张起来，汗也慢慢地从头皮里渗了出来。

李明珠在床上醒来时天已经黑透，黑得仿佛用布蒙上了眼睛。她起来走到外间打开灯，发现家里只剩下她一个人了。刺眼的灯光照着桌上放着的饭菜，她却顾不上吃饭，首先想起了儿子，想起了刚才做的那个平白无故的梦。她在睡梦里看见自己死去多年的祖母，就像活着那时一样，躺在床上唠叨个不停，不一会儿又开始骂了起来。她什么人都骂，想到谁就骂谁，骂她的儿子儿媳妇是个贼，骂她的孙女孙女婿都是王八蛋，骂她墙上骨灰盒里的男人是个缩头乌龟。她骂完，竟然拖着两条瘫痪了十几年的腿下了床，一步一步地穿过镇上黑咕隆咚的街道，一路笑嘻嘻地走到李明珠家里。

她的手里捏着一个红包，在门口叫着李明珠儿子的小名，说，太姥姥来看你来了。

李明珠清清楚楚地看到她手里的红包，在自己黑白色的梦里红得像血一样。李明珠的心一下跳进嗓子眼里，再也下不来了。她梳了两下头发，抓起放在冰箱上的挎包就出了门。

深夜的大街就是白天的盗版，看什么都黯淡了，模糊了，到处是一团一团的阴影。李明珠咬着嘴唇走在路灯下，她对这样的黑夜充满了憎恨。她恨那些桌球室、游戏厅、网吧，那里都是十六七岁的年轻人，他们嘴里叼着香烟，身上穿着紧绷绷的汗衫，可是儿子并没有在这些人中间。李明珠越发着急了，看到他们，她就想到儿子，想到儿子也跟他们一样，叼着香烟，说起话来两只脚一晃一晃的。

她在街上走得有点慌不择路，一边走一边开始在心里骂人。但是，没有骂儿子，她骂的人是刘庆丰。她恨不得刘庆丰这时正迎面走来，恨不得扑上去打他、咬他、踢他、揪住他的头发，让他把儿子交出来。

李明珠走向一扇写着录像的大门，门口的男人架着一条腿问她要干什么。李明珠说她要进去找人，她马上就会出来。找人也得买票。男人一本正经地说，里面肯定没你要找的人。

你怎么知道没我要找的人？李明珠觉得儿子坐在里面。钱是她的命，儿子却是她的命根子。为了儿子她连钱也不在乎了，她掏出两块钱扔给男人就闯了进去。里面的烟雾刺得她睁不开眼睛，可看见屏幕横着的两截白晃晃的躯干后，她的眼睛一下子瞪圆了。

李明珠叫了声儿子的名字，所有的后脑勺都转了过来，就是没人回答。她的耳朵里是一片哼哧哼哧的声音。李明珠从后排找到前排，又从前排找到后排，她看清了那些汗津津的脸，他们都是外地的民工，他们的脸上除了汗水与油腻外，还有傻乎乎的笑容。李明珠在离开这间屋子前，最后看了眼屏幕，她又在心里惊叫一声。

沿着这条街母亲继续向前寻找儿子，很快就走到了派出所门口。这里是镇上最安静的一块地方，这里的灯光虽然苍白，却十分明亮。李明珠擦了擦下巴下面的汗，对望着她的警察说她是来找儿子的。

我什么地方都找遍了，我的儿子才十八岁，我一觉醒来他就不见了。说完，李明珠见警察支着下巴还在看她，她感到奇怪，就问：你为什么不记下来？

警察说她说得太快了，他还没听明白是怎么回事。李明珠只好耐着性子又说了一遍，她一字一句说得清清楚楚，说得详详细细，说完又问他为什么还不记下来？你会不会写字？警察也问她为什么不去学校里找？为什么不去他同学家里找？你怎么净往不是学生待的地方去找？警察问，你儿子到底是学生还是小流氓？问完后，他抬头看了眼墙上的挂钟，说，家里呢？说不定这会儿他早躺在家里的床上了。

李明珠这才如梦方醒，她抓起桌上的电话就往家里打，拨了两遍却没打通，警察说这是内线电话，说着，他从抽屉里拿出另一部电话：这才是打外线的。

李明珠听到儿子的声音眼泪都快掉下来了，儿子说吵醒他干什么，他让李明珠别多问了，有话明天再说，他要睡了。警察笑了。李明珠也想笑一下，可她马上想起白白扔掉的两块钱，就又恨了起来。她对警察说街上有人在放黄色录像带。警察问她怎么知道的？她说看见的。警察又问，你都看到了什么？

李明珠说不出口了。她紧闭着嘴出了派出所，整个人就像从冬天的浴室里出来。长长地呼了口气后，夜幕中的风到了这时才勉强让她觉得一丝凉爽。她在凉爽的风中一路打着哈欠回家。

李明珠到了家里就听见了肚子传来的声音，她一连吃了两碗泡饭，吃得睡意全消。现在墙上的钟快指向十一点了，李明珠却想找点什么活来干。可是，她把碗洗了，家里就再也找不到活干了。她呆呆地对着水池洗手，不停地洗，反复地洗，恨不得把手搓下一层皮来。她洗手的习惯是在"百福楼"里养成的，那时为的是洗掉上面黏糊糊的油腻。现在，虽然离开了"百福楼"，这个习惯却变得变本加厉，只要看见了水，两只手就忍不住要洗个痛快。也不知道为什么，她总认为洗手是一天中最重要的一件事。不过，这个深夜有点反常，李明珠自己也说不上来是怎么了，她细细到地对着水池洗手，任凭自来水哗哗地流淌。她只有在洗手的时候才不会想到水也是要花钱的。她洗完了手还认认真真地洗了把脸，然后才走进卫生间里，脱光了衣服站到莲蓬头下开始洗澡。

她根本没发觉自己把一件事情分成了几番来做。

李明珠的身体躺在床上了，人却还像在街上走着，来来回回，怎么也睡不着。睡不着，心事就一点一滴地多起来，不等天亮，她就坐起来叫醒刘庆丰，非要让他也跟自己一样，靠着床背坐着。

这说明要有事情发生了。刘庆丰惊醒之后很紧张，不安地看着李明珠。但由于黑暗，他什么也没看清楚。李明珠整张脸黑乎乎的，像一团捉摸不定的影子。这让刘庆丰更紧张。等了会儿，她的声音就从这团影子深处发了出来。她开门见山，一开口就说起了儿子，她说革命靠自觉，可儿子一天比一天不自觉了。她从儿子吃奶的时候咬她奶头说起，一件事一件事地往下说，一直说到刘庆丰是上梁不正下梁歪，她儿子是有种出种，也是只白脚花狸猫时，语气仍然非常平缓，听起来还十分地柔和，带着回顾与忧虑，一点也不像是从她嘴里说出来的。

听得刘庆丰有点摸不着头脑，就用手摸了摸，她的身体是冰凉的，比死人还凉。刘庆丰放下去的心又提了上来，问她夜里去哪里了？到底出了什么事？李明珠没接他的话，却说，从今天起你给我看住儿子，让他待在家里看书，一步也不能让他出了这个家。这话她说得十分坚决，但还是很平静。刘庆丰问她为什么？李明珠也问他现在是什么日子了？她让刘庆丰算算看，还有几天就是七月七（高考日期）了。这不光是考大学，这是一门生意，考得好就等于做了笔大买卖。她说这比干多少活，比做什么生意都强。她说，你也该为儿子出点力了。

刘庆丰笑了，问，那你干什么去？

李明珠说，我哪儿也不去，我看住你。她又说，我们一级吃一级。

这就是管理。真正的管理都是在床上的，三言两语，心平气和就把意思表达了，让目标成了行动，让行动立马开展起来。李明珠觉得自己是越发地能干了。她现在是两只手一把抓，一手硬，一手软，一手抓经济，一手抓管理。

可是，她还是有点放心不下，因为事情往往是人算不如天算，人算一万次，还不如天算你一次。所以，现在做点事情除了要把人摆平了，连天也要一起搞定它。为此，李明珠趁着带客人去七爷庙游览时，自己也烧了一把香。李明珠买了一副最大的香烛，两腿一软啪地跪倒在佛像下，狠狠磕了三个头。她求菩萨保佑她的儿子顺利考上大学；保佑刘庆丰的酒厂里有干不完的活，发不完的奖金，没有奖金也没关系，主要是千万不能让他也下岗了；保佑她自己的生意一天比一天兴隆，客人就像潮水一样涌过来，钱也像潮水一样涌进来；保佑她全家出入平安，无病无灾。

求到这里，李明珠想了想，又磕了三个头，继续求菩萨保佑，如果实在没办法非要有人生病的话，就让刘庆丰一个人去生，他的医药费是可以报销的，而自己与儿子是万万不能在这个时候生病的。

7

儿子要考大学了，已经到了最后冲刺的几天。李明珠买了白兰氏鸡精，买了脑轻松，买了忘不了。这几天，电视里介绍什么能补脑子，她就买什么，买来了一个劲让儿子吃，吃得儿子脸上长满了疙瘩。她对坐在一边冷眼看着的刘庆丰说，这是投资，人家炒股票、炒房子，我这是在炒儿子。

李明珠这次真是豁出去了，由于考场设在县城里，到了七月六日那天一吃完晚饭，她就带着儿子，手里提着两个大马甲袋（一个袋里装着衣服、毛巾、牙刷与补品，另一个袋里装的是书），打车去了县城。临走的时候，她叮嘱刘庆丰把家看住了，把自己也看住了，她说一有空就会打电话来查哨的。李明珠为了儿子可下了血本。要么不出血，要么割开一道口子就是大出血。

她在县城的宾馆里包了一个房间，一住就是三天。那里一天到晚开着空调，像春天一样不冷也不热，连蚊子也没有。谁知，一个晚上住下来，自己反倒感冒了。恨得她咬着牙齿骂自己贱骨头就是贱骨头，怎么吃得了苦，却享不了福呢？

李明珠怎么也想不通，太阳底下站一天都没中暑，空调房里睡一晚怎么就感冒了。

儿子一去考试，她就坐在床上反复地想，越想越觉得自己是在花钱买罪受。可那也是没办法的事，为了不让感冒传染给儿子，她只好去买了两只口罩戴在脸上。她白天戴着，晚上睡觉也戴着，就连洗澡的时候，坐在浴缸里也戴着。

她在浴缸里放满热水，整个白天没事就泡在里面，逼着自己出汗。她想汗出来了，感冒就会好了。她的儿子却很觉得奇怪，吃完饭不住地打量她。李明珠问他到底在她身上看什么？

儿子说，一天不见你怎么胖了。

李明珠的眼睛瞪了起来，说，你的眼睛是用来看书的，不是看我的。

三天后，李明珠摘下口罩，带着宾馆里的六份肥皂、牙刷、牙膏与儿子乘中巴车回家。一路上，她问儿子考得怎么样？儿子说不知道。

不知道？李明珠忍了三天才想问这句话，而儿子却说不知道。她的火在中巴车里就蹿起来了，说，我放下三天的生意不做，我劳民伤财地侍候你，你却对我说不知道。

是不知道。儿子说要是他知道就不是考生，成老师了。

李明珠噎住了，噎得只能在嘴里咬紧了牙齿，却说不出话来。而让她更生气的是这鬼天气，从太平洋上吹来的台风说来就来，比天气预报来得还快。狂风暴雨一来就不想回去了，断断续续，起起落落，把镇上的街道冲得干干净净，把她的生意也冲得无影无踪。靠天吃饭就是这个样子，这是没办法的事。她好像是在安慰自己，又像是作出解释那样，每天都要把这句话说上好几遍。听得她的丈夫、儿子都腻了，烦了，没人搭理她，她还在说，我如今是在靠天吃饭了。

可是，天气是从来不会给谁面子的。李明珠等了一天又一天，一连等了一个星期，这雨还没有一丝停下来的迹象。她在吃饭的屋子里绷了两根绳子，上面挂满了洗干净的内衣裤，五彩缤纷，却沉甸甸的纹丝不动。到了星期天下午，她说，太阳要是还不出来的话，你们就没裤子替换了。

说着，她回头看了刘庆丰一眼，见他赤着膊坐在椅子里，儿子也赤着膊，跟他一模一样地坐着，他们的腿一起搁在对面的另一张椅子上。电风扇呼呼地吹着他们的身体，他们的眼睛东看一眼，西看一眼，最后一起停在她身上，看着她，但谁也没有出声。

李明珠走到窗前，推开窗户，雨就从窗口飘进来。不一会儿，她的头发湿了，她的衣服从肩部到胸口也湿了，可她一点也不觉得潮湿。她又说这雨要下到什么时候才算停？还是没人回答她。这种问题是个人都答不上来。她叹了口气，说现在不仅天跟她作对，连人也在跟她作对。说完，这父子俩仍然一声不吭。现在，李明珠就像根绳子那样把他们的腿拴住了，也像张橡皮胶，把他们的嘴也封住了。她走到房门口，对刘庆丰命令道：你进来。

李明珠趴在床上，指着脊背让刘庆丰好好捶捶。她说，反正你空着，空着就出点汗。刘庆丰顺从地坐在床沿上敲起背来。他敲背的手势很专业，一只手掌垫在背上，拳头笃笃地敲在自己的手背上，声音清脆而有节奏。可刚敲了几下，李明珠一扭脖子说，轻点，我又不是你们酒厂里的机器。刘庆丰于是放慢速度，把力量用在手掌上，以按为主地敲着。谁知，李明珠一翻身，又说，算了，我不是团面粉，你不情愿就别敲了。

她这是拉不出屎来怨茅坑。刘庆丰回到外屋的椅子里，儿子冷笑着对他说。

刘庆丰向他摆了摆手。不一会儿，李明珠换了身裙子出来，拿起一把伞就往门外走。刘庆丰问她要去哪里？她连哼也不哼就一头闯进了雨里。

待在家里的滋味是不能与外面比的，雨里的空气中有股甜丝丝的味道。李明珠说不上来要去哪里，就是不想在家里待着。她朝着停车场的方向走去，可到了那里一看，停车场已经成了个水塘，里面没有一辆车，也没有一个人，就连看门的老头儿也不知道去了哪里。她只好沿着平常旅游的路线往回走，穿过永宁街，跨过中塘桥，在邮电路上走了会儿，忽然站住了，一扭身拐进开满发廊的那条街上。

一路上雨点越发密集了，李明珠拉开一扇门走进去时，脸上挂满了笑容。可坐在沙发里的两个女人一见她就皱起了眉头。她们人虽然像两块石头一样坐着，眼睛却上上下下来来回回转个不停。李明珠问谁是老板娘。没人理她。她笑了笑，把两个女人来来回回上上下下看清楚了。她们都很年轻，年轻得根本不用对她们太客气了，就说，给你们介绍点生意怎么样？但还是没人理她，李明珠就更加不客气，在给客人洗头用的转椅里坐下，指着自己说，我是个导游，我有很多客人，你们知道现在喜欢什么的人都有。说到这里，她停了停，看见两个女人的表情一点没变，就有点不耐烦了，直截了当地说，要的时候我就来找你们，反正大家都是为了赚钱。

终于有个女人开口了。她不冷不热慢条斯理地问李明珠是要洗头呢，还是要把头发吹干？李明珠这才明白，她的话白说了，她们一句也没听懂。于是，她圈起舌头用普通话又说了一遍，那女人才干脆地回答她找错地方了，她们不赚这种钱的。说完，她见李明珠还坐着，没有一点站起来要走的意思，就又补充了一句：这种钱留着你自己去赚吧。

这话的意思李明珠明白了，自己在那两只鸡的眼里反倒成了只鸡。她的脸一下子红到了耳朵根上，气得一句也不说了，站起来就走。她毫不气馁地在这条街上走着，很快就发现云都发廊的老板娘是个真正像做这种生意的人。她的岁数不比李明珠小，长相也不一定比李明珠好，可她打扮得年轻，穿得漂亮，所以一眼看去她还算年轻漂亮。她请李明珠坐下，还给她倒了杯水，让她不要急，喝完了水慢慢说。她说，我肯定在哪里见过你。说完，就坐在一边听李明珠说，她听得很仔细，脸上笑眯眯的，让人看着都觉得亲切、可靠，可以把肚子里的话都倒给她听。李明珠一口气把想说的都说完了，见她还笑眯眯地坐着，冷不丁地说了句，我也好像见过你。

女人不笑了，她说这种事情她不能做主，要她们愿意才行。她说的她们就是发廊里干活的三个小姐，可这时她们中的两个出去了，她就问剩下的那个怎么样？那个小姐脚上穿了双厚得超过砖头的拖鞋，她的十个脚趾上涂着黑色的指甲油，也可能是别的颜色，李明珠分辨不出来。她听见小姐说了声随便。随便的意思就是怎么样都行，女人就怕随便，一随便就什么都完了，不值钱了。可李明珠听了很高兴。那女人站起来又给她倒了杯水，李明珠没接那杯水。她伸出两根食指交叉着举起来说，十点，我要的不多，我只要十点，一个客人十点回扣。

女人让她去问那小姐，李明珠就又比画着用普通话说了一遍。小姐这次没说随便了，她把两片嘴唇一撇问李明珠知道做一次是多少钱吗？李明珠不知道，但这话她不能说出来，就笑了笑，等那小姐把话说下去。小姐看了她几眼，直截了当地说，那我给你介绍客人，你也给我十点吧。

这怎么行呢。李明珠跳了起来，说，我怎么能干这种事呢。

这话一出口，她才明白了小姐的意思。她们做鸡的都是一个德行，下面的嘴巴平易近人了，上面的嘴就变得尖酸刻薄。从她们眼睛看出来的除了鸡就剩下嫖客了。

李明珠碰了一鼻子灰往回走，雨水一点一滴地让她成了只落汤鸡，可她在这时却觉得自己连鸡都不如。走进好再来餐厅时，李明珠已经像从河里爬上来一样，站到哪里，哪里的地上就出现一团水。

　　"好再来"老板的汗衫卷到胸口，袒露着一个黑黝黝的大肚子正在跟两个厨师打牌。抬头看见李明珠吓了一跳，让他害怕的主要是李明珠的表情。他问李明珠怎么了？李明珠一声不吭，她的表情也像让雨淋透了，正往下滴着水。老板笑嘻嘻地说要给她找块毛巾擦擦。说着，他把牌一扔站起来，就领着她往里走。他们穿过厨房，再穿过盖着玻璃钢顶棚的院子，从一处楼梯上笔直地走上去。

　　老板的家就在这处楼梯上面，他已经好几次邀请过李明珠上去坐坐了，到他屋里去喝杯冷饮。李明珠都没答应他。在"好再来"里干的服务员都知道，老板的房间里根本没有凳子，要坐就只能坐到他床上。李明珠才不会上他的当。有一次，老板干脆把话挑明了，他在把回扣付给李明珠的时候，用手紧紧攥着那些钱。李明珠拔了几下都没从他手里把钱拔出来，她的脸色就不好看了，问他想怎么样？老板笑嘻嘻地说这时候回家还早，他请她到上面去坐坐。他还说不会让李明珠白坐的。李明珠哼了一下，她的脸上是冷笑，心里面也在冷笑。

　　跟老板一比，李明珠自己就是只天鹅，而他活像只癞蛤蟆。李明珠冷笑着在心里说，这是癞蛤蟆想吃天鹅肉，这是大白天里做春梦。

　　可今天不同了。今天是个百无聊赖的下雨天。老板虽然没结过婚，他刚到结婚年龄就坐牢去了，可他一出狱就把那些功课都补回来了。老板是个讲究实际的人，从来不会在这种事情上摆架子、讲排场。现在，他隔三岔五要找个女人来干一次结婚干的事，费用也不算高，有时候说两句好听的话就能把事情办了。这比真正的结婚要省事多了，也实惠多了。生意人图的就是实惠，而用他的话说还要图个新鲜，图个刺激。他一眼看出李明珠这锅饭到了今天已经煮熟了，而且还是自己盛在碗里端着上来的。

他从卫生间里拿着毛巾出来，扔给李明珠，说，你现在成了只落汤鸡了。

李明珠说她现在比只落汤鸡还不如。说完她愣了愣。人就是这样，等到明白过来才开始后悔了，怎么就跟他到了这个地方？她开始环顾这个房间，跟县城里的宾馆差不多，这里有床，有桌子，还有一台大电视与VCD，墙上有壁灯与一幅画，但确实没有凳子。

传言往往是真的。李明珠紧张了，脸也跟着红了起来。她正考虑接下去该怎么办时，老板用遥控器打开了空调，嗡的一声，他黑乎乎的胸膛就从汗衫里面出来了。李明珠看见他胸口黑乎乎的毛，脑袋里也嗡地响了声。她说了句干什么？

说完就往外走。老板一把拖住她的手，让她别客气了，饭到嘴边就趁热吃吧。

老板做事跟刘庆丰不同，刘庆丰在这方面是温水煮牛肉，每次都煮得半生不熟。而老板一上床就不停地摸索，反倒像个熟练的机修工，轻重缓急，前后上下，他干得有张有弛，有板有眼。没多少工夫，就让李明珠自己成了台机器，一个接头一个接头地通上电了，转起来了，发烫了，冒烟了，发出了隆隆的轰鸣。

李明珠就是这样一台机器，而且一开就停不下来了。原来，床上还有这么多花样呢。李明珠活到今天才算开了眼界。她也不客气了，一个翻身就反客为主了。李明珠一放开，什么都想试一下，试得老板中途慌忙从抽屉里找了颗药丸塞进嘴里。李明珠可不管这些，不是自己的东西用起来她不心疼。到了最后，老板实在忍不住了，一连喘了三口气，忽然从喉咙里冒出一句，问她差不多了吧。他说他的肚子饿了，该吃饭了。

干革命不是请客吃饭，可干这种事通常是从请客吃饭开始的。虽然，他们把程序颠倒过来了，干完了老板才说要请她吃饭，可好歹也算完完整整地办了件事。李明珠一点也不后悔了，吃饭的时候，她跟着老板还喝了点酒。尽管她有些沉默，然而心里其实是挺高兴的。

灯光下，这个猪头猪脑的老板看上去也顺眼了许多。老板问她怎么样？李明珠也问他什么怎么样？老板不说，只是嘿嘿地笑。李明珠就明白了，骂了声神经病。老板笑得更舒心了，说要不是坐十年牢的话，天天跟李明珠睡在一起的人可能就是他了。这话说得过头了，说得李明珠马上变得心事重重。她就是不明白，跟刘庆丰结婚这么些年，怎么加起来也抵不上这半个下午来得畅快？

李明珠想不明白，就一直在想这事。想了好几天，还是没想明白，就又去找了一回老板，痛痛快快地过了一回。她有点开窍了，心想日子应该是这样过的，对得起别人，首先要对得起自己。自己舒服了，才能让别人也跟着舒服起来。

可是，老板跟她算起回扣来还像以前一样认真，不多也不少。他说公事公办，不能把床上的事带到工作中去，那会乱了章程。老板说到这里很得意，指着他的店堂让李明珠自己看。

所以我店里没一个下岗的，就因为我是个公私分明的人。老板在这方面确实有一套，俗话说小恩小惠骗死人，他看见李明珠胸罩里衬着的那两块海绵，一句话也不说，就当没看见，不像刘庆丰看着她把胸脯垫起来就哼哼地冷笑。他们完事了，老板掏出钱来让她去买两只好一点的像样的胸罩。他说，这么热的天，那会捂出痱子来的。

老板在床上比在店堂里慷慨多了。他在床上从来不算经济账，钱要花在刀口上，这里就是他花钱的刀口。

李明珠觉得跟老板又贴近了一层，老板把她开发了，她很想把开发的成果引进到刘庆丰身上，可她不敢。为此，她给刘庆丰买了 T 恤衫，买了休闲裤，还打算到了冬天要给他买点肾宝补补。也不知道为什么，李明珠忽然心疼起刘庆丰来。有一天，她没头没脑地对刘庆丰说，只要你听话，我会对你好的。但刘庆丰没理她，他好像没听见一样把衣服与裤子挂进了衣柜里。李明珠问为什么要挂起来？买来是让你穿的。

刘庆丰说，没工夫穿，上班我有工作服，回到家里我穿给谁看？

李明珠听出来了，他是在怨自己把他的两条腿拴住了。可这是没办法的事，自己一个糊涂已经把自己放掉了，再让刘庆丰天天晚上出去，把他也放掉了，那这个家就不成家了，就太对不起儿子了。

8

天气正是在李明珠这种复杂的心情中开始转晴的，太阳又高高地挂上了天空，热辣辣地照得人们睁不开眼睛。停车场里干导游的人一下子多了起来，就像雨后冒出来的春笋，男男女女、老老少少一来就挤在了一块。

人就是这样，跟苍蝇一模一样，苍蝇是哪里脏往哪里叮，人却哪里有钱赚往哪里钻。李明珠最看不起那些跟在人家屁股后面吃屎的人了，她对那些人爱理不理。一大早，板着面孔站在他们中间，太阳不一会儿就把她照得昏昏沉沉的，她眼睛里看出去的这些人都是狗，都在咧着嘴抢她碗里的食吃。

李明珠是实在看不下去了，抱着两条胳膊走到停车场门口，她耳朵好像听见那些人都在撇着嘴说她。但她听不清楚那些话的内容，但他们肯定在说她。晚上，她坐在电视机前对刘庆丰说生意越来越难做了，平常花三分力气就拉到的客人，现在要打起十二分的精神了。

刘庆丰没接她的话，他的两只眼睛盯着电视，一只手却不停地搓着脚趾，搓完了一只，换只脚又搓。李明珠扭头看着他，从他脸上看到脚上，咽了一口，她把要说的话也一块咽进了肚子里，一句也不说了。

第二天，李明珠起得更早了，只喝了半碗粥就离开了家。她要去停车场抢一个好点的位置，在经过药店的时候，她想去给刘庆丰买支脚气膏，可这时药店的门还没开。李明珠一整天都记着买药膏这件事，谁知却在回家的路上忘了。

她回家的时候手里拿着一张大红的请柬。请柬是"百福楼"的一名服务员送来的，下面没有署名，只盖着一个公章，说是谨请李明珠女士于今晚六点钟赴宴。

　　在停车场里拉客干导游的大多数人都收到了这种请柬。他们都说要去，为什么不去呢？那是人家掏钱让我们聚一下。但是，李明珠有点拿不定主意，她把请柬给刘庆丰看，问他去还是不去？刘庆丰看了一眼就还给了她，让她自己拿主意。

　　说完，就回厨房里炒菜去了。

　　李明珠又把请柬反复看了两遍，往沙发上一扔进了卫生间，憋着劲撒了泡尿。她从卫生间里出来，赌气似的说去就去。她去房里拿了身内衣裤又进了卫生间，痛痛快快地洗了个澡，出来后对刘庆丰说，我倒要看看他们葫芦里卖什么药。

　　披着一头湿漉漉的头发，李明珠来到"百福楼"。她一进大厅心情就不一样了，是种说不清道不明的感觉。她想笑一下，脸上却像抹了胶水，怎么也松弛不下来。副经理站在楼梯口，一见她就把手伸了出来。李明珠没理他。他只好把手向后拉，拉到最后就成了根树杈的样子。副经理说了一个字：请。

　　李明珠昂首走上楼去，忽然想起那天下来时的情景，就把头昂得更高了。她问副经理请她来干什么？副经理说上去就知道了。李明珠说，赶我走的人是你们，请我来的也是你们，你们真是又做法师又做鬼。

　　副经理嘿嘿笑了笑，没再开口，一直把她领进楼上的贵宾包厢里。经理迎上来，把她请到主宾的位置上，对她说这里是她的娘家，你现在是小媳妇回娘家了。李明珠不愿给他面子，但也不能扫了他的面子，就哼哼着，一扭头跟在座的那些干导游的同行打起招呼来。

宴席就在这时开始了。经理一点也没有厚此薄彼的意思，他站起来一个一个地敬酒。他敬完了副经理敬，副经理也敬完了，工会主席起来敬。三杯酒下肚，气氛上来了，经理才说，没别的意思，主要是聚一下，老朋友聚一下，新朋友也聚一下。

但是，李明珠没喝酒，也没喝饮料。她跟谁也没喝。她只顾吃菜，把肚皮填饱了再说。不过，经理的话她听进去了，也听出名堂来了，什么叫老朋友跟新朋友？说穿了就是要他们把客人带到他店里来，说穿了就是两个字：生意。

生意谈妥了，大家就能赚钱了。于是，大家又站起来干了一杯。可经理见李明珠只顾着在吃，就知道她心里还生着气。经理皱了皱眉头，不能让一粒屎坏了一锅粥，和气才能生财。他特意给李明珠斟了酒，说让过去的事都盛在酒里，喝光了就没有了。他一口干了后，开始解释那是一个体制问题，他也是有心无力，但现在不同了，现在改革了。经理说，你在的那会儿这里是国有企业，现在是股份制了，我可以做主了。

李明珠总算开口了。她一抹嘴说，你们这革改得也太快了，说改就改，我走了还不到两个月，你们就改了？她问经理：我怎么就没赶上这种好事呢？

经理哈哈一笑把话题扯开了，他请李明珠到隔壁去谈一下。经理的样子很认真，有点严肃，又有点神秘。他到了隔壁的包厢里伸出两个手指，对李明珠说，我给你个特价，人家给你十点，我给你二十点。

经理是拍着胸脯说这话的，说完还一再叮嘱李明珠要保密，这就是商业秘密。

这话说得李明珠心里一动，这等于是干一份活拿两份钱的好事。但她不动声色，要乐也乐在心里面，要谢也轮不到谢经理。那是竞争，凭的是本事。

李明珠这时却想到的是"好再来"的老板，一想到他，就想喝点酒了。离开"百福楼"时，她脸喝得红红的，身上汗津津的，迎着风在邮电路上转了一圈，等到了"好再来"楼上，上了老板的床，她的身体已经让风吹得冰凉了。可她的心里是热乎乎的，有股说不上来的高兴劲。

老板说过公事公办，不能把床上的事带到工作中去。那么也不该把工作中的事带上床来。李明珠办完了私事，穿好衣服下了床，才严肃地对老板谈起了公事。

她的话刚说完，老板就开始骂人了。李明珠还是第一次听见他骂人，他骂人时的脸色就像在杀人，脸上的肉都横了起来。他让李明珠明天就把那些人给他请来：我也请他们吃饭，对面给出二十点，我就出三十个点。

老板是气糊涂了，他把李明珠当成了他的服务员。

李明珠就提醒他说，这不关我的事，要请客也是你自己的事，就算你请我，我也不会来的。

从来没有比出了怨气还能赚钱的事更让人高兴了。李明珠相当地高兴，"百福楼"把她蹭了，她也把"百福楼"卖了一次。

李明珠觉得在这个问题上已经跟"百福楼"扯平了。现在做人讲究的就是平衡，收支平衡，吃拉平衡，心态平衡，就连床上这点事也要讲平衡。李明珠是一下子发现自己什么都平衡了，就像只船，经过了大风大浪后就四平八稳了。但是，这样风平浪静的日子并不长久，旅游公司的人又来了。这次还是他们的总经理亲自出马。

总经理一大早坐着他的桑塔纳开进停车场。他原来打算实地来调查一下，耳听是虚，眼见为实，掌握了第一手资料，才能对症下药。如果情况允许的话他还可以来个现场办公，先把那些人叫过来训斥几句，再苦口婆心地奉劝他们都回家里去，导游这不是谁都可以干的，也不是谁说干就干得了的，那还涉及整个旅游区的形象问题。形象可是个说大就大、说小就小的问题。

旅游公司的总经理做副镇长的时候，他老婆从菜市场门口的地摊上给他买了一本叫《领导的艺术》的书。这书他一直放在卫生间的马桶水箱上，大便的时候翻上几页。书上说领导艺术通俗的解释就是打一下揉一下，打的时候要用劲，揉的时候要动之以情，晓之以理。可这门艺术没让他派上用场，就被调去兼了旅游公司的总经理，一下子忙了起来。他一直想找个机会试一下，实践一下，理论跟实践结合着用才有可能出真理。但他看见停车场有那么多人站着，他们站没个站相，一副吊儿郎当的模样，一看就知道这些人都是吃不了剩下来的。

总经理忽然觉得他那领导的艺术在这里是行不通，也是没必要的，那最多是对牛弹琴。他一下子把明察转变成了暗访，隔着车窗玻璃，隔着鼻梁上的眼镜观察了会儿，嘀咕了句成何体统，就命令司机把车直接开去了工商局。

总经理与局长面对面地坐着，他们中间隔着一张办公桌，办公桌上除了办公用品外，还插着两面小旗。他们表情都很严肃，严肃得让总经理觉得不好意思了。他认为即便是公事，也不应该是这种谈法，就开口邀请局长有空的时候来镇上莅临指导一下。局长摇了摇头，说忙啊。他指着自己的眼睛让总经理看，充血好几天了。他说，有空，我宁愿在家里睡觉。

总经理深有同感地叹了口气，话锋一转就直奔主题。说到最后，他又叹了口气，说，那好比是我花几千万种的一棵树，现在在让别人去乘凉呢。

局长继续摇着头，提醒他这种说法是不正确的，是站不住脚跟的，市场可以依法治理，依法整顿，但国家的财产不能说是谁种的一棵树。局长说，你这种思路，迟早会吃大亏的。

三天后，工商所与城管队的市场整顿联合行动开始了。为了这次行动，他们特意上公交公司租了辆中巴车，他们没去农贸市场，也没去小商品市场，而是直奔了停车场。

当车子进来的时候，李明珠正啃着一套大饼油条。她听见汽车马达由远而近，把吃着的东西往挎包里一塞就跑了上去。李明珠跑在第一个，她的心里很高兴，没等车停稳就替他们拉开了车门。一边抹着嘴，一边说，要不要导游？让我带你们去玩吧。

说完，她才注意到车里的人头上都戴着的大盖帽。可那时已经晚了，她被几只手一把拽了进去，摁在一张座位上时，她从窗口看见跟在她身后的那些人一哄而散。他们逃起来真快，像一群漏网之鱼，像一群没了脑袋的苍蝇四处乱窜。而自己偏偏是自投罗网的。但是，法网恢恢，疏而不漏，那些人跑到大门口就被正赶来的另一群大盖帽堵住了，像鱼一样赶进了网里。

整个行动干净利落，电视台记者还在停车场里采访时，李明珠已被带进了工商所的一间办公室里。她糊里糊涂地坐在那里，忽然想起包里的早点，就把大饼油条拿出来继续吃着。所长把帽子扔在桌上，抽着香烟看她吃，等她吃完了才让她把上岗证拿出来，没有上岗证，导游许可证也行。所长很客气，也很宽容，他说，没有许可证？那么导游等级证书总该有吧？李明珠说都没有，她连听也没听说过。所长笑了，他是又好气又好笑，摇头叹息道：你真是个法盲。

　　李明珠把头低下去了。她知道到了这里最便宜的事就是低三下四，就算要耍横，也不能跟一年四季戴帽子的人横。所长见她没出声就又问，那你凭什么给游客去当导游？李明珠回答说凭她的一张嘴。所长这次冷笑了。李明珠听到他轻蔑地哼了声，就知道他没听懂自己的话，于是补充说，不是我的嘴会说话，是我的嘴要吃饭。

　　既然提到吃饭，那别的问题就算不上问题了。所长摆了摆手，让李明珠先出去，跟其他那些人待到一块去。

　　那些人正挤在工商所的另一间办公室里。他们开了一个短会，会议的精神就是大家要心齐，这里是工商所，不是派出所，谁也不能把我们怎样了，我们脱了裤子两条腿，我们怕什么？

　　他们在开会的时候，工商部门的领导请来了税务部门与旅游公司的领导，领导与领导在楼上的会议室里也开了个会。会议一直开到快吃中饭的时候才结束，所长一下来就进来宣布，对他们无证导游的处罚还在商议之中，他让大伙放宽心，到时候不管怎样处罚，都是有法可依，有据可循的。所长让他们都回家吃饭去吧，吃饭是大事情，不管犯了多大的错误也得吃饭。所长说，但你们明天要来参加学习班，这是专门为你们举办的，是免费的，但也是强制的，同时也是为你们好的。

学习班一连办了两天半。李明珠就像在工商所里上了三天班，一到八点钟就坐在楼上的会议室里。李明珠坐在靠窗的位置上，她的耳朵留在屋里，眼睛却到了下面的公路上。公路上汽车一辆一辆地驶进来，带着扬起的尘土，也带着钱，让人看着都觉得心痒。

但是，李明珠再也不能赚这种钱了，那是非法的。上课的老师说要当导游先去考导游资格证书，考完了还要考上岗证书，还要到工商所来申请营业证书，到税务所去办税务登记证，最后是检查身体，到卫生防疫部门领卫生许可证。

李明珠说，这是城头上出棺材，转了一圈我不照样站在那地方？

但那也是没办法的事，没有证书就是非法，非法的是不允许的，是谁都可以管你的。老师一本正经地说着，说完就下课了。

李明珠从楼上走下来，现在又到了回家吃饭的时间，可工商所里的人还没有下班，他们刚刚接到了一个上面下达的文件，是关于旅游行业管理的暂行办法，是旅游公司的总经理专程从县里带回来的。有了文件就有了主心骨，干起事来就不用缩手缩脚了，可以大刀阔斧，可以理直气壮了。

下午，李明珠刚到工商所门口，就给看门的男人拦住了。李明珠瞪着他说是来上学习班。门卫说，知道你是上学习班的。他指着门口的一块黑板，又说，学习班结束了。

可我刚学出味道来，怎么说散就散了。李明珠不相信，就顺着他的手指去看黑板上写着的字。门卫问她叫什么？他问清了李明珠的名字，找出一个信封给了她。

信封里面是一份关于无证导游的处罚通知，还有一张罚款的收据。李明珠一看是五千元，当场跳了起来。她的脸涨红了，汗也下来了，气喘得胸脯都快把穿着的衣服撑破了。李明珠心里一着急，就不管三七二十一了，低着头就往工商所里面冲，拦也拦不住。她一口气冲进所长的办公室，一屁股坐在椅子里，拍着那张收据对所长说，你们这不是要我的命吗？

所长刚从沙发上午睡醒来，有点睡眼蒙眬。他看着李明珠还没弄明白是怎么回事，李明珠就说要钱没有，要命有一条。这话听得所长咧嘴一笑，人也跟着清醒了许多。他看了眼收据，说是偏高了点，可这跟我们没关系。所长站起来，走到李明珠面前，耐心地告诉她这钱是偿还给旅游公司的损失，跟工商所一点关系也没有，他们是帮着执行的。李明珠搞不懂，坐着就是不肯走，非要把这事弄个明白。所长烦了，喉咙也粗起来了，一指门口让李明珠马上出去，并说，要闹，你到旅游公司去闹，这是他们的事，你找他们去。

于是，李明珠顶着一头灿烂的阳光赶到旅游公司，汗水已经把她的衣服粘在了背上，但她一点也不觉得热。她从一扇玻璃门进去，里面的冷气一下子让她的皮肤收紧了，人也变得有点紧张了。旅游公司里没有门卫，只有一个漂亮的小姐坐在总台后面，所以这里怎么看都像个宾馆。小姐问她来干什么？李明珠说来找你们的经理。小姐站起来上下看了她几眼，说这里有七个经理呢，问她找的是哪一个？李明珠想了想，说当然是最大的那个。小姐撇了撇嘴，拿出一个本子来让她登记，然后请她到旁边的沙发上坐着。小姐说总经理在开会。李明珠问这会要开到什么时候？小姐指着屏风后面的楼梯，让李明珠看着楼梯口，有人走下来了，会议就结束了

李明珠坐在沙发里，沙发上扔着几本杂志，她就拿在手里翻着。李明珠从来不看书，现在更没心思看书了。她的脑子里一直在想一个问题，见到了总经理是拍着桌子跟他吵，还是好声好气地求他？

这时，她看见那个胖乎乎的办公室主任从外面走进来，手里拎着两个西瓜。她把西瓜放在总台上，吩咐小姐洗一洗，切好了再送到会议室里来。胖女人在走上楼梯之前看了眼李明珠，她认出了李明珠，但她脸上没有丝毫表情。李明珠也没理她，就当什么也没看见，她把头埋在杂志里。

又过了一会儿，总台小姐从楼上下来，对李明珠说，你回去吧，总经理不会见你的。

李明珠愣了愣，说，不是他见我，是我去见他。说着，她站起来就往楼上闯，小姐也没拦她，看着她咚咚地跑上去。李明珠转了个弯就看见迎面站着两个保安，那个胖女人站在更上面的台阶上。李明珠明白了，旅游公司不是没门卫，原来门卫在这里等着她呢。门卫听见胖女人说别让她上来，她是来捣乱的，就对她说了两个字：下去。

李明珠也冲他们说了一个字：狗。

离开旅游公司，李明珠有点不知何去何从了。她在太阳底下

想了想，就来到好再来餐厅。老板从冰柜里拿了听可乐给她，让她去楼上凉快一下。李明珠说没心情。她掏出那个信封给老板看，老板看了两眼就把它撕了，说，这有什么好担心的，现在是人家想从你口袋里掏钱，你担什么心？老板还说，只要没人欠你钱，你就用不着担心。老板是个见多识广的人，他的话有一定的道理。李明珠喝着可乐跟着他又到了楼上，老板让她先去洗个澡，把心放到肚子里去。李明珠在洗澡的时候，老板靠着卫生间的门口还在对她说，只要没偷没抢没钱没工作，那就谁也拿你没办法。

李明珠一想也对，人到了这地步已经躺倒在地上了，还怕什么？总不会有人挖个坑把你埋进去。她对老板说，对，你说得对，明天我还站到停车场去做我的生意。

可是，第二天一大早，李明珠一到停车场就看见两个保安一左一右站在了大门口。李明珠就当那是两根木头，挺着脖子往里走。保安拦住她，让她把证件拿出来。李明珠就把身份证给了他们。保安摇了摇头，说，进去要有旅游公司的工作证，停车证也行，要不你就开辆汽车来。

李明珠说，进去上厕所总可以吧？

保安又摇着头一指街对面，说那里也有厕所。李明珠就问他们说知不知道她是谁？她说她就是靠这块地方吃饭的。保安说知道，没你们这些人我们两个还找不着这份活干呢。他请李明珠一定要站就站到边上去，别挡着门口。他还说，我们两个还在试用期，请你帮帮忙，别把我们的饭碗敲掉了。

李明珠朝这两个保安仔细看了两眼。他们都很年轻，长得也不错，戴着大盖帽的样子很神气。她顺从地站到了路边的一棵树下，不一会儿，就看见旅游公司的导游小姐们一手拿着旗子，一手拿着喇叭来了。她们都嘟着嘴，看见李明珠就朝她瞪眼睛。原来，她们也到停车场里来站着了，一样站到了太阳底下。她们再也不能坐在旅游公司装着空调的大厅里，等着客人们来点她们了。难怪她们看见李明珠就朝她瞪眼睛。李明珠觉得有点对不起这些年轻的导游小姐，就向边上又走了几步，站到离大门更远一点的另一棵树下。

可这也不是办法，李明珠站了整整一个上午，没拉到一个客人。那些客人一下车，就被蝴蝶一样蜂拥而上的导游小姐们抢走了。看着他们热热闹闹地擦着自己的边上过去，李明珠朝地上吐了口唾沫，骂了一个字：狗。骂完觉得还不解气，就又加了个两字：狗操的。

晚上，她躺在床上，瞪着漆黑的屋顶问刘庆丰有什么办法？她说，你不给我想办法，谁给我想办法？刘庆丰叹了口气，劝她算了，想开点吧，就安安心心在家里待着吧。李明珠说，坐吃山空你知不知道？待在家里就等于是在等死。

刘庆丰不吱声了，只要李明珠的嗓子一响，他的嘴就闭上了，眼睛也跟着闭上了。李明珠却睡不着，她像躺在一块蒸板上，火辣辣的，从脑袋里一直痛到身体里。睡到后半夜的时候，她忽地坐起来，想了想，跳下床走到外间开了灯，找出儿子练字用的毛笔，又找了只皮鞋盒，剪下两张硬板纸，蘸饱了墨写了五个字——为人民服务。

写完了，她又在下面添了四个字——免费导游。

李明珠看了又看，觉得字写得太难看了，就叫醒刘庆丰，让他出来重写一张，并且对他说，现在总可以了吧，谁都没权利不让我为人民服务。李明珠又说，我光拿回扣就够了。

刘庆丰说，疯了，你一定是疯了。

李明珠没理他，越想越觉得这个办法想对了，就把笔塞到他手里，命令他写。刘庆丰就在另一张硬板纸上抄了一遍，可他的字更难看，这让李明珠很失望。但她又不敢把儿子叫醒，就算叫醒了儿子，儿子也肯定不会写这几个字的。看来，只能花几个钱去文印店里做块牌子了，这钱想省也省不了了。

打定主意后，李明珠第二天等文印店的门一开就进去做了块牌子。那个老板一听这几个字，一下子热情起来，建议说为人民服务最好用红色的，要用仿宋体。

李明珠说，管它什么体，便宜就行了。

李明珠拿着这块牌子的一路上就有人在盯着她看了，她却低垂着眼睛谁也不看，一直走到停车场门口的树下，站在那里。虽然，满载游客的汽车还没开进来，可她一举起牌子，就有人围上来观看了。他们都是些上班路上的男人与女人，也有上学的孩子与买菜的老人，李明珠对他们说，有什么好看的，没见过为人民服务吗？

玛格丽特

1

　　林红养花是受父亲影响。林老师在小学里教了三十年语文，工作中没见多大建树，却在喝酒与养花上面出了名。他是握着半杯五加皮，一头栽在院子的花丛中心肌梗死的。那一年，林红二十五岁，噩耗传来时正跟志平在新房里忙。新婚在即，小两口几乎每个黄昏都在他们的新房里收拾。可是父亲死了，一句话都没留下。等他俩赶到医院，父亲已经直挺挺地躺在太平间里。林红一下子回想起坐在他腿上背诵唐诗的童年时光。

婚礼一直被推迟到第二年春天。就在她出嫁的前一天晚上，母亲忽然带了个男人回来。那人林红认识，小学里的副校长，姓刘。父亲的追悼会就是由他主持的。可一见他进屋那样子，林红就明白了，连客套话都不想说，起身就往自己屋里去。母亲叫住她，让她陪刘伯伯说会儿话。林红停了停，转身看着母亲。母亲脸上有点挂不住了，却硬要挤出一点微笑来。倒是那个副校长很坦然，在沙发里坐下来，说他听说林红要出嫁了，是来道个贺、探望探望的。母亲赶紧接过话茬，让女儿还不谢谢刘伯伯。林红没理她，把目光转到副校长脸上，盯着他看，却仍然没有一丝表情。副校长坐不住了，站起来用力咳了咳后，说我还是先回去吧，看来来得不是时候啊。母亲慌忙挽留，留不住，就一直送到门外，嘀嘀咕咕说了些什么，林红听不清，也不想听，扭头进了自己房间。

这个晚上林红没睡好，胡思乱想了一整夜。

第二天，志平用一部加长的婚车把她接走。在一片爆竹声中，林红隔着车窗回望，大家都在那里胡乱地向她挥手，这些人中间没有她的母亲。林红的母亲这一天几乎没跟女儿说过话，她对每个人报以浅淡的微笑，可这笑容里没有女儿出嫁的喜悦，就像父亲出殡那天，她的眼泪中没有悲伤一样。

婚车转过一幢楼时，林红猛然想起来，说，我还有东西要拿。车子戛然而止。林红想了想，又说，还是明天吧。她看着丈夫，明天我们去把院子里的花搬回去。

志平笑了笑，没说话，拉起她的一只手，捏在掌心里。林红想起来了，明天他们要去海南度蜜月，不禁又回过头去，再次看着车窗外那些渐行渐远的风景。

林红的蜜月十分短暂，原因是志平工作忙。他是工程学院的讲师，讲师跟教授不一样，每天都有好几堂课等着他。不过，他向林红保证，等放了暑假一起去西藏，再像模像样地度上一回蜜月。林红点了点头，枕在他胸口，一只耳朵听着他的心跳，一只耳朵听着窗外海浪袭卷沙滩的声音。那是他们在海南的最后一夜。小夫妻俩回来后就回了趟娘家，这是沿袭了千百年的老规矩，叫回门。但是，林红刚进门就傻眼了，她站在院子里，那么多的花一盆都不在了，院子里新浇的水泥地早已干透，显得宽敞而洁净。母亲在她身后淡淡地说老刘有哮喘，他对花粉过敏。母亲还说他们已经定下了，旅游结婚，去的目的地也是海南。林红只是惦记那些花。太阳当头照耀着，她问母亲：你们把我的花弄哪儿去了？

卖了。母亲说着，去屋里拉开抽屉，取出一个信封塞给女儿，卖花的钱在这儿。她强调说，这是老刘的意思，钱，我们一分不要。

林红捏着钱，一句话都没有。

回门这顿午饭吃得极其沉闷，吃完了，她一拉志平，说，我们该走了。

志平一直是笑眯眯的，保持着新郎官的愉悦。他在走出很远后，对林红说，天要下雨，娘要嫁人，你管她呢。林红没理他，挎着他的胳膊，一路上始终低着脑袋。志平笑了笑，又说，只争朝夕啊，看来你妈是个急性子。

你有完没完了？林红平白无故地恼了，甩开他的胳膊，掉头去了育子弄的花鸟市场。她一个人在那条不长的街上来来回回地逛了好一阵，才挑了两盆蓬蒿菊抱回家，把它们移栽进阳台的花槽里。三年过去了，林红把育子弄里的植物一盆一盆搬回来，把阳台布置得像个花圃，而她的家就成了花园，一年四季都开满了鲜花。但林红还是更喜欢蓬蒿菊，喜欢它们像野草一样在花槽里肆无忌惮地生长。那些白色的小花在阳光下熠熠生辉，每一片花瓣上都寓示着爱情。这是林红从一本书上看来的。书上还说蓬蒿菊在欧洲又叫玛格丽特，是十六世纪一位瑞典公主的名字，它的花语是心中隐秘的爱情。

林红觉得那是胡说八道，是卖花人编出来骗钱的。但她喜欢看书是真的，还在跟志平谈恋爱那会儿，每个星期天，两人不是上书店，就是去图书馆。不过，志平现在没工夫看书了，他每天都忙得很，好像不是大学里的讲师，而在经营着一家公司，下了班基本上是往饭店里跑，吃完、喝完了还不算数，还得成群结队地去酒吧或是 KTV 里接着喝。为这，林红没少发脾气，最厉害的一回，她一个烟灰缸扔过去，把门口的玻璃屏风砸得粉碎。可是不管用，男人都把苦衷放在了肚子里，志平有一次喝多了，趴在卫生间的抽水马桶上才说了心里话：如今学问不在书本上，他要当副教授，他要当教授，他就得陪着这些人吃五喝六地在酒桌上混。吐完之后的志平，两眼空洞得像个垂死的病人。他把整条手臂搭到林红肩上，由衷地叹息：书中哪有黄金屋啊？

但林红知道，丈夫更说不出来的苦衷是在他自己身上。结婚刚一年，婆婆见媳妇的肚子没动静，就催着两个人上医院。老太太自作聪明，临走还再三叮嘱儿子，你也得查，不能光叫媳妇去。

林红很不高兴，看着她的背影对丈夫说，她哪里当我是媳妇？她就像配种场里出来的。志平笑笑，没吭声。林红就更生气了，说，看来你们是串通好的。

医院检查的结果没几天就出来了，问题出在志平身上。婆婆不相信，志平更不信，夫妻俩于是去更专业的医院，看的还是专家门诊。专家的结论更干脆，通俗易懂，就两个字：死精。林红问那怎么办？专家说，要孩子还不容易？人工授精嘛。

这一回，婆婆没话说了，志平更是沉默，回到家里倒头就睡。林红也不好受，上了床，从后面搂住他，说不生就不生，两个人安安静静过一辈子有什么不好？志平不说话，也不动，林红就更紧地贴着他。女人的胸脯就是用来温暖男人那颗苍凉的心的。可是，时间一长，林红有点松了。有一天晚上，她在前戏的时候像是忽然想起来地说，要不去试一下？

志平一愣，问，试什么？

人工授精啊。林红说，我们去挑一个聪明的、漂亮的。

志平不等她说完就翻身下来，靠在床头看电视一直看到后半夜，吓得林红从此再也没提过"授精"这两个字，连"孩子"两个字都不敢提，就算夫妻俩平日里吵得再凶，她都绝不再提这四个字。做女人就得讲"分寸"。这是她父亲活着时常说的一句话。林红就是要做一个有"分寸"的女人。

2

林红在大学里念的是金融,一毕业就进了银行,刚开始时分在理财部,可几次调整下来,一次不如一次,竟被派到下面的储蓄所去当了个出纳员。林红气愤,却也没办法,整天只能对着柜台前那块钢化玻璃,对着那些排队来存款、取款的男男女女,心里再怎么窝火,都得努力沉下一颗心来克制着。在这个岗位上是绝不能出差错的。林红每次都在心里对自己说:这个世界上什么都可以错,就是数字不能错。银行里的数字就是钱。

但错误是难免的。银行的制度是"一日三碰库",早、中、晚各一次,尤其是下班前那一次,光每个柜上的账"平"了还不算,一定要等到电脑里全省的账都"平"了,大家才可以下班,才可以回家。每天,储蓄所的大门一拉下,整个大厅里就剩下一片手指敲击键盘的声响,大家全神贯注,只知道埋头整理传票、核对流水。可是这天,主任一眼就发现林红出事了,透过办公室的玻璃幕墙看出去,她的脸红得好像一口闷下三两五粮液。主任是老柜员出身,不动声色,抓起电话把她叫进来,开门见山就问,差了多少?林红支支吾吾,说九万。主任听不见,说,你大声点,到底多了还是少了?

少。林红说少了九万。说着,她抬起头,眼睛里有两颗泪在晃晃悠悠。主任却无动于衷,让她先出去把账做平了再说。林红说,少了九万,你让我怎么平?

你不能把那九万先移到明天去?主任说,大家都等着你下班呢。

林红死心眼，问，那明天怎么办？

主任当然不会等明天，同事们一下班，他就让林红带着票据坐到监控室里，对着录像画面一个个地找，一张张地对。主任从外面买了两个盒饭来，说，不把这九万找出来，我们谁也别下班。

这天晚上，两个人忙了大半夜，最后还是主任从一张单子上看出名堂来。他把录像快进到一个时间上，定格，问林红，记不记得他？主任指着画面上的男人，他到底贷了多少？汇了多少？画面上的男人很模糊，就看得清他穿着一身运动服。林红摇了摇头，她的脑袋里这时候像灌满了糨糊。主任把单子往桌上一拍，说，人家贷十万，汇一万，你看你给他汇了多少？

林红看着单子，说，这怎么可能呢？

还不可能？主任瞪眼了，问她，那你的九万去哪儿了？

林红从单子上抬起头，脸上一下有了雨过天晴的表情。她说，我怎么可能多打一个零呢？

一个零？银行里的一个零能让多少人倾家荡产。主任叹了口气，把桌子上的手机、香烟一股脑地收拾进提包里，站起来，扔下林红一个人走了，下班了。

林红又看了眼单子，上面的户名是肖兵，就开始在电脑里搜索这个人，发现他在银行里不光有信用卡，还办了好几张借记卡，里面的记录进进出出一长串。看来是个做生意的。这种人林红见多了，存、取、贷、汇、转，三天两头跑的不是信贷科就是储蓄所。她接着又转到肖兵的业务注册表上，里面不仅有电话、家庭地址，就连出生年月、身份证号码都一字不漏地登记在案。

林红长长地吐出一口气，抓起电话拨过去，可是对方已关机。林红的心一下又蹿到了嗓子眼里，仰起脸，盯着监视器里那张模糊的脸，把它放大，再放大，死死地盯着他看。

这是漫长的一夜。林红回到家里，志平已经在床上轻轻地打着鼾，可她睡不着，睁大眼睛靠在枕头上，满脑子想的都是这个叫肖兵的陌生人。

第二天，林红一上班就去了主任办公室，让她没想到的是肖兵已经坐在那里，喝着茶，抽着烟，跟主任有说有笑的，好像两人是老相识了。主任很激动，在介绍肖兵时一口一个肖总。肖兵连连摆手，说他只是做点小生意，糊糊口罢了。他说着，扭头看着林红，笑眯眯的，说那一万是汇给他表妹的学费，一下子发现卡里多了九万，把小姑娘吓了一大跳。肖兵说，我也是怕你们着急，这才一早赶过来。

林红不知道说什么好，脸涨得通红，想笑却又笑得很不像样。主任这时冷不丁地蹦出一句：我们得给你送锦旗。主任认真地说，真的，肖总，你就像个活雷锋。

肖兵一愣，说，你让我挂哪儿啊？客厅里？

大家都笑了。林红发现肖兵笑起来很年轻，一点都不像1970年出生的人。她忽然说，那我请你吃饭吧。

肖兵又一愣。主任赶紧说，要的，要的，这饭一定得吃。

可是，下班的时候总行临时要开会，一个电话把主任叫去了。林红站在储蓄所门口犹豫不决，就听见路上汽车喇叭嘀嘀地响着。肖兵正摇下车窗笑吟吟地望她。他倒真是个老实人，一点都不知道要客气，林红心里冷笑。但到了饭店才发现比想象的更别扭，两个人面对面坐着，你看看我，我看看你，一下子不知道说什么好。这种感觉就像好多年前第一次跟志平约会。

肖兵喝了点酒后话多起来，天南地北，五湖四海，他不光会说，见的世面也多，而且，说话的时候笑眯眯地看着你，好像两个人是老相识了，今天只是久别重逢。林红十分地讨厌，就不停地看手表。肖兵也看了眼手表，说了声还早，就又给自己杯里满上，话题一转说起了他表妹。他告诉林红，小姑娘父母双亡，是他一手把她抚养长大，培养成大学生，还打算送她出国去留学。肖兵说他也是从小父母双亡，他十七岁就在街上摆地摊、卖磁带。林红不想听，索性把头扭在一边，看着大厅里来来去去的服务员。林红真是后悔，早上怎么这么多嘴？吃什么饭？请什么客？真是没事找事。

不过，肖兵把握得很恰当，一口喝光杯中的酒，站起来招手叫来服务员：买单。林红早把钱包准备好了，可肖兵的动作更快，掏出一沓钱，一捻就抽出几张给了服务员。林红发现他点钱的手势比自己这个银行的柜员更麻利。林红有点不好意思，说，说了我请你的。

一样的。肖兵笑呵呵地说，下次嘛，下次你请。

林红觉得好笑，怎么还会有下一次呢？谁知，肖兵的短信第二天就来了，是问候，也是试探。男人的这点套路林红明白，她一点都不觉得奇怪，哼了下就把那文字连同号码一起删除了。肖兵连着问候了三天。第四天，他流露出失望的口气，在短信中说，看来我盼不到你请客了。林红这才回复了一个字：忙。

肖兵很知趣，白天再也没来过短信，可他每次上储蓄所办款，总是排在林红窗口，不说多余的话，就那样笑眯眯地看着她，一脸心照不宣的样子。有一次，他在提款时递进一张空白存单，上面有四个字与一个问号：赏脸晚餐？林红头也不抬，就在下面补了四个字与一个感叹号：真的没空！随手递了出去。肖兵没有动静，一直等到林红最后站起来，把凭条与钱一起递出去，问他还有什么需要服务时，她看到肖兵的眼睛，隔着钢化玻璃，一动不动望着自己。林红忽然慌张了，莫名其妙地，脸一下子红到脖子里。

肖兵的短信是一下子频繁起来的，通常都在黄昏或者入夜时分，有时候是笑话，有时候是卡通的彩信，但更多的是夜生活资讯，就像在做广告，不是推荐哪家饭店里的招牌菜，就是介绍城里的酒吧与迪厅的新节目。林红先是讨厌，觉得烦，慢慢却产生了兴趣，有了一点记挂，一到时间就开始留意手机的动静。但林红一般不回复，就像是平添了好奇心，她倒要看看一个男人能翻出多少花样来，他能异想天开到什么程度。

3

工程学院里出了件丑闻，由一名三陪女引起的，她在宾馆里"外卖"时当场被抓。可是，三陪女到了派出所里什么都不交代，问什么都说是第一次。警察火了，从她皮包里掏出通信录往桌上一拍，指着上面一长串男人的名字与电话号码，问她还敢说是第一次？三陪女嘴巴硬，就是不改口，警察只好打电话把通信录上的人一个个叫进派出所，志平也在其中，还有好几个工程学院里的教师。这事弄得动静很大，晚报上都登了，标题十分夸张："透过三陪小姐的通信录，窥测高校教师的夜生活"。学院领导很生气，脸不能丢到这份上，第二天就出了个通告，让这些人全都回家去，好好地反省。什么时候再上班？等通知。

让人气不过的是志平，他倒像个没事人，什么解释都没有，一天到晚不是躺着看电视，就是埋头在电脑跟前打《传奇》。林红窝火，觉得屈辱，但咬牙忍住了，除了一把抱起他的被子甩在客厅的沙发上，她同样什么话都不说，也不在家里开晚饭，每天下班在小区门口的快餐店里吃完了，上了楼就在阳台上摆弄她的花花草草。

志平还是开口了。那天，他在沙发里一边喝着闷酒，一边看电视，林红的手机响了，是肖兵发了条笑话过来。林红抿嘴一笑，不假思索就回了条在哪儿呢？请你喝酒去。她不等肖兵回复，随手又拨了个电话过去，声音十分清脆，就像是下命令，让他开车来接一下。林红微笑着说快点啊，她半小时后在小区的门口等。说完，林红拿着手机去了卫生间，在里面不光洗了澡、化了妆，还在身上喷了几滴香水，出来就进了房间，拉开柜子，对着镜子一件一件试衣服。最后，她挑了件低胸的T恤，穿着条牛仔裤出来。志平侧着脸打量她，上上下下，从头到脚看了好几遍，忽然问，你这是干吗去？你这么晚了去干什么？

林红就当没听见，好像屋里根本不存在这个人，她拿起挎包，昂首挺胸就出了门。林红是一直到出了小区的大门，才被自己吓了一跳，想躲，可肖兵的车已经等在那里，副驾驶位那边的门都替她打开了。林红只能硬着头皮坐进去，发现后座上还有一对男女。肖兵介绍说那是他的朋友，他们打算去唱歌。林红不知道说什么好，一直到下了车，站在"天上人间"的电梯口，脸上的烧还没褪下去。林红看了眼肖兵，说算了，我还是不去了。肖兵没说话，那女人一把挽住她，像对小姐妹一样亲热地说，上面好多人呢，肖哥特意开了个贵宾房。

包厢里面果然一大帮人，男男女女一片欢声笑语。林红坐下去的时候还很拘谨，可经不住那么多人的热情，她一下子放开了，什么都不去想，什么都不去管，拿着话筒一首接一首地唱歌，一杯接一杯地喝酒。林红歌唱得好，酒量更好，从小趴在父亲怀里练出来的，喝得肖兵睁大眼睛看呆了，缓过神来后，慌忙拉住她的手，一个劲地劝：好了，好了，少喝点，少喝点，醉酒是要伤身体的。可林红就是想醉，就是想哭，但她没有机会。肖兵劝不住她，就劝阻他的朋友们，对他们使眼色：不要针对人家女孩子嘛。肖兵还是有威信的，干杯的频率马上缓下来。林红却主动出击了，举着啤酒一个一个地敬，竖起瓶子，一仰脖子就是几大口，喝得肚子里直翻腾，跑进厕所，一张嘴吐出一大摊后，对着镜子看着自己发白的脸，想想还是想喝，还是想醉。

肖兵在厕所门外一把拉住她，说别这样，心里再不痛快，也不能这么灌自己。林红看了他一眼，不说话，回到包厢里，拿起话筒，放开喉咙继续唱。

后来，林红扒着车窗又吐了一回，不是醉，是一肚子的啤酒撑得太难受。深夜的马路静得出奇，她直起身来才发现自己满眼是泪，但这不是哭。林红就是觉得累，精疲力竭。肖兵下车，从后备厢里取了瓶水递给她，看着她漱完口，还支着方向盘，一眨不眨地看着她。林红关上车门，说，走吧。肖兵没动。林红一下警觉起来，坐直身子，看着窗外，说，我要回家。

肖兵点了点头，车子缓缓启动后，他说，今晚你让我很意外。

林红不置可否地笑了笑，用手不停地往后捋着头发，好像要把什么东西捋干净那样。她以为肖兵还会说什么，但是没有。肖兵始终紧闭着嘴唇，目不斜视地注视着前方，一直到拐进林红小区门前那条马路，他才问了声要不要进去？林红说不用了，靠边好了。肖兵停下车，扭头看着她，看得林红有点手忙脚乱，推开车门就像是往外逃。肖兵按下车窗，忽然问她下次怎么样？林红一愣。肖兵呵呵一笑，说，我是说你心情好的时候。

肖兵不等她回答，摆了摆手，汽车扬长而去，丢下林红一个人愣愣地站在路灯下。

志平已经睡熟了。林红一进家门就见他灯都没关，仰面躺在长沙发里，半条被子滑落在地板上，翕着嘴巴，在那里轻轻地打着鼾。林红站在客厅的中央，恍惚一下，眼神中就有了一种说不出来的孤单与酸楚。

这一夜，林红没睡好，脑袋里面就像在走马灯，一会儿是父亲，一会儿是母亲，一会儿是志平，还有那些同学与老师也来凑热闹。后来，她竟然想到了肖兵。林红第一次试着拿他跟志平比较了一下，就翪躰一下睁大眼睛，瞪着漆黑的天花板，一直到天亮都没有丝毫睡意。第二天，她一大早就起来打扫卫生，把几个屋子里的花都换了一遍。志平被吵醒后，睡眼蒙眬地抬了抬眼，翻了个身，蒙上被子继续睡。林红是一下火冒三丈的，猛地将手里的抹布往地上一扔，冲过去，一把掀开他的被子，吼：睡，睡，睡，我叫你睡。

志平吃惊地看着她，说，你这是干什么？你发什么神经啊。

林红也很吃惊，站在沙发前呆了有几秒钟，猛然扭头扑进房间里，一把关上门。志平害怕了，一下了想起昨天晚上，赶紧跳下沙发去敲门。他隔着门大声问，怎么了？出什么事了？问了会儿，不见有动静，志平忽然爆出一嗓子：林红，你把门打开。

林红一把拉开门，身上的睡衣已经换成银行里的制服，脸色也像换了个人，平静得如同站在大街上。她朝丈夫瞥了一眼，一甩头发，抓起桌上的包，换鞋，出门，上班去了。

但夫妻俩还是大吵了一架，就在志平重返讲坛后的不久。学院里师资紧张，志平在家里反省了一个星期，第八天就被一个电话招回学校。重新上班的志平人倒是安分了，每天准时上班，准时下班，回到家里不仅买菜，还做饭、洗碗。可林红就是绷着脸，上床前总忘不了抱着他的被子扔到沙发里。那晚还早，志平看了会儿电视，坐不住了，去卫生间里刷了牙、洗了澡，出来一看，林红已经把他的被子扔在了沙发上，就抱起来，笑呵呵地去了房间里，在床上铺开，钻进去，看着电脑前的妻子，轻声说，早点睡吧，明天还上班呢。林红头也没抬，就当没听见。志平就又说，听见没有？睡觉了。

说着，他伸手把灯关了。林红这才从电脑前抬起头，脸上一片荧光闪烁。林红忽然说，卡拉OK的门还开着呢。

志平说，你什么意思啊？

林红说，就这意思。

气氛有点僵了。志平等了等，还是拍拍床垫，像哄孩子那样，轻柔地说，来，听话。

林红呼地站起来，到了床边却没上去，而是啪地打开灯。林红重新坐回到电脑前，说，听什么话？我又不是三陪女。

气氛彻底僵了。志平沉着脸跳下床，去客厅里飞快地穿上衣服，想想，还是咽不下这口气，就对着房间里吼：三陪女怎么了？三陪女总不会给我看脸色。

林红在他的咆哮声中抱着被子出来，狠狠地又扔回沙发里，说，那你还等什么？

志平朝着沙发发出一声冷笑，点了点头，就像是对自己说，我上哪儿找不到这么一张破沙发。

那你去啊！林红一指大门，说，你去！去啊！你去了别回来！

志平不走了，一屁股坐进沙发里，打开电视，冷冷地提醒林红：这是我的家！我想走就走！我想留就留！

吵到最后，走的人是林红。她一口气冲下楼，可出了小区的大门却站住了，朝着空旷的马路两头望了好一会儿，才发现自己哪儿都去不了。林红没有要好的朋友，也没有要好的同事，就算想回娘家，那里还睡着个刘副校长。那里早已经不再是娘家了。林红反身回小区，沿着草坪一直逛到有个保安上来搭讪，问她怎么了，是不是跟老公吵架了。林红这才发现夜已很深，整个小区里寂静无声。林红朝保安看了眼，扭头就走。可是，她不想上楼，不想睡觉，林红就是要试一次彻夜不归。最后，她打开楼下车库的门，在一只纸板箱上整整坐了一夜。志平却一点动静都没有，连电话都没来一个。林红捏着手机一直坐到天快亮时，忽然给肖兵发了条短信，但一按下发送键就马上后悔了，在肚子里狠狠骂了句自己。

4

　　林红跟肖兵上床时春天已经接近尾声。确切地说,他们的第一次并不是在床上,而是在肖兵的车里,有点突然,不过也是意料之中的。男人不会平白无故地对一个女人好。虽然,肖兵看上去还是老样子,好像每次约她出来只是为了吃饭、喝茶、泡吧、唱歌,而且常常是一大帮人在一起,嘻嘻哈哈,没心没肺的,但林红心里明白,这一天迟早会来临。林红不是没有想过,许多事情反反复复不知想过多少遍了,想到后来,甚至还有了那么一点盼望。

　　那天也是这样子,一桌子人吃完了,正在商量去酒吧还是KTV时,林红的手机响了。母亲在电话里说老刘喘得不行了,喷雾剂都不管用,这回非送医院不可了。林红顿了顿,说那就应该叫120,而不是打给她,哪怕找辆出租车也行。母亲火了,在电话那头扯起了嗓子,那我还要你这个女儿干什么?母亲说,他不是你的亲爹也是你的继父。

　　林红挂了电话,朝肖兵看了一眼。肖兵二话没说,就开车拉着她去了家里,再拉上她母亲与继父到医院,还帮着跑上跑下,找医生,喊护士,几乎就是他一个人在忙。刘副校长是心脏病急性发作,护士推着他进手术室后,母亲对林红说,原来他还有心脏病,原来他一直瞒着我。林红没理她,一个人坐在走廊的一张椅子里。母亲等到肖兵离开后,走过去坐到女儿边上,闷了半晌，问，那人是谁？林红不出声。母亲等了等，又问，志平呢？你怎么没有通知志平？

林红还是没吱声。这时，肖兵发了条短信来，说他等在下面的车里，如果有事就叫他。林红什么话都不说，站起来就走，像是去上卫生间。林红进了电梯直接下到地下车库里，坐进肖兵车里，还是一句话都不说，她就觉得累，觉得烦，把头靠在椅背上，闭上眼睛就想沉沉地睡过去。肖兵同样没出声，等了会儿，他放了首歌后，就势把头慢慢凑过去。林红一下睁开眼睛。肖兵迟疑了一下，慢慢把嘴巴贴上去。林红没有动。他就慢慢地撬开她的牙齿，慢慢地把舌头伸进去。

深夜的地下车库里没有车进来，也没有车出去，只有上面一只老化的日光灯，在那里一闪一灭。肖兵的整个过程都很缓慢，有条不紊，先是嘴，再是舌头，再是手。最后，他放倒副驾驶位的椅背，整个人爬了过去，事后也没急着回到座位上，还是趴在那里，捧着她的脸，亲吻她额头细密的汗水。而林红想不通的是自己，怎么会一点反应都没有？既不害怕，也不慌张，几乎就没有一丝一毫的感觉。林红飞快地把整个过程回想了一遍，还是没有找到一点感觉。她轻轻地推开肖兵，找出两张面纸擦擦后，把自己收拾好，什么话都不说，下车，往电梯口走去。

林红重新回到手术室门口，母亲紧盯着她，上上下下看了好几眼，问她去哪里了。母亲说，你看你脸红的。林红赶紧在自己脸上按了按。母亲忽然拉过她的一只手，换了种语气，说，你跟志平到底怎么了？你们到底出了什么事？

你还是操心里面那个吧。林红说着，挣开母亲的手，给志平去了个电话，可是他没有接听。志平这天又喝多了，林红回到家里见他倒在床上，一只脚上的袜子都没脱。

从卫生间里出来，林红没有上床，她抱着条毯子盘缩在客厅的沙发里，又把车里那场性事回想了一遍，才慢慢找到了一点感觉。肖兵还是很温柔的，也很缠绵。林红记得他的眼神，看着自己的时候有种穿透身体的力量。林红猛然又闻到了肖兵身上的气息，不禁打了个激灵，一下睁开眼睛，发现天已经亮了。

后面的几天里，肖兵就像失踪了，不见人影，不来电话，也没有短信。林红心想这样也好，就当做了一个梦。她每天上班、下班，回到家里在阳台上摆弄花草。现在是换季时节，是养花人最繁忙的时刻，除了要给那些植物修剪病枝，给它们通风、遮阳、降温外，还要给不同的花卉打上不同的药水，给它们杀菌。林红把自己打扮得就像个护士，穿着白大褂、戴着白口罩，每个晚上不忙到直不起腰来，是绝不上床睡觉的。这晚，她就是趴在床上时收到了肖兵的彩信，是一朵闪烁的蓝色玫瑰。林红没理睬，关掉手机的电源，抱着枕头重新闭上眼睛。可是，睡不着。黑暗中，林红紧闭的眼角慢慢渗出两颗泪。

第二天一下班，林红穿过马路就见到了肖兵的车。他在车里伸着脑袋笑呵呵的，示意林红上来。林红只当没看见，步子却加快了，可走了不一会儿，就发现一路上有很多人在朝她看。林红一扭头，发现肖兵的车跟着自己，堵在路边上，开得比爬还慢。林红脸一下红了，四下看看，只能一头钻进车里面。肖兵还是笑呵呵的，拿起后座上的一大束玫瑰，放进她怀里，说，有没有想我？

林红冷冷地说，送我回家去。

肖兵笑呵呵的，换挡，加油门，汽车像鱼归大海一样汇进车流里，一直朝前开去。

林红说，听见没有，我要回家。

肖兵说，我带你去个地方。

林红说，不去。

肖兵扭头看了一眼，说，你想我了。说完，他又仔细地看了一眼，又说，没错，想得都生气了。

林红也扭过头来，睁大眼睛瞪着他，一股说不上来的滋味在瞬间涌上心头。她大声说，停车。

肖兵的笑容僵了，把着方向盘开始解释，说他这几天是太忙了，出了件意外的事，忙得他都快焦头烂额了。林红不想听，抱着花看着车窗外，看了会儿，按下车窗，一把就把花扔了出去。林红说，你停不停车？你不停车，我就跳出去。

肖兵说，你听我说嘛。

林红不理他，用力推了几把车门，车门显然是自动上了锁，她就回过身来再次瞪着肖兵，可是眼睛不争气，莫名其妙地湿润起来。

肖兵绕了个大圈把车停在林红的小区门口，他拉起手刹，小心翼翼地看着林红，那眼神如同犯错的孩子在凝望生气的母亲。林红并没有下车，低着脑袋坐了会儿，像是在思考，等到抬起头来时，她的脸色一下子雨过天晴了。林红伸出手用力往后一将头发，嘴角的笑容也挂上去了。她问肖兵，我们去哪儿吃饭？

肖兵愣了愣，赶紧说，农家乐，我早订座了。

5

事实上，肖兵是个职业赌徒，同时兼放高利贷，用他们道上的话说那叫"放炮"。一个"炮"就是一万元。这些，肖兵从没主动说起过，都是林红后来一点一滴体察出来的。虽然，肖兵把家布置得就像个白领的公寓，每个星期都有钟点工上门来收拾，可林红随便拉开一个储物柜就能发现扔在里面的麻将、扑克、牌九与骰子，而且，隔三岔五地，他都会"失踪"好几天，如同人间蒸发一样，音讯全无。这些，林红同样闭口不提。许多事情想明白了就永远不会有疑问。林红每次一进门就上卫生间里去洗澡，完事了再洗一个，可回到家里还是忍不住要洗澡，好像上床就是为了洗澡一样，林红觉得很可笑，但也有害怕的时候。有一次，她问肖兵，如果让他发现了怎么办？

肖兵不假思索地回答：我娶你啊。

林红再也不开口了，背过身去，把脸埋进枕头里。林红相信这话有可能是真的。肖兵不止一次地说过，就想陪着她，一起养花，一起上菜场，一起做饭，然后搂着她从黄昏一直睡到天亮。为此，他买来很多盆景，放在房间里，放在阳台上，并且对林红说要把这里布置得就像她的家一样。林红相当地感动，想法一下子变得复杂起来。当晚，她一到家里就坐在沙发里，不动，一直等着志平回来，破天荒地给他沏了杯醒酒茶。

志平一看这架势，酒也醒了很多，去洗了把脸出来后，盯着她看了好一会儿，冷冷地说，你不会是要告诉我你有别人了吧？

一句话，把林红一肚子的话都堵在了喉咙口，先是怕，后来就难受得要命。可林红还是说了，一句一句，每一句话说得都很真切，都是发自肺腑的：你不能再这么下去了，不能再喝酒了，不能再跟那些莫名其妙的人混在一起了；你就算不顾身体，也得顾惜自己的名声；你再怎么说也是高校里的教师，你不是社会上的混混。说到后来，林红像是被自己的声音感染，抬起头来看着丈夫，同时也看到了自己的过去。林红说，我们以前不是这样的。

志平始终一言不发，但行动就是语言，他从一侧的沙发挪到妻子身边，搂住她，把她的脑袋慢慢摁在自己膝盖上，轻柔地抚摸着她的脸颊与脊背。空气中弥漫着花香，这个深夜一下子有了不同寻常的意义，变得惆怅而激荡起来。志平在心底无声地一笑，伸手解开自己的裤子。

你想干什么？林红猛然坐直了，朝丈夫敞开的裤子瞥了一眼，一撇嘴，说，你当这是 KTV 啊？

说完，林红一甩头发去了房间里。志平涨红着脸坐在沙发里，想说什么，动了动嘴最终没开口。他站起来系上裤子后，又一屁股坐下去，啪地打开电视机。

志平上床时林红并没睡着，她蜷着身子不动，思绪却百转千回，起伏难安。有好几次林红想翻转过去，趴到他身上，哪怕匍匐到他脚下，亲吻他，吮吸他，抚摸他，竭尽所能地奉承他，就像他们以前做的那样，但现在她做不出来，就连装一下的兴致都没有。林红在黑暗中睁大眼睛，感觉到有种隐隐的痛在体内的每个角落，一点一点地，像是在撕扯，又像在搓揉，在挤压。于是，她闭上眼睛，还是一模一样的痛，在撕扯，在搓揉，在挤压。

林红开始失眠，经常在睡梦中惊醒，可爬起来又没事可干，只好打开电脑上网，在 MSN 上有一搭没一搭地，跟什么人都聊，什么话题都扯。不过，加在好友栏的那么多人里，她还是跟那个网名叫花田错的最说得来，两个人聊花卉，聊美容，聊衣服。林红发现对方好像样样都精通，什么话题聊上了都有点没完没了。

其实，林红在网上认识花田错也有两年了。她说她开着一家花铺，有时候也自己养花育种，所以才在淘宝上注册了这家花种店。她还在新浪里建了个关于花的博客，一有空就泡在网上，以花会友，兼做生意。林红一直是她的顾客，跟她买花种，向她讨教养花的经验，除了讨价还价，两个人从来都是客客气气。有礼有节的。可是，女人就怕聊得太热络，话一多，就有点放肆了。有一次，她忽然问林红为什么要取玛格丽特这个网名，林红说没什么原因，那只是蓬蒿菊的别名。林红说：我喜欢这种花。

花田错贴出一张俏皮的笑脸，说：不是因为你的心里藏着一段隐秘的感情？林红很吃惊，但更多的是恼怒，随手回了张怒脸过去，不想理她了。花田错却不罢休，一张一张地向她发图片，把各种各样盛开的鲜花送给她，就像男人取悦女人那样，她对林红说：女人就该像花一样，只为自己绽放。

林红细细辨别这句话，越想心中越没底，总觉得有双眼睛穿透了电脑的屏幕，一直看到了她内心深处。她关了电脑，上了床，在黑暗中瞪了会儿，重新爬起来，重新打开电脑，上到 MSN 上，把花田错的名字删掉后，想了想，索性把整个 MSN 都删掉了。林红再也不想聊天了，跟谁都不聊，她转到一个游戏网站，在那里与人一局一局地"斗地主"，每天晚上不到筋疲力尽绝不上床睡觉。为此，肖兵买了一大堆安神补脑的保健品，一定要她吃，说这就是亚健康，是因为工作压力太大了，是现代人的通病。肖兵劝她得好好休个假了，我带你去丽江。肖兵说，那里是情人的天堂。

林红摇了摇头，忽然记起书本上的一句话：去哪儿不重要，重要的是跟谁在一起。她随口说了出来，肖兵听着连连地点头，说这个人就是他，一定是他。男人有时候就是个白痴。林红抿起嘴笑得很甜蜜，静下心来想想肖兵确实算是个不错的男人了，他的好是真真切切的，不光会甜言蜜语，温柔体贴，还特别地大方，都到了大手大脚的程度，什么东西都想买给她，而且每样都挑新款的，每样都是名牌的。他给林红买衣服，给她买手机，给她买项链，有一次"失踪"了两天后回来，两个人吃了顿"必胜客"后，他不由分说，拉着林红就上隔壁的百货公司，挑了对瑞士表，一人一块。到了车里，他把表给林红戴上，还窜改了句广告词，说，我们要天长地久，我们还要时刻拥有。

林红自己都想不到当场泼了他一盆冷水，叫他以后不要这样乱花钱了。林红认真地说，我知道你来钱容易，可你也得留着为今后打算。

打算什么？肖兵说，有你就够了。

林红说，你就算不成家了，还有个女儿要养，还有个表妹要供。

这话说得肖兵低下头去，闷了半晌，他抓过林红的一只手，捂在手心里，抬脸说了句没头没脑的话：你就是我的女儿。

看来女人同样是白痴，一句话都能让人发上半天呆。那天晚上，他们没往肖兵家里去，两个人谁都没有想到要上床。他们就近去了家电影院，坐在最后一排的角落里，就像那些年轻的恋人那样依偎在一起，眼睛望着大银幕，可看了些什么？谁都说不上来。不过有一句话，林红在心里对自己还是说过的，哪天要是真的跟志平离了，她想十有八九她会嫁给眼前这个男人。但问题是到了那时肖兵还会娶她吗？林红吃不准，男人从来都是喜新厌旧、翻脸不认人的，尤其是像肖兵这样的男人，他离过婚，也坐过牢，他的前妻就是在他坐牢那两年里跟人跑的，带着他的女儿连姓都随了人家。肖兵一说起这些就像在忆苦思甜，他对林红说他曾经满世界地寻找她们母女俩，可找到后那女人却对他说了一句狠话：我们早当你死掉了。

肖兵当场给了前妻一个耳光，但他想念女儿，都十五岁的人了，她怎么就不想爹呢？有一次，肖兵枕在林红身上，在她胸口摸索着，问她为什么一个女孩子的心肠会这么硬。林红答不上来，这个时候她又开始胡思乱想了。林红心想，要是自己也有个女儿，那事情就绝不会是这个样子。林红忽然那么地想要个孩子，跟谁都没关系，只要是她自己的孩子。但这个念头转瞬即逝，取而代之的是惶恐。林红躺着就惊出一身冷汗来。

然而，念头是个奇怪的东西，钻进心里就扎下根了，才有过这么一次，就老是冷不丁地要冒出来。林红常常是上着班，忽然想到了那上头，就觉得肚子里有什么东西在蠕动，一下一下地往喉咙口顶，想忍都忍不住，可冲进厕所又什么都吐不出来。

储蓄所里的同事都认为林红是有喜了，都在替她高兴，林红却悄悄地走了趟医院，做完尿检后松了口气。林红是忽然想到的，让医生安了个节育环，可手术一做完，她两脚一落地就像从梦里惊醒了，一把攥住自己的裙子，一下子悔得脸都发青了，就想伸进去把那东西重新抠出来。医生还以为她是痛的，安慰她没事的，休息一天就可以去上班。林红张了张嘴，靠在手术椅上，看着医生，泪水下来了。医生根本没把眼泪当回事，还在说，一定要注意，这个月里面尽量别过性生活。

出了医院，林红是一路走回家的。她的两条腿软得就像踩在棉花里，但就是咬紧牙关不打的。她一边走，一边在心里对自己说，反复地对自己说，疯了，你这是在发疯。

6

志平总算逮到一次出国的机会，暑假里跟着学院的考察团去了趟韩国。临行前几天，他就开始有点兴奋了，由衷地对林红说，看来这两年的酒没白喝，有好事他们还是想着我的。林红看了他一眼，男人得意忘形时的嘴脸真叫人看不下去。不过，林红还是顺应了他，就在准备动身的那晚，两个人都很有默契，早早就上了床。志平的心情相当愉快，在床上一再问她想要什么，说韩国的时装与化妆品还是不错的。林红却淡漠地说，现在国内什么没有？只要有钱。志平想想也是，不说话了。林红忽然想到要买的东西。她说记得带点人参回来吧。志平说好。可说完，马上问她要来干吗，林红说送人。志平问送给谁，林红随口就说主任。志平点了点头，说，那我就挑包装好一点的。

林红没想到的是志平一走，自己竟然就跟着肖兵去了趟丽江。这个地方肖兵说起过好几次了，每次都是一副心驰神往的样子，说不能搂着林红在丽江的街头逛上一回，那他这辈子就白活了。可林红从来没想过要跟他去那里，这次完全是信口说起的，自己都没往心里去。谁知，肖兵第二天就买来了晚上的机票。林红犹豫了很久，连调休假都是在去机场的路上向主任请的。她上了飞机还在埋怨肖兵，你这是绑架，你看，我什么东西都没准备。

肖兵一脸都是灿烂，说，你只要有我就够了。

林红不理他了，在飞机上睡了一觉，走出机场时还迷迷糊糊的，可等踏上丽江的街道，她就像变了个人，许多感受都是一拥而上的，说不出来，但可以清晰地体会得到，从心底深处一点一点弥漫上来，堵住了她，也淹没了她。林红忽然搂住肖兵的腰，她哪儿也不想去，一步都不想走，就那么站在一条空旷的街道上，头顶是一轮明月，脚下的石板上好像刚下过雨，到处泛着暗淡的光。林红总算明白肖兵为什么老是说要来这个地方了。她问肖兵以前跟谁一起来过，却不等他回答，就肯定地说一定是个女人。肖兵不说话，这个时候说什么都是多余的。他把林红抵到一堵墙后面，先动口，再动手，到后来就索性把林红按在墙角做了一次。完事后，两个人都很惊讶，睁大眼睛气喘吁吁地看着对方，可谁也没出声。他们又拥在了一起，吻得很无力，也很绵长。

这一夜两人彻夜未睡，他们去河边找了家通宵的酒吧，在里面一直喝到就剩他俩，林红还不想离开，她还要喝酒。她对肖兵说，我要融化在外面的月光里。

两个人在丽江住了三天，他们白天在宾馆里睡觉，晚上就去古城，在拥挤的人群中接吻，去酒吧里跟河对岸的情侣们对歌，跟他们拼酒。到了夜深人静，整个城市都被笼罩在一片月光下时，他们就在迷宫一样的街道上漫无目的地穿行，在那些幽深的弄堂里就像做贼一样地做爱。肖兵像是尝到了甜头，弄得上了飞机还像个没吃饱的孩子，一个劲地说，急着回去干吗？林红抿嘴一笑，懒得说话的样子，扭过头去，闭上眼睛又开始睡觉了，但脑袋里面一刻都没停止过，一直都在回想度过的这三天。

林红是忽然意识到的，不能再跟肖兵这样下去了，可就是找不到开口的机会，回来后有好几次话都到了嘴边，却每次都被肖兵昂扬的热情堵回肚子里。但林红还是说了，那天下午她没去上班，也没上肖兵的家，她让肖兵把车一直开到城外。一路上，肖兵感觉到了气氛不对头，就不停地问她怎么了，出了什么事。林红始终紧闭着嘴唇，一直等他把车停稳，过了好一会儿，才脱口而出，肖兵，我们就这样吧。肖兵愣愣的，问她什么意思，林红平静地说，就这意思，我们算了，结束了。

林红以为肖兵会有很多表情，会很冲动，也许还会骂人，也许还会给她一个耳光，但是没有。肖兵一句话都没有，就连脑袋都几乎没动一下。他目不转睛地盯着风挡玻璃的前方，过了一会儿，伸手打着发动机，飞快地掉头，汽车低沉地怒吼着，一路飞驰，一直把林红送进小区，送到她家楼下，肖兵都没吐露一个字。林红下车后暗自叹了口气，可等走上楼梯，她发现泪水从眼睛里掉了下来。林红慌乱地打开家门，扑进去，一头趴倒在床上面。

暑期在几场雨后很快结束，天气一下子就凉爽了，天空中每天都是万里无云，马路上的行人仍像走马灯一样，从不停止他们的脚步。林红多少是有点失落的，肖兵没来过电话，也不发短信，就连存取款都不上她那个储蓄所了，可林红每天都要打开他的户头看一眼，里面的款项进进出出，都是在隔着几条马路的另一家储蓄所里办理的。看来他是再也不想跟自己照面了。林红心想这样更好，眼不见，心不烦。但有时候她不这么想，她总觉得肖兵还会来找她，哭丧着脸，像个断不了奶的孩子那样，孤零零地注视着她。

一天深夜，志平已经回家，林红压在枕头下的手机忽然振动起来，把她吓了一跳，好在志平没注意，他正仰面朝天地躺着，一下一下地打酒嗝。林红摸出手机，灯都没敢开，悄悄地下床，摸黑去了卫生间里，关上门赶紧查看，见上面的短信只是一条广告。林红徒然地坐在马桶上，支着下巴在那里坐了很久，也出神了很久，一直到志平的鼾声隔着门缝传来，才如梦方醒，赶紧站起来，两手往上一拉，发现裤衩好端端地穿在身上，自己坐下去时根本就没有往下扒。

志平的鼾声此起彼伏。林红耐着性子一直忍到后半夜，忽然蹬了他一脚，鼾声止了，可不一会儿又一点一点升起来。林红又狠狠地蹬了他一脚，大叫，猪，你还让不让人睡了？

志平醒了，在黑暗中嘀咕，我怎么不让你睡了？

7

秋天同样是个鲜花盛开的季节，但秋天的花跟春天的不一样。林红记得父亲曾经有过一个比喻，那时候她还小，父亲说春天的花是女儿，一到秋天就成了母亲。林红当时不明白，光知道眨着大眼睛使劲地想。现在她有点明白了，时间能把同样的一种花区别开来，对人更是这样子。不过，这些透过照相机的镜头看不出来。花永远是花。照片上的花永远只属于春天。

林红完全是心血来潮，她把 MSN 重新装回电脑里，把家里的许多花都拍成照片，贴进上面的个人空间，并且每天都记着去更新，就像在写日记。林红还是第一次发现，自己竟然有那么多的心里话要说。然而，林红没想到的是花田错，都删掉那么久了，她还能闯进来，献上一张漫山遍野的蓬蒿菊后，她对林红说：终于又见到你了。那语气好像她每天泡在 MSN 上，为的就是等林红那样。林红没理她。花田错就像个忠实的读者，又像个语文老师，每次看完林红的日志，都要在下面议论几句，感慨一番，有时候一个帖子写得比原文还长。林红有一次烦了，问她到底想干什么，花田错说她什么都不想干，她只是觉得林红就像另一个自己。林红冷笑，又不理她了。花田错就在那里一个人自说自话，问林红知道她为什么要叫花田错吗，林红知道王力宏唱过这么一首歌，她还知道小时候看过一出京剧也叫这个名。但花田错说那是为了纪念她的一夜情。

林红是一下子被吸引的。这天晚上，两个人在 MSN 上一聊就是大半宿，谁也没有谈花卉，也不谈美容与服装，话题一下深入到了男人身上。林红没想到一个每天守在网上卖花种的，身上竟然会有那么多故事，而且每一个故事听着都让人脸红心跳，觉得不可思议。林红只当是在读一个情色小说，就怕花田错忽然停下来，不再往下说了，她就不停地在网上贴出一副惊讶的表情，不停地说不可能吧？你不是在讲故事吧？花田错说，信不信随便你，反正光中国就有十三亿人呢，至少一半是男人。花田错还说，这个世界上什么样的男人没有？有什么样的男人，就有什么样的女人。最后，花田错说：没有什么是不可能的。

林红觉得如果这些都是真的，那花田错就真是疯到家了。她说的有些事只怕是自己这辈子都做不出来的。但是，有一句话林红听了很受触动。花田错说：如果不能随心所欲，那人活着还不如一头猪。

就为这句话，林红跟她变得很亲热，不仅又挑了她很多花种买，一到晚上两个人就在 MSN 上聊。林红喜欢听，也开始试着说。她是忽然间发现的，把心底的隐秘说出来有种快感，有时候好像比做更来得有意思，而且上瘾，说了还想说，就想把自己身上发生过的一切都赤裸裸地抖出来，跟比赛似的。然而，有一天晚上，林红说着说着忽然流泪了。她飞快地在键盘上打下一行字：可我永远失去了他。

旧的不去，新的不来。电脑的屏幕上跳出一行字，接着又是一行：要不我给你介绍一个？

林红感觉到了花田错在笑，可她笑不出来。林红还是会想起肖兵来，还是忍不住每天要查看他的户头。

那天的雨断断续续下了一整天，一直到入夜后才大起来，有点狂了，打在玻璃窗上相当地刺耳，好像每一滴都是打在心头。林红打开MSN等了会儿，没见花田错上来，和别的人聊着又没劲，就起身去了阳台，在那里摆弄了会儿花草，还是提不起劲来，于是进去躺在沙发里打了个瞌睡。

林红是被手机的铃声吵醒的，见是个陌生的号码，就懒洋洋地问，哪位？

电话里的声音很模糊，就说了一个"我"字，林红却一下就听出来了，心跳得厉害。她扭头看着墙上的钟，不作声，只是把手机紧紧地贴在耳朵上。肖兵在电话里有点支支吾吾，说这是下面门卫室里的电话，他的手机没电了。等了会儿，肖兵又说，你还是下来一趟吧。

林红有点犹豫，躺在沙发里呆了好一阵，才起身换了身衣服，可一想还是脱了，把换下来的睡衣重新穿上。林红就穿着一身睡衣，打着一把伞去了小区的门卫室。

肖兵的样子很狼狈，他衣服湿透了，粘在身上不说，头发上的水珠不断淌下来，就像在流泪一样，他站在门卫室里一下一下抹着脸上的水珠。林红还没来得及开口，那两个保安已经抢着说，这人在小区里已经转了个把小时了，他说他来找人，问他找谁又不肯说，问他住几号楼？他说忘了。保安也被淋湿了，嗓门很大。他问林红，你说下这么大的雨，我们不把他当贼当什么？

林红没理保安，也不朝肖兵看。她就像是对着墙壁在说，走吧，都在等你呢。

说完，林红扭头就走，出了门卫室，她在雨里等了等，把打开的伞举到肖兵头顶。两个人并排着一直走到保安的视线之外，林红忽然加快步伐，把肖兵扔在了雨里面。肖兵这才叫了声林红。林红脚下没有丝毫的迟疑。肖兵跑了几步，挡在她面前，说，你听我说几句嘛。

林红低着头，绕开他，走得更快了，却把耳朵留在了身后。可是，肖兵没有跟上来，林红的身后只有一片下雨声。但他也没有走，林红到了自家的楼梯口，回了一下头。她还是能看见的，肖兵就站在远处的树底下。男人要发起呆来就像根木头。林红一进家门就扑到窗口，见肖兵还站在那里，仰着脸，正往上看。林红抿嘴笑了，哗的一下拉上窗帘，就像跳舞一样在屋里转了几个圈后，一屁股跌坐进沙发里。林红忍不住，还是想发笑。

许多话都是肖兵后来说开的，其实他经常把车开进小区里，停在远处望着她的窗口。林红有点感动，问他，那为什么不来电话？肖兵顿了顿，说，我以为你是有了别的男人才甩的我。

林红生气了，一把推开他，肖兵就觍着脸往上贴。两个人在床上你来我往，手脚并用，肖兵没想到林红竟然会流泪，而且一下子泣不成声了。肖兵慌了手脚，哄也不是，逗也不是，趴在那里只知道用力地挠自己的头皮，使劲地回想，到底哪里把她弄痛了？林红哭了会儿，抹干眼泪，伸出一只手勾住他的脖子，把他慢慢拉上去，泪汪汪地看着他，又伸出另一只手，两只手扣在一起，吊在他脖子上。林红认真地对肖兵说，答应我，以后哪怕我发再大的脾气，你都不能丢下我。肖兵说，不会，我怎么舍得丢下你。林红吐了口气在他脸上，总算笑了，又说，就算丢下了，也要记着马上找回来。

肖兵使劲一点头，再也顾不上说话，一个猛子扎下去，就把床当成了游泳池，开始翻江倒海起来。但事后肖兵还是说了，说了很多，嘴巴贴在林红的耳朵根上，说得很温柔，听上去每一句都是发自肺腑的，都是信誓旦旦的。肖兵说，我每天都在想你，我不能没了你。后来，他仰脸看着漆黑的床顶，由衷地说，真的，为了你，我什么都愿意。

林红紧闭着嘴唇，心里想了很多，一幕幕就像在脑袋里面放电影。她回到家里，一屁股坐在电脑前，跟花田错聊了很久，有很多的感慨，基本上都是她一个人在说。说到最后，林红问她：我是不是太傻了？

花田错：总有一个男人值得你信赖。

林红忽然高兴了，想了想，打出一句：你也是我信赖的人。

过了好一阵，花田错贴出一张感慨的脸：好马不吃回头草。

我是吃定这棵回头草了。林红写完后，回敬了一张害羞的脸，又加了一句：其实，我只要一点点。

这一回，花田错没有回复，一直到志平回来，都没有她的只言片语。林红心想她肯定跟哪个男人聊上了。这是花田错自己说的，她就是在网上泡男人的，然后有选择地跟他们约会，更是有选择地与他们上床。花田错说过一句话：我就是要把爱像花粉一样撒向人间。

第二天中午，林红抽空用储蓄所的电脑上网，一打开MSN就看到了花田错在凌晨的留言，是一张伤心落泪的脸，下面一行加粗加黑的字更是莫名其妙：其实你不懂我的心。

8

很多人注意到了林红的变化，她自己更不例外，每次站在镜子前端详，发现脸色更加苍白了，人也更加消瘦，而身材却越发凸显。这让储蓄所里的女人们羡慕不已，都来问她有什么秘诀，去的是哪家健身房。林红嘴上含糊其词，心里多少是甜蜜的。林红已经明显感觉到了，特别是在对待志平的态度上，自己都觉得奇怪，有时候想火都火不起来，反过来还要没话找话，东拉西扯地跟他说上几句、问上几句。林红心想这样也好，就这样一天一天把日子过下去。

可是，有一天深夜发生了一件事。志平回到家里，没去洗澡，也没进房间，而是坐在客厅的沙发里，沏了杯茶，抽完一根烟，又点上一根。林红关了电脑，上床看了会儿电视，忍不住，出去坐到他边上。志平已经喝得脸色发白，却没有一点醉意。他的眼睛看上去黑得就像对面那些窗口。林红很不安，问，怎么了？出了什么事？志平不说话，一直把夹着的烟吸剩个屁股，掐灭后，抬头看着林红。林红更慌了，手都不知道放哪儿好，想了想，还是紧紧地抱在胸口。志平这才缓缓地开口，说他不教书了，再也不当教师了，领导已经找他谈了，一过元旦他就去下面的公司报到。志平说，去业务部，当个副的。

林红松了口气，嗓子却无端地尖厉起来，问他这算什么意思，林红说，你算是在通知我？

我能怎么样？志平说，院里就这么通知我的。

你们不是师资不足吗？

这次他们去东北那边引进了一批人才。

林红哼了哼，站起来，抱着胳膊走到房门口，忽然回过头来，说，现在你对口了，你天天去喝，你夜夜去喝。

志平望着她不说话，靠进沙发里，掏出香烟又点了一根。男人要是真的失落起来，那眼神看着还是让人很揪心的。林红站在房门口想了想，重新回到沙发里，想陪他坐一会儿的，志平却站了起来，脸上浮出一丝冷笑，自言自语地骂了声娘后，他一边往卫生间里去，一边说，我真想不到，他们会对我来这一手。

而林红更想不到，志平去下面那个公司才几天就像换了个人，注重起仪表来了，不光把结婚时那套西装翻出来穿在身上，还自己去买了件羊绒的大衣，每天都是头发梳得笔挺、皮鞋擦得锃亮地出门，好像是去拍《上海滩》。林红看他的目光又开始冷下去，比天气冷得都快，一下子就有点刺骨了。有一天早上，志平刮完脸，对着镜子正往头上喷发胶，林红实在是忍不住了，脱口而出，你这是去上班还是坐台？

平志愣了愣后，也脱口而出，我当不了教授，我还不能像模像样当个经理？

林红闭嘴了，屋里一下子静得出奇。但志平想把这个业务副经理干好是真，林红看得出来，他要争这口气，他要改头换面，他在外面喝酒的次数明显少了，多的是出差，常常是说走就走，提着行李一去就是三五天，有时还不止。志平是表过一次态的，在大年三十的晚上，当着全家人的面，他对林红说，更是说给一桌人听的，这样也好，辛苦上一两年，我给你挣回一部车子来。志平说完，看了看大家，扭头对着林红，又说，要不先按揭？我们今年就去买了。

林红很不在意的样子，扭头去跟人家说别的。不过，要给她买辆车，这话肖兵也说过，他还特意在报摊上买了几本《车世界》，回到家里仔细地翻了一遍后，对林红说哪天去驾校把名报了，先把驾照考出来。林红正在厨房里煎鱼，伸出脑袋问他干什么，肖兵说要给她买辆车。林红一下关掉煤气灶，出来盯着他又问，为什么？

什么为什么？肖兵说，买就买嘛，我就是想买来送给你嘛。

林红不知道说什么好，在餐桌边站了会儿，默默地回进厨房里，继续煎那条鱼。这是下午短信里就说好的，她要为肖兵做一道干烧鱼，还要做个罗宋汤，这都是她的拿手菜。最近以来，林红特别地爱做菜，常常是下了班就去菜市场，回到家里系了围裙就进厨房。志平出差了也不例外，她提着菜，直接就上肖兵的家，两个人一起钻在厨房里忙，一个洗，一个烧，有说有笑的，每一次都让林红觉得这里更像是她的家。可是，今晚这餐林红做得很不像样，鱼焦了，罗宋汤里的糖放多了。她坐在餐桌前细嚼慢咽了很久后，对肖兵说这车她是绝不会要的。林红说，我只要知道你对我好就够了。

肖兵还想往下说的，一看林红的神色，他闭嘴了。两个人接着喝酒，吃菜，话题一转又变得有说有笑的，跟平时的那些晚上没有多大区别，唯一不同的是这一次林红没有回家。她躺在肖兵怀里，不声不响的，一点起床要走的意思都没有。但第二天醒来，林红还是有点吃惊的，看着身边熟睡中的男人，发了阵呆后，一声不响地钻出被子，衣服都不敢在床上穿，抱着就去了卫生间里。

此刻的大街上特别空旷，空气寒冷而清新，林红走出很长一段路后站住了，回头看看竟然不知道去哪儿好，就站在路边看着一个扫地的清洁工在那里忙。肖兵的电话这时来了，问她去哪了，这是怎么了。林红说不出来，支吾了几句后，她说饿了，她去吃早饭了。可话还没说完，就看见肖兵的车从身边飞驶而过，又很快地倒回来，停稳。肖兵隔着车窗看着她，那眼神就像穿越了千山万水那样，里面还包含着千言万语。

林红一下有点散乱，很多念头一闪而过。她走过去，一把拉开车门，坐到里面后，忽然抿嘴一笑，说，干吗呀？怕我走丢啊？肖兵不出声，还在盯着她看。他头发乱糟糟的，显然是下了床就下楼钻进车里的。林红又是一笑，说，还愣着？快开车呀，清洁工在看你呢。

肖兵没动。他慢慢地说，是你说的，任何时候都得把你找回来。

林红叹了口气，脸上还是挂着笑。她挽起肖兵的一条胳膊，用力摇晃着，像个小孩似的说，我真的饿了嘛，我要喝永和的豆浆嘛。

汽车这才动了起来。肖兵说，那你就该叫醒我，你看，我脸没洗、牙没刷，你叫我怎么吃？

那你就看我吃。林红说着靠进座位里，从包里掏出化妆镜，专注地看着里面自己那双眼睛，可那双眼睛里只看到她自己。

9

已经有段时间了，肖兵一直赌得不顺，每次"失踪"回来，就算只字不提，林红也能从他账户里看出来。这都成了习惯，只要肖兵一"失踪"，她就每天盯在那个账户上。林红是眼睁睁地看着里面的钱像水一样流走。为此，她劝也劝过，骂也骂过，有一次脾气发到收不住，她又有了断的心思。肖兵的态度倒是始终如一，每次都是低着头，每次都是痛心疾首的样子，一口一个知道了，一口一个心中有数的，可就是改不了。林红很失望，说到后来自己都觉得泄气，我是你什么人哪？林红长长地叹出一口气，说，你自己要往火坑里跳，关我什么事呢？

肖兵抬起头来，掏出一句肺腑之言：入行容易，改行难哪。

林红不说了。可有些事情就算不说也可以预计到，赌鬼的结局基本上就是倾家与荡产，只是这一天来得太快了，春天还没有真正来临，肖兵就把钱输光了不说，把他那辆奥迪也开上了赌桌，一把就成了别人的。这是谁也没想到的，肖兵走的那天还信心十足的，在车上给林红去了个电话，说来了两个台湾人，他们送钱来了。他还告诉林红用不了两天就会回来。林红搁下电话就去查他账户，发现他竟然提光了里面所有的钱。这是从来没有过的。林红赶紧拿起电话回拨过去，当着储蓄所里那么多人，她话说得很含蓄，也很严厉，你听我的。林红说，你给我马上回来。

肖兵在电话那头笑得很爽朗，一再让林红放心，他是吃定了那两个"台巴子"了，他要把带去的两个旅行包都装满。最后，肖兵让她有空就去趟他家里，替他浇浇他房间里那些花。肖兵说，尤其是那盆仙客来，可别让它谢了。

谢你的头，你给我别回来了。林红忽然一嗓子挂了电话。等她回去过神来，四下看看，见整个储蓄所的同事都在望着她。林红的脸一下红到脖子里，慌忙挤出一个笑容来，嘴里还是气呼呼的，说，家里的事什么都不管，就知道出差、出差。

对面的小姑娘没结婚，却很有同感地顺应，说，男人都这样，就这么回事。

肖兵回来已是一个星期后的事，他没给林红打电话，也没发短信。林红是下班后去浇他房里那些花时见到的，肖兵躺在床上，衣服扔得满地，电视开着，人却睡着了。林红一看他胡子拉碴的那张脸就明白了，扭头就走，可到了楼下，想想，还是去了边上的超市里，买了点菜，重新回到楼上，在厨房里轻手轻脚地做起饭来。

志平这时忽然从家里来电话，问她怎么还没下班，他已经在做饭了。志平说记着带瓶麻油回来，他蒸了个白斩鸡。林红说知道了。说完，一扭头见肖兵已站在厨房门口，就慌忙对着话筒说，你先吃吧。

肖兵竟然还笑得出来，好像输光的不是他的钱。他一边帮着理菜，反过来倒安慰林红，没事的，赌钱嘛，肯定是有输赢的。他说放心吧，这又不是第一次了，在哪里跌倒，他还会从哪里爬起来。肖兵把什么都想好了，车子虽然赌没了，他还有房子，那也是近百万的资产。大不了我去银行抵押嘛。肖兵说，找准时机，我一把就翻身。林红冷笑，问他押给谁去，现在是宏观调控，每家银行都在收紧银根，基本都是只进不出的。肖兵笑得不自然了，说，怎么会呢？总有一家银行会放款的。

林红说，我就是在银行里的人。

肖兵没话了，埋着脑袋专心致志地洗菜。但他不死心，连着好几天把城里的每家银行都跑遍了，才在电话里对林红无奈地一笑，说了句老话：真是屋漏偏逢连夜雨啊。接着，他像是开玩笑似的问，你不会为这不理我吧？

林红当场就把电话掐了，用短信回了两个字：屁话。

说心里话，林红这几天并不好过，本想出来陪陪他的，不能排忧解难，至少也能让他散散心。哪想志平每晚都待在家里，不出差，也不应酬，吃了晚饭就坐在沙发里，不是看报，就是看电视，弄得林红上网都不自在，想跟花田错好好聊聊，吐吐心里话的，连这机会都没有，只能趁着上班的时候忙里偷闲，把这事跟花田错说了说，问她该怎么办。花田错仍然是那句话：男人有的是，光中国就有十三亿呢。她套用了股市里的一个术语，劝林红说：割肉。

林红不是没想过，是做不出来。尤其在这关口上，林红是说什么都不会这样做的。她挑了个细雨霏霏的日子，调了半天休，陪了肖兵一下午。林红没想到，肖兵在床上还那么地兴致昂然，跟个没事人似的，她却有点心不在焉，老是要往那档子事上想，老是要问他心里面的打算。肖兵想了想，说大不了找中介把房子卖了，不把输掉的赢回来，他宁可让这辈子都沉到底的。林红在心里发出一声苦笑，又让花田错说对了：男人在节骨眼上想的其实都是他们自己。林红说，那你女儿呢？你真输光了拿什么留给她？

肖兵没开口，而是伸出手捧住她的脸，盯在上面，看得她都快喘不过气来了，他才说，你就是我的女儿。

胡说八道。林红把脸从他手里挣出来，心里却无端地起了变化。她说，你不是认识很多人吗？那些放高利贷的，开调剂行的。

那都是无底洞，我当初就干这个的。肖兵笑了笑，由衷地说，借钱这种事还得走正道啊。

话是林红忽然说出口的。她自己都想不到会说这样的话。沉默了很久后，林红看着天花板上的吊灯，缓缓地说她家里大概有十来万吧。肖兵几乎是跳起来的，说得很断然，不要，那是你的钱。

林红说，不是我一个人的。

肖兵说，那我就更不能要。

林红就像没听见，自顾自地往下说，最多借你一两个月，你得给我打欠条，还得把利息也写清楚。顿了顿，她接着又说，我不是图那点利息，我是怕他问起来，我得有个借口。

肖兵点了点头，说，我把房产证放你那儿。

林红没说好，也没说不好，掀开被子要下床。肖兵一把拉住她，把她按下去。林红却固执地推开他，什么话都不说，去了卫生间。

10

这一次，林红表现得很任性，非要跟着一起去，怎么劝她都不听，说出的话就像是肖兵的老板。林红说，我是去看住我的钱。可赌桌上的钱谁看得住？肖兵心里觉得好笑，嘴上却一个字都不吐。他只是在上车那一刻，又提醒了一遍：让银行里知道了要开除的。林红白了他一眼。说心里话，林红最担心的还是她那十万块钱。

肖兵赌钱一般是去海上，先到一个渔村里住下，等到晚上再登上一艘渔船，一直驶向茫茫的大海。林红是上了船才觉得发慌，虽然整个船舱改装过了，就像电视那些豪华的赌场，里面不光挤满了人，而且服务比宾馆都来得周到，小个便都有人领你到厕所，替你打开门，规规矩矩地站在门外，一直要等到你尿完了，再把你恭恭敬敬送回赌桌前。林红悄悄地问肖兵，他们是不是怕我报警？肖兵笑了，说，上哪去报？这里没信号的。林红掏出手机一看，更担心了，就怕志平这个时候往家里打电话。现在，只要志平一出差，她就把家里的电话转到手机上。

第二天一上岸，林红顾不上睡觉，死活都要回去了，什么原因她不说，就是一刻也不想待在这个鬼地方。肖兵不肯走，赌得刚有了点起色，正是乘胜追击的时刻。他对林红说，只要再这么来两场，我就翻身了。

那我一个人走。林红说完，提起行李走得头也不回。

肖兵没办法，站在村口想了想，赶紧回去收拾了行李，叫了辆车很快追上来。他在车里问林红，你到底怎么了？

林红挽起他的一条胳膊，脑袋枕在他肩膀上，反问他，我是不是太任性了？肖兵不说话。林红就一把将手抽出来，说，你怨我了，你一定在心里骂我。

肖兵说，没有，怎么会呢？

嘴上没骂，是心里骂。林红说，你肯定在心里骂我。

肖兵笑了，伸手搂在她的肩头，说，赢钱的机会有的是，可你就这么一个。

林红一下来劲了，嘴巴贴到他耳朵上，说，我真的这么好？

肖兵肯定地一点头，说，是。

驾驶员在前排偷偷地笑。林红不管，一头埋进他怀里，闭上眼睛睡觉了。可到了晚上，躺在家里的床上她却怎么也睡不着，翻来覆去，又在那里胡思乱想。林红忽然有种说不上来的焦躁与不安。

志平回家已是三天后的中午。林红刚在储蓄所对面的快餐店里坐下，筷子还套在筷套里，志平的电话来了，让她马上就回家。林红一听他的语气心里就开始发虚，没顾得上吃，慌忙打了辆出租车回家。

一进门，志平没开口，坐在那里，脸上几乎没有任何表情。林红是有点虚张声势的，一边换鞋，一边嚷，怎么了？出什么事了？人家正吃饭呢。志平还是不出声，一下扭过头来，眼睛盯在她脸上，好像上面有他要的答案。林红一屁股坐进沙发，说，我来了，你快说啊，下午还要上班呢。

志平一个字都没说，眼睛一转，他的目光落到茶几上。

茶几上扔着一本房产证还有那张欠条。这些，林红进门就看见了，但她故意又看了眼后，靠进沙发里，轻描淡写地说，噢，就借一个月，人家是做生意的。说完，她等了等，仍不见志平有动静，心里一下有点没底了，就接着说，这有什么大不了的？现在银根那么紧，利息又低，多赚点钱有什么不好？林红强调：我们银行里那些人都这么干的。

志平拿起那本房产证，翻开，看了一会儿，总算开口了，就说了两个字：肖兵？

我们那里的老客户了。林红赶紧说，放心好了，人家靠得住的，就是周转一下。

谁说他靠不住了？志平哼地一笑，说，借十万，押了你一套几十万的房子，不放心的应该是他。

林红脸色变了，她的眼神一下子锐利起来，直视着丈夫，说，方志平，你什么意思？

你急什么？志平缓缓地说，这个家里至少我有一半的份吧？你事先不说，我事后问一下总可以吧？

林红闭嘴了，不是不想说，许多话在心里都是早就准备好了的，可这个时候林红就是不愿说。她紧闭着嘴唇，两手抱在胸口，眼睛死死地盯在丈夫脸上。志平同样什么话也不说，坐在那里一会儿喝茶，一会儿抽烟，要命的是他一会儿又拿起房产证，翻来覆去地看，就像在辨别真伪那样。林红再也坐不住了，站起来，一把夺过房产证，连同那张欠条一起，去房间里重新锁回保险柜里。林红在拔出钥匙的瞬间恍惚了一下，但马上就回过神来，快步出去，拿起沙发里的挎包，头也不回地上班去了。

林红一出小区就给肖兵去了个电话。按照他的想法，这就要过来把钱还上，把房产证换回去，自己去想别的办法。林红想了想，觉得这样更不好。她对肖兵说，我们最近还是少见面的好。

肖兵在电话里点头，说他什么都听林红的。可两个人还是见面了，就在林红下班的时候，一出储蓄所大门，肖兵已经等在了街拐角。大街上人来车往，有多少人在早上出来，就有多少人在此刻回家。肖兵一脸都是关切。他要找个地方坐一下，把中午的事情好好分析一下。林红说没什么事的，让他快回去吧，自己也得回家了。说完，她走得更快了。肖兵就跟在她身后，一直走到一个路口，对面的红灯亮了。林红回过头来说，你别跟着了，真的没事的。

肖兵点了点头，让林红记住一句话：要真出了什么事，还有我呢。

林红扭过脸去，对着堵在路口的行人发出一声轻微的冷笑，可这笑容在她嘴角转瞬变得惨淡起来。

虽然，志平再也没提这些借出去的钱，就像从没发生过这么一件事，林红却看得出来，他把事情埋进了心里面，而且每天都在那里生根、发芽，就跟她播在阳台上的那些花种一样。疑虑不需要阳光、空气与水分就能在心底长得枝繁叶茂。有一天晚上，林红已经上床，背靠着枕头，眼睛盯在电视的屏幕上，耳朵听着卫生间里志平洗澡的声音，一个念头却冷不丁地冒上来。林红想了想，跳下床打开保险柜，里面该在的东西都在，就是少了那本房产证与欠条。林红不动声色，回到床上继续看电视，一直看到后半夜，才把目光从电视屏幕上收回来，在闪烁的荧光中看着熟睡的丈夫。盯着睡着的人看久了，怎么看都像个死人。林红一下子觉得那么地害怕。

整整一夜，林红都在忍耐，可是忍不住。第二天，夫妻俩坐在餐桌前喝粥的时候，林红像是忽然想起来了，问他保险柜里的东西呢？志平反问她什么东西，林红说那本房产证，还有那张欠条。志平没有马上回答，他一连喝了好几口粥，才一咂嘴巴，说他收起来了。志平接着又说，你借出去没告诉我，他什么时候回进来总得让我知道吧。

空气中一下有了火药的气味。这一回，林红忍住了，只顾埋头喝粥。喝完了，站起来，拿着碗筷就去了厨房里，洗了，擦干净手，出来，提起挎包就要换鞋出门。志平这时又开口了。他放下抬着的碗，慢条斯理地说，我得认识认识这个借我们家钱的人。

林红狠狠地甩上门，几乎是一口气冲下楼去的。可是，她人还没走出楼梯口，就陡然泄气了，感到那么地疲惫与乏力，就想找个地方躺下去，再也不想动弹了。

11

志平又要出差了。以往，就算林红没有开口问，他都会主动说去哪里，大概要待几天。可这一次，他什么话都没说，一大早，提着行李出门时连眼睛都没朝林红看，好像家里根本不存在这么一个人。林红当然也不会问，更不会朝他看，她只是用耳朵听，听着他一步一步下了楼梯，才站到窗口，看他钻进一辆等在下面的轿车里。林红仍然不放心，趁着中午吃饭的时候，找了个公用电话打到他公司里，要找方经理。接线的是个女声，说方经理出差了。林红问去哪里，女声说不知道。她还说就算知道了也不能说，公司里有规定。

林红犹豫了一下午，决定还是不跟肖兵见面了。然而，下班回到家里，刚把早上吃剩的粥放进微波炉转热，她就改变主意了。林红给肖兵去了条短信，说她想吃顶呱呱里的酸菜鱼。肖兵马上回了个电话过来，声音里都像插上了翅膀，这就要打车过来接她。林红想了想，说，还是去饭店，先到先点菜。

　　挂了电话，林红把热腾腾的一碗粥倒进垃圾桶里，就在直起身的那一刻，忽然有种不可遏止的恼怒涌上来。林红一手扶着墙，一手拿着碗，从心里找出两个最恶毒的字眼，狠狠地骂了一声自己。

　　事情出在吃完了酸菜鱼，两个人刚回到肖兵的家，林红找了根橡皮筋把头发箍起来，正打算去卫生间里冲一下，就听到有人在外面敲门。林红十分警觉，扭头看着肖兵，眼睛里挂出一个大问号。肖兵却满不在乎，这个时候找上门来，肯定是收物业费的。他说着，从外套里掏出钱包就去开门。

　　林红就是隔着房门听到了志平的声音。志平倒是客客气气的，开门见山，说他是来找林红的。肖兵也不含糊，就像经过排练的，更加客气地回答他，你找错地方了。肖兵说，这里只有姓肖的，没有姓林的。

　　志平哼了哼，自说自话地进屋踱了几步，眼睛沿着那些摆满客厅的盆景转了一圈后，他对着紧闭的房门说，林红，你给我出来。

　　林红不敢出声，轻轻地拉上门锁，挪到床边坐下，可又坐不住，有几次，她都想一跃而起，推开窗户就一头跳出去算了，但就是站不起来，人软得如同一根面条。林红只能竖起耳朵听，偏偏耳朵更不争气，早被自己的心跳声堵住了，一下子，林红觉得自己就像个让人捅破的皮球。她一头倒在床上，蜷紧了身体，还是觉得有把刀，在一刀一刀地往她身上扎窟窿一样。

真正动刀的人是肖兵。他对着志平兀自一笑，走过去拉开抽屉，从里面找出一把弹簧刀，在手里玩了两把花式后，一按键，闪亮的刀刃啪地弹出来。肖兵对志平一扬下巴，说了一个字：坐。说着，率先坐进沙发里，在裤腿上一正一反擦了两下刀刃，抓过茶几上的一个苹果，慢慢地开始削皮。两个人谁也不开口，一个站着盯着看，一个坐着认真地削。肖兵把皮削到一半，像是没耐心了，一刀就把苹果剖开。可剖开了，他的刀还在往下割，一直割进手心里。血很快把苹果染红，顺着手指滴到了地上。肖兵用力一抽刀，把剖成两半的"红"苹果往烟灰缸里一丢，然后，跟个没事人似的伸着手掌，在那里一把一把地攥拳头，而那个伤口就像张鲜红的嘴巴，跟着一张一合，里面白森森的骨更像是牙齿。志平看呆了，好一会儿，忽然说，你少跟我耍流氓。

用不着耍。肖兵还是笑呵呵的，说，我就是流氓。

志平站不下去了，本来就是个见了血就脸发白的人。他咬了咬嘴唇，扭头就走，可走到门口，又站住了，想了想，回过头来像是在对肖兵，更像是自言自语。志平说，我他妈的真是瞎了眼。

肖兵一直到志平走后才开始紧张，推了几把房门，没推开，就叫林红的名字，不见答应，更紧张了，一脚就把门揣开，见林红已经和衣躺在被子里，稍稍松了口气，过去打开灯，说没事了，放心吧。林红既不出声，也不动弹。肖兵找出一件汗衫，扯下一条在手掌里缠了两圈，又说，这样也好，这是迟早的事。

林红始终一言不发，她睁着眼睛，却像睡着了。肖兵叹了口气，在她身边躺下来，一只手枕着脑袋，开始规划他们的未来。肖兵说他不会再赌钱了，等他们结了婚，他要去找点生意做，去开家调剂行，要是执照批不出来的话，他就干老本行，去勤俭路上搞个音像店。肖兵说，反正就是一句话，我要让你过得幸福，我还要让你过得踏实。

太阳升起来的时候，肖兵睡着了。阳光透过窗帘的缝隙照在床上，很新鲜，很温暖，却特别地刺眼。林红坐了起来，盯着被子上的阳光发了阵呆后，下床，在客厅里站了会儿，打来一盆水，跪在地板上，用力把那些干结了的血迹擦干净了，就去房里抱着肖兵的衣裤出来，在卫生间里咬着牙齿使劲地搓洗。但林红还是哭了，那已是几天后的事情。林红是一下子想起自己养的那些花，在储蓄所里再也坐不下去，拿出"暂停结算"的牌子往窗口一搁，锁上抽屉就走。可是，志平早把家里的锁换掉了，林红刚把钥匙插进锁孔就马上想到了，要是换了自己，她也会这么做的。林红靠着大门发了一阵呆，才掏出手机给志平去了个电话，淡淡地说，我来拿我的东西。

电话的另一头，志平的声音更淡漠，说，都在下面的车库里。

说完，他就把电话搁了。林红却不甘心，对着那阵忙音一下子冲动起来，大声说，你凭什么换锁？

林红憋着一口气下楼，等到打开车库的门眼睛就直了，里面就像个垃圾箱，扔满了她的衣物、照片、杂志，还有那些植物，一盆盆横七竖八地被堆在一起，许多花盆打碎了，到处是黑色的泥土与残枝断叶。但林红忍住了，挤进去，关上门，却不知道要干什么。她用脊背使劲地顶着门板，慢慢地呼气，慢慢地吸气，过了很久才发现眼泪不知不觉地从眼眶里流下来。

林红再也忍不住了，蹲下去，在漆黑的车库里捂着嘴痛哭起来。

12

肖兵这回真的失踪了。有一晚上，他在阳台上接了个电话，第二天一起床就默默地收拾行李，把藏在柜子里的钱分成两份，一份用衣服包着，塞在旅行袋的最底层，另一份放进随身的提包。肖兵干完这些，对着林红一笑，说放心，没事的。林红不说话，坐在床头，出神地看着他，看得肖兵很不自在，就走过来，双手按在林红的肩头，给她做了会儿按摩。肖兵说，结婚得花钱，我得风风光光地把你娶进门。林红拨开他的手，起身去了客厅。肖兵就跟着到了客厅，还是笑呵呵地说，我至少要把那本房产证赎回来，我不能让你到了离婚的时候还跟他拖泥带水的。

可你说过的，你再也不赌钱了。

肖兵闭嘴了，脸上的笑容一点点收敛下去，闷着脑袋，陪林红在沙发里坐了会儿后，两手一撑大腿站起来，去房里提着行李出来。肖兵看了眼林红，沉吟了一下，说，两三天，就去两三天。

可是，好几天过去了，肖兵并没有回来。这一次，林红一点都没有担心，也不去胡思乱想，就连给他去个电话的念头都从没有过。她每天上班下班、买菜做饭，还在星期天的下午去育子弄里挑了许多盆花，连同整套的花匠用具，叫了辆车拉回来，一个人一趟趟地搬进肖兵家里，把阳台又布置成了花圃，在那里修枝剪叶，翻土移盆，每次都要干到直不起腰了，才上床睡觉。有一天深夜，林红在睡梦中醒来，发现自己一脸都是泪水，却怎么也记不起刚才做的那个梦，就躺在床上竭力地回想，越想就越觉得泪水止不住，索性翻了个身，埋在枕头里闷了会儿，忽然发出一声撕心裂肺的干号。喊完了，觉得心里一下松爽了，就爬起来，去卫生间里洗了把脸后，对着镜子仔仔细细地给自己化了个浓妆。林红发现镜子里的女人艳丽而陌生，不像自己，也不像自己记忆中的任何人。林红有点看呆了，她把脸一点一点地凑向镜子，轻轻贴上去，堵着里面那两片鲜红的嘴唇，垂下眼睑，慢慢地，吻得那么深情，那么缠绵。

两天后的黄昏，两名警察敲开肖兵家的门。林红正在给自己做饭，见他们一个拎着肖兵的提包，一个背着他的旅行袋，就知道出事了，坐在沙发里，只知道不停地在围裙上擦自己那两只手。警察把那两个包连同里面的衣服、证件、钥匙、银行卡，一样一样都摆上茶几，问她认不认识这些。林红点了点头，没出声。警察就说他们前几天在海上破获了一个赌博团伙，其中有几个顽固分子跳海拒捕，肖兵就是其中的一个。林红脑袋里嗡的一下，可警察听不到，还在说那晚天太黑，海上又起了风，不过他们的搜救工作到这会儿还没停止。警察请林红放心，同时也向她保证：只要没让鲨鱼吃掉，他们一定会把他打捞上来的。

当天晚上，林红发烧了，躺在床上四肢朝天就像在迷迷糊糊等死那样。第二天，她请了个假，在床上躺了整整一天，没喝过一口水，也没撒过一滴尿，就是反复地乱做梦。到了黄昏的时候，她隐约听到有人开门进来，接着，又清楚地听见一个女人在说，想不到他还养花。

林红以为又是一个没头没脑的梦，可那个女人却推门进了房间，见床上躺着的林红，愣了愣，走过去哗地拉开窗帘。林红一下完全惊醒了，她见女人往房门口一指，说，这是肖兵的女儿。林红就顺着她的手朝门口看了眼。女人又说，我是他女儿的妈。

说完，女人再也不看林红，她对着女儿一努嘴，两个人就开始在屋里翻箱倒柜地找。林红始终一言不发，也不朝这对母女看，她索性闭上了眼睛。女人找了会儿，没耐心了，扭头问林红，他那些东西呢？林红睁了睁眼睛，但马上又闭上了。女人直起身来，又问了一遍，他那些存折还有房产证呢？女人说，那都是父亲留给女儿的。林红到了这时才算明白，嘴巴闭得更紧了，眼皮一动都没动。女人叹了口气，又对林红说，你还是趁早拿出来，省得我们上法院了。说完，女人拉着女儿打算要走，可走了两步，她又折回来，仔细地看了眼林红，伸手摸了摸她的额头，说，你得上医院去，你可不能躺在这里装死。

女人一出房间就拨了个120。救护车来得很快，看着林红躺在担架里被抬走，女人脸上露出胜利的表情，关上门，提醒女儿，别忘了，明天先叫你爸来换把锁。

林红在医院里住了三天，烧退了，她的病也就好了，可就是赖着病床不出院。护士叫来了护士长，护士长又叫来了主治医生。谁都不管用。林红对谁都是一副爱理不理的样子，对谁都翻着眼睛，躺在床上，不闻，也不问，就连病房里的病友都觉得这个女人肯定是脑子出了问题。第三天的午后，肖兵前妻忽然闯进病房，她给林红带来了一束康乃馨，还有鼓鼓囊囊的两个大袋，都是她留在肖兵屋里的东西。女人半个屁股坐在病床上，就像林红的亲姐姐，低声细语地，问长问短，问寒问暖。林红不说话，垂着眼睑一直在等，总算等她提起存折与那本房产证了，林红抬起眼睛说不知道。林红让她去找肖兵要。女人呼地站起来，脸色变了。她对林红说再不把东西交出来，下次来找她的就是警察了。林红一点都不害怕，朝她最后看了一眼，躺下去，拉起被子，闭上了眼睛。

林红一觉睡到快黄昏了，忽然决定出院。可是，一走出医院的大门，她又像得病了，站在大街上失魂落魄想了好一阵，就是想不出能去的地方，只能上宾馆里开了个房间，进去倒在床上却一夜没合眼。

第二天，林红一大早就去储蓄所里上班，就像什么事情都没发生过，她对每个人都是客客气气的，抿着嘴，笑眯眯的。林红一直要到快下班才开始变得紧张，但脸上看不出来，还是抿着嘴，低着脑袋只顾理传票、核流水，看上去比谁都专心。昨晚，她躺在宾馆的床上整整想了一夜，她要挪一笔钱，她要永远离开这地方，她还要隐姓埋名，她要让自己的生活重新开始。林红把什么都想好了，离开的时候她得坐火车，还得去买张不留姓名的手机卡，再去找人伪造一张身份证，哪怕就是去整容，她都会在所不惜。然而，想是一回事，做起来就成了另一回事。林红最终还是怕了。她一把撕掉伪造好的报表，对面的小姑娘抬起头，吃惊地看着她。林红笑了笑，说，漏了一笔转账。

走出储蓄所的大门，林红长长地吸了一口气，她决定还是坐飞机，就用手机订了张路线最远、折扣最低的机票——到新疆的乌鲁木齐。

林红在去机场的大巴里给母亲打了个电话，接听的是刘副校长。他说林红的妈在洗澡，问她有事吗。林红想了想，说没事。刘副校长就在电话里没话找话，说，你妈最近一直在老年大学里学烹饪，哪天一定要跟志平来尝尝她的手艺。

林红冷冷地说了声好。挂掉电话，把里面的 SIM 卡取出来，随手丢进靠背上的垃圾袋里。林红又长长地吸了一口气，一下子，就像嗅到大草原上的气息，她闭上眼睛，满眼都是一望无际的草原，上面开满了星星点点的小花。

13

林红离开新疆就去了青海湖，然后是玉门关，然后是西安，一路走下来到达北京时，天气已经热得不可开交，身上的钱也所剩无几，但她一点都不觉得担心。那天，她住在海淀的一个部队招待所里，看见门厅里挂着一张中国地图，就仰着脖子在上面细细地找，把那些与她有关的城市一个一个在眼睛里过了一遍。林红忽然看到一个地名，一下就记起那是花田错居住的城市。

当晚，林红找了家网吧，一打开 MSN，就有一长串留言跳出来，都是花田错的，问她怎么了，出了什么事，为什么不上网。而重复最多的是一首歌名：你知道我在等你吗？林红无声地一笑，一条一条往下看，发现她在最后一条留言上说她刚刚做了一件傻事，她把院子所有的花草都移走了，花了两天时间平整土地，还打算再花两天在上面扦插。花田错说：我要在整个院子里栽满蓬蒿菊，等到明年春天那里就会开满雪白的花。

但林红等不到明年。她回了个留言，第二天就登上火车赶往那座城市，找到那条街。花田错说过的话一点都没错，她说她的花铺远看就像森林里的小木屋，门口的墙上爬满了常春藤。林红一眼就认出来了，可推门进去却发现里面只有一个年轻的男人。他坐在轮椅里，抬头朝林红看了一眼，马上又低下脑袋，眼睛落在一本摊开的书上。林红沿着过道转了一圈，发现这里的很多植物她连名字都叫不上来，这让她很吃惊，就扭头看了一眼那个男人。男人也正在看着她，问她想要什么，花还是盆景。林红说看看。说完就凑到一盆美女樱上深吸一口。男人说这是美女樱，买回家里很好养的，放到太阳底下就行了。林红笑了笑，扭头转到另一边。男人又说这叫鼠尾掌，墨西哥的仙人掌，更好养了，水都不用浇。这回，林红就当没听见，直起腰，默默地沿着过道又转了一圈后，站到男人跟前，忽然问他，老板呢？林红记得花田错曾放肆地说过，她不在花店，就是去了男人的床上。男人愣了愣，抬头看着她。林红发现他的脸色很苍白，因此看上去眼睛特别地黑。林红说，我找你们老板。

男人说，我就是老板。

林红愣了愣，想走，可还是问了句，这里的老板不是女的吗？

男人笑了笑，反问她，我像女的吗？

林红什么话都没了，扭头就往外走。男人哎了声，像是记起来了，说这里有过一个女老板，她把铺子转手了。林红赶紧问那人去哪了。男人摇了摇头，看着她忽然露出一个微笑。林红很失望，出了铺子，沿着那些常春藤一直往前走，可这条街就像无穷无尽，都快走到黄昏了，它还在笔直地向前延伸。而回头的路就短得多了，林红在返回旅馆途中又经过那家花铺，发现门上多了一张启事，手写的，大意是要招一名帮工，年龄不限，性别不限，籍贯也不限，还可以提供住宿，唯一的要求是要懂一点园艺。林红站在人行道上把启事又看了一遍后，走上去轻轻地推开那扇门。

　　林红正式上班是三天后的事了，她得上劳动力市场备案，还得去派出所里办暂住证，等把这一切都忙完了，她长长地吐出一口气，觉得这个结果比她预想的任何一个开端都要好。晚上，躺在花铺顶上的阁楼里，那里堆着一整墙的书，她就靠在床上一本接着一本地读，可还是免不了会想起花田错来，就爬下阁楼，坐到收银台前，那里放着一台电脑。林红在 MSN 上一次一次给她留言，问她怎么了，出了什么事，怎么连网都不上了，就是不见她答复。花田错像是从网络的世界里消失了，她的博客关了，淘宝上的店也关了。林红是在一天晚上忽然想到的，在现实世界里，人可以出走，铺子可以转手，但生活过的地方总有印迹会留下。于是，她在很长的一段时间里，每个晚上都在楼上楼下寻找，可是没有任何发现，好像这个人从没出生过一样，就连每本书的扉页留的都是那个残疾男人的名字：赵云。

　　赵云喜欢看书，这谁都看得出来，每天除了收款，就是把脑袋埋在书本里，隔三岔五地，还有快递员捧着包裹上门，打开，里面又是书。林红有一天没话找话，问他买这么多书每本都会看吗？赵云想了想，说，买书是种病，看书是为了治这种病，结果是让一个正常人病入膏肓。

这种话，林红听不懂，但她从小就喜欢捧着书本的人。

秋天很快就来了，花铺里的植物换了一批又批。显然，赵云对她的工作很满意，有一次主动提出加了她两百块钱。还有一次，他要请林红吃饭，林红谢绝了。跟一个坐轮椅的人去饭店，太招摇。林红受不了别人的目光。赵云笑了笑，没有坚持。可那天到了该打烊的时候，他还坐在收银台后面，捧着一本书，好像是忘记了时间。老板没有动，林红只能在铺子里忙碌，浇完一遍水，把地拖干净，扭头看看，赵云还在看书，就抓起抹布把花盆擦了一遍。这时，送外卖的提着一摞餐盒进来，赵云这才抬起头，笑了笑，说今天是他的生日。

赵云不喝酒，两个人就以茶代酒。但林红很快就发现，男人有时不喝酒也会醉。赵云聊着聊着话就多了，话一多，眼睛跟着也红了，而且眼睛越红，话就越多。他告诉林红他的父亲是个教授，在大学教比较文学，他的母亲是个医生，曾经是这座城里最好的产科大夫，但他们都死了。赵云一口干掉杯中的冰红茶，就像灌下一杯威士忌，眉头皱了老半天，说那年他才十九岁，他们是去南山的水库里钓鱼，车翻下了山沟。赵云没说他这两条腿，但林红觉得肯定跟这次车祸有关。果然，他接下去又说起了当时的女朋友，是他班上的女同学，他们约好一起考北大的，可他在医院整整躺了一年半。林红的好奇心来了，问他，那后来呢？赵云一愣，像是忽然酒醒了，一下子闭紧了嘴巴，抬眼看着林红半天没出声。林红却多了一份猜测，等了会儿，她又问，那你结过婚没有？

赵云笑了，反问她，你看我像结过婚的样子吗？

林红说，结没结过婚怎么看得出来？

赵云不说了，掏出手机打给司机，说来吧，他要回家了。

那司机也姓赵，每天早上把赵云送来，到了傍晚，他的面包车通常会准时停在花铺门口。赵司机的另一个任务就是给店里补充货源，把花卉与盆景从花圃里拉来，一般都是在下午，在生意最清淡的时候。林红后来才知道，赵司机其实是个真正的园丁，他是赵云的合伙人，他们在乡下还有一个花圃。林红的兴致一下就高了，问赵云什么时候带她去参观一下。赵云笑了笑，说下次。可下次永远有下次，下次是什么时候？赵云不说。林红有时候觉得他的微笑就是一堵密不透风的墙。

秘密是从赵司机嘴里透出来的。那天中午，赵云去了街对面的理发店，赵司机忽然拉着几盆龟背竹来了，说是送货多下来的，不打算拉回去了。林红就帮他搬进来，洗手的时候她还惦记着乡下那个花圃，说一定要去看一次，她养了二十年的花，还没去过真正的花圃。赵司机很惊讶，看了她好几眼，说，你都养了二十年的花？林红说她那是闹着玩的，从小就跟在父亲屁股后头瞎摆弄。赵司机想来点幽默的，笑着说，那我跟小赵都得叫你师傅了，我们两个加起来还没有二十年。

林红是在转念间想到的，问，你们合伙几年了？

赵司机算了算，说，八年，跟抗战一样，八年了。

那这家铺子呢？

七年。赵司机肯定地说，有了花圃才开的店嘛。

林红的两只眼睛一下就睁得滚圆，手都不洗了，问题多得就像连珠炮：那赵云呢？一直是他守着这铺子？除了他还有过谁？是不是个女的？以前这里是不是有过一个女人？

赵司机怔了怔，但马上就像是明白了。他请林红放心，不光这里从来没有过女人，哪儿都没有过。赵司机说得很认真，我对谁都敢保证，自从他那两条腿没了，他连恋爱都没谈过。

说完，他朝着林红两眼一眯，露出一个自认为聪明的笑容，甩着两只湿漉漉的手，走了，回乡下的花圃去了。

这天下午，花铺提早打烊了。但赵云的回答是沉默，他没有解释，也没有辩驳，林红说什么，他都是低着脑袋。这让人有火都不知道怎么发。可林红更多的是难受，站在那里老是要想起在MSN上说的那些话，越往回想，就越觉得自己像是被扒光了，被硬生生地摁在他面前。林红真恨不得地上有个洞，好让自己一头钻进去。

林红深吸一口气，扭头跑上阁楼，把自己的东西一样一样塞进旅行袋，可等她下到铺子里，赵云已经不在了。林红犹豫了一下，最后回顾了一眼这满屋的花草与盆景，一把拉开门，就看见一辆出租车正等在门外。赵云从敞开的车门里伸出脑袋，说，我带你去个地方。林红没理他。赵云就仰着脑袋，他的脸白得就像一张纸，可那双眼睛更像是两个深不见底的窟窿。赵云说，就算我求你了，好不好？就去看一眼。

赵云带着林红去了城外。出租车拐进一条乡间小路时，林红觉得这应该是去他那个花圃的路，可车进了一个村庄后，赵云忽然说前面就是他的家。而事实上，那只是个破败的院子。赵云到了那里，打开门。林红惊奇地看见里面长满了蓬蒿菊，整个院子的地上都是，就像野草一样茂密而杂乱。赵云说，等到明年春天这里就会开满雪白的花。这时，一阵风从围墙外掠进来，那些绿色的叶片顷刻间变得活跃起来，赵云的声音听上去更低沉了，他说，它们就是我的玛格丽特。

林红不说话，她直挺挺地站着，轻轻地合上眼睛，许多往事却像风一样在眼前吹过。

女 人

1

　　丈夫从哪天开始打呼噜的，陈红梅记不起来了。但有一点是可以肯定的，只要自己睡不着觉，半夜里一醒来，耳朵里就只听到孙卫民的呼噜声。一声进一声出，一声长一声短。开始是讨厌，听着觉得心烦，觉得肮脏，想来想去，总联想到猪身上去。现在不了，现在陈红梅适应了，不往猪身上胡思乱想了。但这更不好，陈红梅变得有那么一点害怕了，听着孙卫民的呼噜声，总担心他吐出去的那口气收不回来，于是，就耐心地等着，等孙卫民把吐出去的那口气重新吸进去了，陈红梅才长长地松口气。男人的一口气真长，要等上好一阵。但就算再长的气也有断的时候。陈红梅躺在床上，睁着眼睛瞪着漆黑的天花板，时间一长就有了担心，担心自己哪天早上醒来，会发现丈夫不声不响，直挺挺地死在了她的被子里。

陈红梅的这种想法不是没有根据的，孙卫民上医院做过全身检查，医生仔细地听了他的心脏，皱起眉头，一动不动地看着手腕上的表。孙卫民慌了，问医生怎么了。医生唰唰唰笔走龙蛇，填了两张单子——一张心电图，一张X光透视，让他先去三楼，再到对面的底楼。两个小时后，孙卫民把两张报告单交到医生手里。医生确诊了，是心脏早搏，还有那么一点肥大。孙卫民怕得要命，一到家里，不等天黑就把陈红梅搂在怀里，还把耳朵贴在她隆起的大肚子上，闭着眼睛，静静地倾听，脸上充满了生离死别的悲伤。那时的孙卫民结婚不久，脸上虽然悲伤，可心里还存着那么一点怀疑。孙卫民不相信镇上的医生，主要是镇上的卫生院里没有像样的医生。人往高处走，水往低处流，有本事的人谁还待在斜塘镇上？孙卫民越想，就越觉得自己有可能成为误诊的牺牲品。他对陈红梅说明天还要到县城的医院再去检查一下。

孙卫民是饲料厂里的采购员。他从县医院里带回来两句话：一是要戒烟戒酒，二是要注意休息。但这都是不可能的。采购员怎么能戒烟戒酒？怎么可以注意休息？陈红梅说那就别干了，去找厂长换个工种。孙卫民跟厂长的关系不错，差不多快到哥们儿的份上了。但他不愿开这个口，不干采购拿什么大手大脚地花钱去？不过，厂长没多久就出事了，害得孙卫民也在检察院里进进出出了好几次，最严重的一次，连着两个晚上没有回家。陈红梅担心得不得了，待在家里也两个晚上没睡觉。睡不着，就翻箱倒柜地找。先是把家里的存折点了一遍又一遍，接着又一个地方一个地方地翻，连天花板的吊顶都没放过。陈红梅对搜查还是有点心得的，大部分是最近从"案件回顾"中学来的。当然，还有一小部分是靠日常生活中的积累。比如，在孙卫民睡着后，起来摸摸他的口袋，翻翻他的钱包，最主要的还是嗅嗅他衣服上的气味。陈红梅的鼻子特别敏感，这使她更有理由相信，人干什么事都是会留下气味的。要不，纯种的德国警犬也不会卖到十几万块一条。陈红梅每次去省城进货，汽车都会经过一个警犬的配种基地，墙上明码标价刷得很清楚。陈红梅奇怪，报纸都在介绍人是混血的漂亮、聪明，狗却偏偏要纯种的来得金贵。金大勇说因为狗是畜生。

金大勇是陈红梅的邻居，两家虽然隔了一个巷子，但店是靠在一起的。金大勇开的是皮鞋店，做鞋的手艺也是祖传的。据说，他爹做的鞋当年在斜塘镇上很有名，但现在不行了，老年痴呆症，整天坐在一把搁在屋檐下的藤椅里，就知道低着脑袋，盯着行人的脚打量。有时，偶尔也抬起脑袋来叫上一嗓子，声音很含糊的，仔细听上好几次也能明白。那两个字是：操×。按照金大勇的说法，他爹当年最拿手的是做狗皮靴子。手艺传到儿子手里就不吃香了，现在市面上漂亮的鞋子这么多，还有谁稀罕一双狗皮靴子。不过，金大勇倒是为陈红梅做过一双的，是一条纯种的德国"黑背"的皮。那年陈红梅才十八岁，人长得漂亮，屁股后头盯着的眼睛不少。金大勇就是其中的一个，愣头愣脑地在窗缝里塞了两回条子，不见动静，又塞过一张电影票，仍不见动静。不见动静，就从樟木箱里翻出他爹的那张狗皮，做了双漂亮的短筒靴子，在巷子口拦住陈红梅，涨红了脸塞进她手里。陈红梅一声不响，撕开包着的报纸看了眼，捧着回家了。金大勇高兴得一个晚上没睡着，满脑子都在想花前月下，都想到结婚生孩子了。第二天，金大勇的爹一开门，看到挂在门楣上的女式靴子，再一看觉得眼熟，越看越眼熟，回到屋里打开樟木箱，什么都明白了，一把拉起被子里的儿子，狠狠地给了他两个耳光。

其实，那个时候的陈红梅早在偷偷地恋爱了，对象不是现在的孙卫民，而是斜塘中学高三（2）班里的周刚。周刚的妈是街道主任，爹是煤球厂的副厂长。可以这么说，陈红梅的第一场恋爱，很大程度上带有倒贴上去的成分。女追男，隔层纱。老话说得一点也没错，对付斯斯文文的周刚，在漂亮的陈红梅看来不是件难事。但陈红梅爱得真心实意，也很见成效，都一步跨上床了。然而，陈红梅不久就发现，她的爱情没有想象得那么容易，岔子主要出在周刚的妈身上。跟所有望子成龙的母亲一样，面对儿子，吴玲宝先是劝，接着骂，实在不行行，就抄起一把剪刀往自己的脖子里扎。儿子吓呆了，叫了一声妈后就只知道流眼泪。吴玲宝握着剪刀，仰脸看着比她高出一个脑袋的儿子，说出一句肺腑之言：傻小子，心急吃不了热豆腐，大学里有的是漂亮的黄花闺女。

第二天，脖子里缠着纱布的吴玲宝坐在陈红梅家里，三句话没说完就流泪了。她一把抓住陈红梅的手，透过泪水看着她，请她放过周刚吧，他还小，他还要念大学。吴玲宝几乎是在乞求了，口气中充满了母亲的关心与爱护，你也还小，红梅，你们都还是孩子，还早。陈红梅不说话，扭脸看着洞开的房门内睡觉的那张床，一下咬紧了嘴唇。末了，吴玲宝站起来保证，四年，请陈红梅等上四年，等周刚大学毕业了，再谈也不迟。吴玲宝说完准备走了，可是不放心，回过身来，又拉起陈红梅的手，请她也帮着劝劝周刚，这孩子不懂事，不知道事情得分轻重、先后。吴玲宝说她跟她们家老周，把全部的希望都寄托在儿子身上，周刚可是他们的命根子啊，要是真心对他，就得为他着想。陈红梅不说话，还是一动不动地看着房间自己那张床。

回到家里，吴玲宝还是悬着一颗心，怎么也放不回肚子里。她手里揪着一块抹布，想来想去还是决定去一趟县城。

林国英在县城的小商品市场里卖牛仔裤。老板不是她，是个比她年轻一点，十根手指上戴着五个金戒指的"男朋友"。吴玲宝找到她时，两人正坐在铺子里，头埋在一块嗑瓜子。林国英一见吴玲宝，就笑得有点阴阳怪气了。吴玲宝却开门见山，说为了儿子，就算天涯海角，她都会找来。来的一路上，吴玲宝是想好好说的，可一见那女人的腔调，吴玲宝忍不住了，话说得极不客气，明明白白地告诉她，只要她吴玲宝还有一口气在喘，她是决不会同意儿子跟陈红梅谈恋爱的，现在不行，将来也不行。吴玲宝让她最好回一趟家里，好好地管管女儿，一个当了妈的女人，不能只顾着自己在外头逍遥自在。林国英不说话，坐在那里，眼睛也不看吴玲宝了，自顾自地嗑瓜子。可是，当天夜里，她带着一条牛仔裤就匆匆忙忙地回到斜塘镇。要换在平时，陈红梅是不大理睬她的，可这个晚上不一样，看见母亲，陈红梅特别想哭，甚至还想扑进她的怀里好好地哭上一场。但陈红梅忍住了，而林国英却忍不住，为的就是这个来的，面对人生的岔道口，当妈的一定要给女儿指明方向。林国英说吴玲宝来找过她了。陈红梅一愣，脸马上红了，说别听她的。

那你说。林国英看着她，那你说给我听。

陈红梅说，没啥好说的。

林国英点了点头，说，那好，你听我说。

我不要听。陈红梅抓起桌上的钥匙，就要往外走。

林国英一把拉住她，别走，哪儿都不能去。

陈红梅说，不要你管。

林国英说，我是你妈。

陈红梅说，我没有妈。

林国英挥手就是一个巴掌，啪的一声，响得非常清脆。陈红梅捂住脸，泪是从林国英眼睛里流出来的。林国英流着泪说，别让他们看不起你。陈红梅捂着脸，不出声。林国英又说，别丢你爸的脸。陈红梅还是不出声，眼睛却酸得要命，一眨就是一颗泪珠。最后，林国英抓住陈红梅的两条胳膊说，红梅，你就听妈这一次。

但是，陈红梅没有听。谁的话都不听，连自己也不听自己的。一连三天，她站在中塘桥下的电线杆旁，中午一次，傍晚一次。陈红梅什么话也不说，就用眼睛盯着看。周刚放学回家，中塘桥是必经之路，他从桥上下来，后面跟着吴玲宝，像个被押解的犯人。陈红梅不看吴玲宝，眼睛一眨不眨地盯着周刚。陈红梅相信眼睛是心灵的窗户，书上都是这么说的。她相信只要把眼睛睁大了，就等于拉开胸膛把心捧在了手里。然而，周刚头都不敢抬一下。第三天的傍晚，陈红梅忽然叫了一声周刚。然后，大大方方地跑上去，笑眯眯的，说，八点钟，我在红旗塘桥上等你。周刚张着嘴巴，却说不出话来，一脸都是着急，眼睛都直了。陈红梅笑了笑，很调皮的，像是开玩笑，又说，你不来，我就跳下去。

从斜塘镇上出发，沿着公路走到红旗塘大桥是有一段路的，足足有三里地。在出发前，陈红梅想得更多的已经是死了。一想到死，她马上就想到了必须先洗个头。洗完头，陈红梅觉得还不够，必须还得洗个澡。这些对要死的人是相当重要的。没有热水了，时间也不允许再烧水了，澡是用自来水洗的，冷得要命，也清醒得要命。水是那样冷，血是那样热，就像是革命者要去刑场。陈红梅擦干自己，穿上衣服后，最后看了眼自己睡的那张床与地上的澡盆，还有椅子上换下的一大堆衣服。陈红梅出门了。

从红旗塘大桥一直向前就是县城了，而沿着下面波涛滚滚的河水可以流到上海。但是，夜晚对于眼睛来说是没有远方的，有的只是黑暗。这个时候站在大桥上，就等于站在了水路与陆路的十字路口。陈红梅在桥栏杆上趴到什么时候，她不知道。陈红梅就知道其实她什么人也不等，现在，她等待的就是自己的身体像眼泪一样掉下去，一直掉进漆黑的河水里。死亡的滋味是咸丝丝的。陈红梅没有往下跳，在回斜塘镇的一路上，她伸出舌头在自己嘴角尝到死亡的滋味，跟泪水是一模一样，是咸丝丝的。

陈红梅忽然记起林国英曾经说过的一句话——男人要溜起来，你叉开两条腿都拦不住。

2

陈红梅的第二次恋爱始于 1986 年的春天。对象就是孙卫民。介绍人是林国英在县城里的"男朋友"。据说，他们两个人是酒桌上的朋友，有时还是牌桌上的对手，孙卫民上县城办事，经常要到他的铺子里来转转，称兄道弟的。林国英却管不了那么多，好男人都是靠抢过来的，讲究的是眼明手快，当仁不让。林国英把照片拿给女儿看时，特别强调了，人家可是饲料厂的采购员，里里外外一年的收入可是这个数。林国英把一个巴掌伸到陈红梅面前，拖长了声音说五千。林国英是有点急不可待的，这样的对象，简直就是老天爷为感情上出过岔子的女儿准备的。她让女儿什么都不用想，该想的她都想过了，现在是要好好看看，农民出身，城镇户口，单位好，收入高，而且乡下的父母还养着几百只鸡，说不客气点那就是开着养鸡场的专业户，而最主要的还是镇上没亲戚，就一个人住在饲料厂的集体宿舍里。最后一句话是林国英贴在女儿耳边说的，喷得陈红梅耳朵根热烘烘的。林国英说好男人不是长在脸面上的。

说实话，第一眼陈红梅是看不上孙卫民的。人黑了点，也胖了点，而且那张脸上还油腻，好像一天到晚都在流汗，笑起来也粗俗，呵呵呵的，跟陈红梅心里的男人不好比。看着孙卫民的脸，陈红梅就觉得别扭，不是滋味，可一点办法也没有，一个人痛过头了，就只剩下麻木。麻木就是推一推，动一动，你不推，她不动。反过来也就是怎么折腾都没关系了，这块肉长在自己身上，却跟不是自己的一样了。但陈红梅心中还是较着一股劲的，她就是要让吴玲宝看看，孙卫民脸长得是黑了，可人家口袋里有钱，出手也大方，这在恋爱当中很关键。女人要的归根结底还是在于面子上。阿迪达斯的运动鞋，梦特娇的Ｔ恤衫，还有金戒指与金项链。孙卫民出一趟差，就会一样一样地带到陈红梅身上。陈红梅可以说是改头换面了。一个女人可以不爱别的，但不能不爱自己。

陈红梅几乎是一下子投身到恋爱中去的，一下子变得对孙卫民柔顺，走路都是主动挽着孙卫民的手臂，而心在哪里？一开始连她自己都找不到。有一次，陈红梅后半夜睡不着，爬起来对着镜子，把孙卫民送来的名牌一件一件穿戴起来，看得出神了，一出神就变得有点恍惚，都快认不出镜子里的自己了。陈红梅后来是掐着自己的大腿，咬紧牙齿在肚子深处喊的，没有声音，还是听得很真切，是声嘶力竭的。可喊什么？陈红梅自己也不知道。

国庆节那天，孙卫民带着陈红梅回了一趟乡下，可是轰动了整个孙家浜的一件事情，全村的叔伯大爷、大姨大婶的，都来了，在他们家门前的晒场上，好像已经在办喜事了。虽然，陈红梅坐在他们堂屋里总是低着脑袋的，话也没说上几句，孙卫民的妈还是相当高兴，一定要留姑娘吃晚饭。陈红梅满脸通红，一个劲地摇头，拿眼睛一下一下地打着孙卫民招呼，话说得很轻，非回去不可，第一次来，过夜不好。孙卫民的妈留不住，只好送了一程又一程，心里只有一个念头，老大这回又给家里争了一回脸。

本来，孙卫民的妈一年来镇上也就那么两三回，基本上都是坐船，跟着丈夫上粮管所里来挑谷，搭把手的，回去的时候顺便扯块布，买点别的什么。现在不了，现在，孙卫民的妈看着窝里的鸡下蛋，就想来镇上。当然，她想得更多的还是儿子哪天再领着陈红梅来村里转转，在叔伯大爷、大姨大婶跟前过上一圈。一个当妈的，就想让全村羡慕的眼光都落到儿子一个人脸上。可是，陈红梅不愿再来乡下了，早把话对孙卫民说得很明白，乡下她是决不再去了，不是她看不起农村，是那场面她受不了。

孙卫民不敢不听陈红梅的话，就只有辛苦自己的妈了。孙卫民的妈不会骑自行车，通常是一手抓着鸡，一手提着鸡蛋出来的。在路上一走就是大半天，还要摆两个渡，一来一去就是一整天。孙卫民的妈为了看陈红梅一眼，可以说是早出晚归，但她又不敢直接上陈红梅的家去，东西都是先拿到饲料厂的，让人看了还像是个走后门的养殖户。孙卫民让她别这样麻烦，来就来，饲料厂的采购员还怕吃不到鸡跟鸡蛋吗？孙卫民的妈说自家养的，不一样，那是给红梅的。一个农村妇女要对谁好，再苦再累也是心甘情愿的，先送鸡蛋，再送鸡，然后是在鸡蛋里面挑骨头。有一次临走的时候她对孙卫民说，小姑娘好是好，就是太冷淡了，跟她说话怎么不笑呢？孙卫民告诉她镇上的女孩子都这样，有教养，见识多了，拍照的时候也不笑。孙卫民的妈看了眼儿子，不禁有点担心，说，老大，打铁要趁热啊。

其实，有些话用不着当妈的提醒，农村里长大的孩子，讲究的就是一篙子插到底。为了这一篙子，孙卫民花了心思，也下了本钱，托人从广州带了台录像机回来，带子是租的，大部分是香港的武打片。陈红梅不感兴趣，孙卫民就说还有更好的呢。这天晚上，孙卫民放了一部更好的，都是赤裸裸的，陈红梅羞得不成样子，恼羞成怒地问他什么意思，这是正经人看的东西吗？孙卫民说看看有什么关系？录像嘛，看的就是这个。陈红梅二话没说，一把拉起孙卫民，推着要他走，还对他说现在还不晚，派出所的门还开着呢，要看就去那里看。孙卫民没想到陈红梅是这样的，改革开放这些年了，这春风怎么一点都没吹进她心坎里去呢？孙卫民就是犟着不肯走，两个人就在屋里拉拉扯扯，后来是怎么扯到了床上的，这不重要。重要的是陈红梅忽然哭了，她睁着泪眼忽然看到了周刚那张脸。

3

　　林国英出事了。她是傍晚时分，搭最后一班公交车从县城回来的。正值下班的高峰期，很多人都看见了，她头上的大波浪是新烫的，还戴了副蛤蟆镜，低着脑袋，走得很匆忙，跟谁都没打招呼，贴着街沿一头就钻进了家里面。这就说明出事了。不出事，哪有深秋天气里戴墨镜的？而且，哪有烫了大波浪还不跟人家打招呼的？

　　林国英是让人打了。摘下墨镜，两只眼睛就像大熊猫。但打她的人不是那个卖牛仔裤的男朋友，也不是男朋友的老婆。那男朋友的老婆是个很"脚色"的女人，男人跟林国英搭上快三年了，她什么事也没有，就当不知道，该来店里，还来店里，见了林国英也不给脸色看，客客气气的，不是一家人，胜似一家亲。这样的女人才叫有手段，看得透，也想得明白，反正男人都一个样，有点钱了，不是惹这个，就是捅那个，怎么管？索性就不管，一不吵，二不闹，连离婚的借口都不给半点，男人还能怎么样？只能一根竹竿两头通，按着这头，堵那头，反正是家里家外都成了贼。那女人占着这个位置，林国英一辈子也别想当上老板娘。一开始的时候，林国英是满怀信心的，可时间一年一年过去，什么雄心壮志都磨光了。林国英在县城里卖了三年牛仔裤，男朋友的婚离不了，她还得在铺子里住着，还得白天当营业员，晚上继续做人家的妍头。这样的日子是没有盼头的，林国英不是没想过，早想清楚了，自己是耗不过那个女人的，都四十三了，人生能有几回"妍"？是形势逼着林国英要另谋出路的。而出路在哪里？林国英也仔细地想过了，出路还是在两条大腿中间，一点办法都没有，谁叫自己是女人呢？可是，称心的男人不好找，现在哪个当老板的边上的被窝还空着呢？林国英多少是有点恨的。年轻才是真正的本钱哪。

比较下来还是孙老师比较合适。孙老师是隔壁羊毛衫铺子里的老板，五十出头了，头发都开始谢顶了，人倒是长得蛮精神，高高瘦瘦，一天到晚西装笔挺的，皮鞋擦得锃亮，都当老板了，还是一副为人师表的样子。说话慢条斯理，开口因为，闭口所以，卖件羊毛衫还要反过来说，做生意都像在课堂上：因为是正宗的纯羊毛，所以才卖这个价嘛，贵是贵了点，反过来说也是物有所值嘛。

孙老师曾经是正宗的民办教师，小学语文教得很有点名气，好几次到了进编的口子上，却都没挤进去。校长也有点不好意思了，请孙老师再耐心等一等，下次一定"进"。校长都打了包票，孙师母却没耐心了，拿着一瓶速效救心丸闯进了校长的办公室，往办公桌上一拍，对年轻的校长说她有心脏病的，今天要是不让她男人"进"，她就不准备竖着出去了。校长可是师范的高材生，知识分子喜欢讲事实，摆道理，话说得很明白，孙老师关键是没文凭嘛，有文凭，凭孙老师的水平至少也是个副校长了。孙师母不买账，认的是死理，非要跟校长讲先进山门的老道理，我家老孙教了多少年了？孙师母是百货公司的售货员，十几年前还唱过两天样板戏，如今虽然体形跟嗓门都走样了，可手势还在，一指校长，一跺脚就说真是没天理。孙师母往地上呸了一口，让校长好好想想看，你还穿开裆裤那会儿，老孙已经是民办教师了。校长下不了台了，让教导主任请来孙老师，请孙老师把夫人领回去，在学校里这样不好，让学生见了成何体统？孙老师拽了两下孙师母的衣袖。孙师母这个时候连男人的账也不买了，一个甩手，让孙老师一边去，这回她是"毛"了。孙老师让她有话回家去再说。谁知，孙师母更"毛"了，说回家有个屁用，说什么都没人听得到。孙老师说这是学校。学校怎么了？孙师母狠狠瞪了孙老师一眼，说他真是没出息，到这时候怎么还是软蛋一个。孙老师闭了嘴，脸一下红到脖子里。这是人身攻击，软蛋可不能随便安到一个男人的头上，尤其是在夜夜睡在一张床上的老婆嘴里，意思很不一样的。孙老师的脸红了又白，白了又红。脑袋一左一右地转，两只眼睛来来回回地看着校长与孙师母。孙师母气得不行，问孙老师看什么看？让人欺负到这份上了，还看？孙老师说你，你，你。说完，扭头就出了校长室。孙师母说，你什么你？回来，走能解决问题吗？

孙老师没脸再当民办教师了，一个连老婆的嘴巴都没教育好的男人，怎么还有脸当人民的民办教师呢？孙老师刚辞职那会儿，孙师母"毛"得很，拼命的想法都有，活了半辈子还没见过放着工资都不挣的人。要不是女儿还在念中学，说不定就离了。不过，现在孙师母不闹了，事实证明孙老师这职是辞对了。可孙老师没忘了"软蛋"那两个字，那可是刻骨铭心的，整个小学里的师生都知道了，孙师母说的，孙老师是个软蛋。一个人的历史往往都是这样被随口定下来的，而且还广为流传。这苦闷，孙老师对林国英的男朋友流露过，也可以说是酒后吐真言。淡季的时候，两个人坐在铺子门口一边喝着，孙老师一边说要不是看在女儿分上，这婚他早就离了。孙老师看了眼里面坐着的林国英，说得很感慨，还是年轻好啊，年轻有的是机遇哪。

机遇需要寻找，同时也需要等待，但机遇却往往又都是创造出来的。从某种意思上说，为林国英创造机遇的人是男朋友的老婆。铺子里的牛仔裤都是从广州进来的，男朋友通常是一个电话打过去，货就发过来了。老客户讲究的是信誉。可这一次不同，到了快要进货的时候，男朋友的老婆发话了，建议老公还是亲自去一趟吧，感情也要联络联络的，顺便留意留意别的生意。老婆说不能光在一棵树上吊死，做人这样，做生意也一样，这叫未雨绸缪。老婆每晚都躺在床上看琼瑶的小说，说出来的话能没道理吗？可是，林国英的男朋友一去广州，他老婆就不看琼瑶小说了。一到晚上，她就靠在小商品市场的厕所后墙上。那个位置，正好远远斜对着牛仔裤专卖店的大门。女人都是讲究直觉的。那女人相信，像林国英这种敞惯了的货色是几天也耐不住的。然而，让她没想到的是进去的人是孙老师。那女人先是吃惊，后来还真有点佩服林国英了。看来只要是男人就成。

　　小商品市场的店面都是一楼一底的格局，下面是铺子，上面就是仓库。晚上，拉开钢丝床，仓库又成了睡房，但林国英不睡钢丝床，林国英睡的是席梦思。男朋友还在卫生间里安了电热淋浴器，舒适得很，也方便得很。但是，林国英与孙老师什么也没做，两个人坐在床沿上，中间还隔着一大截。他们是在关牌。这主意是林国英想出来的，下午就在关了。经验告诉林国英，男人跟女人，只要存着这份心，不管从哪条道上，最后都能走到一块去的。他们断断续续关了一个下午的牌，快到打烊的时候，林国英输的张数不少，她像孩子似的嘟起嘴，很任性地盯了孙老师一眼，说不服气，她还要翻本。孙老师心都要跳出来，一个四十三岁的女人这时嘟起来的嘴，在孙老师看来几乎就是二十三岁的大姑娘在撒娇。孙老师喉咙干得要命，屏着一口气，声音很轻，很沙哑，要不晚上，继续？林国英听见了，装作没听清，歪着脑袋，问什么？孙老师说晚上。林国英直愣愣地看着孙老师，像在考虑，更像是犹豫，低下头说不好，孙师母会找的。说完，林国英就后悔了，还是太冒失，怎么说孙老师也当过知识分子的，怎么可以说这样没水平的话？这不摆明在打人家招呼吗？谁知，孙老师一摸他半秃的脑袋，很肯定地说这点自由，他还是有的。

　　晚上，孙老师来了。嘴巴里透着一股美加净牙膏的气息，这是他趁孙师母去隔壁聊家常时偷偷刷的。刷完了，贴着玻璃窗听了听，孙师母的嗓门正大着，就偷偷蹲下身洗了洗屁股。不敢用半干的洗脚布擦，孙老师干脆拉过孙师母的毛巾深深地抹了一把。系上裤子时，孙老师把脑袋凑到镜子跟前，看了眼镜子里面那张脸。这么一张脸哪点像软蛋了？孙老师从镜子里发现了一个真理，历史定性的许多事物，往往会随时间的变化而出偏差。关键在于时间与变化。就拿软蛋来说，这个定义一个人说了不算数。软蛋不软蛋，那还要看针对着的是什么人。孙老师兴冲冲地离开家，简直是去追求真理。带上门时对着隔壁敞开的大门喊了一嗓子：下棋去了。孙老师好这个，是工会俱乐部里的常客，不到关门不挪屁股的。孙师母嗯都没嗯一声，还在向隔壁的邻居们宣布：毛线这回肯定是要涨价的，至少百分之二十，这是内部消息。

路过水果店时，孙老师进去称了三斤香蕉，不能空着两只手上门嘛。孙老师知道晚上跟下午是不同的，气氛就不一样，店门关了，而且还是上了楼，坐在了人家睡觉的席梦思上。但牌还是那副牌，林国英都理好了，孙老师只能一张一张地发，一局一局地打。在孙老师心里，这时候的输赢是不重要的，一男一女都坐到席梦思上了，谁占上风又有多大关系？可是，林国英就是不动声色，连眼睛也不看孙老师了，看上去一心一意都在扑克牌上了。孙老师心里反倒开始乱了。

这个时候，孙师母在下面敲门了。这女人的力气也真大，门敲得水泥楼板都在摇晃，而更大的是她的嗓门，睡在小商品市场里的人都听到了。她在喊，林国英，你给我出来。人们把脑袋从窗户里探出来，有少数几个还跑了过来。大家不出声，光用眼睛看着。这架势还用得着问吗？可林国英男朋友的老婆就是生怕别人不理解，用下巴点了点楼上的窗口，解释孙老师在上面呢。说完，她劝孙师母算了，还是先回家再说吧。孙师母不理她，还在敲门。那女人一副很对不住别人的样子，好像是打扰了大伙的休息，抱歉地笑了笑，说得轻描淡写，你们看，这事情闹的。说完，她摇了摇头，一步一回头地走了。孙师母还在喊，孙震江，你就算烂在里面了也得给我出来。

孙老师是想出去的，早慌了，人都到了楼梯口。林国英一把拉住他，两只手一起抓，几乎是把他的胳膊抱在了怀里。林国英不说话，此时无声胜有声。孙老师急，脑门一下亮了许多，说这可怎么好？林国英还是不说话，也不放手。楼梯口本来就那么窄，都快贴在一块了。孙老师又说这可怎么好？林国英这才说来，吃香蕉。孙老师愣了愣，这会儿还有心思吃香蕉？林国英的手松开了，慢慢地把眼光从孙老师脸上收回去，一点一点地黯淡下去，一步一步地退后，慢慢坐回到席梦思上。林国英慢慢并紧两条腿，左手放在右手背，再把两只手一起按在大腿上，抬头看着上面的电灯，好像聋了，又像傻了，姿势沉静得出奇，有种说不出的美与忧伤。孙老师是看呆了，看见两滴泪挂在林国英的脸上，在电灯光下一闪一闪的，就是掉不下来。

整个世界是一下子沉静下去的。后半夜，小商品市场里寂静无声。孙老师还是要走。他站起来，他拉过林国英的手，无力地揞在两个手掌中间，说就这样吧，小林。林国英不出声，不知道他说的这样到底算什么意思，只好看了眼，跟着站起来，一只手还在他的掌心里。两个人一前一后下楼。

林国英一开门就被孙师母一把揪住了头发。又一把，就拖到了外面。

林国英想回手的，但是忍住了。这回，林国英忍对了。女人就需要忍，需要柔弱，忍与柔弱都是有力量的，也是有回报的。林国英咬紧了牙齿，抱住头，抱住脸。反正，孙师母的手打向哪里，她就抱向哪里，一声都不吭。孙师母也不吭声，连踢带打的，都顾不上骂了。大喊一声的是孙老师。孙老师说，好了！一边说，一边一把拉开孙师母，力气大得没见过，哪像是教小学语文出身的民办教师，简直就是运输站里的装卸工。孙老师拉开孙师母后，还把她推了一把，大声说走，回家去。

　　这些事，林国英没对女儿说，怎么说得出口？林国英就说要结婚了，也没说哪天结，在哪里结，怎么个结法。这些，林国英都没说。林国英就说是跟孙震江结婚。她说孙老师是个好人，本来是要来看看陈红梅的，可是他忙，真的太忙了。忙什么？林国英又没说。其实，孙老师这会儿正忙着跟孙师母离婚，分家产呢。林国英从裤子袋里掏出一个红纸袋，倒出一条金项链，见陈红梅没接，就往桌上一放，说这是孙老师给的，是人家的一片心意。陈红梅还是没反应，林国英就很突兀地一笑，很欣慰地把两只手掌一合，说这辈子就这样定了。林国英开口闭口都是孙老师孙老师的，陈红梅想大概是教书的吧，陈红梅也没问。林国英说什么，陈红梅就听什么，林国英不说，陈红梅也不问。说实话，陈红梅对自己的妈已经没多少好奇心了。林国英说得比较多的是准备要走了，基本上是去哈尔滨，这是孙老师的意思，是个有转折性的决定，去新地方，开始新生活。最后，林国英说把羊毛衫卖给俄罗斯人，好赚钱。陈红梅想，这个孙老师怎么是个做生意的？陈红梅还是不问。

4

结婚是孙卫民提出来的。其实，主要还是孙卫民妈的意思：早生儿子，早得福。上点年纪的人都想抱孙子。孙卫民的妈不好直接对陈红梅说，这种事，大人能不插手最好不插手，算不准的，要是将来出点什么状况，说不清楚，还容易落下话柄。人家都会说：看见没有？婆婆做的主。这在农村里是相当忌讳的。恋爱要自由，婚姻不能包办。再说人家说什么都是镇上的人，急吼吼的，催着结婚，让人看不起，以为欺负人家姑娘年轻呢。最好的办法是小两口水到渠成，瓜熟蒂落，当大人的最多是在边上帮衬着，推波助澜一下。反正，孙卫民妈的意思已经很明白了：红梅家里的事情也是瞒不了人的，这样也好，干干净净的，她自己就能做主了。可是，陈红梅没应下来，什么话都不说，听孙卫民说完了，将头埋进他胸膛里，闭起了眼睛。

婚是要结的，这陈红梅不反对。陈红梅认为比婚姻更重要一点的是工作。一个女人就算不结婚，照样能活下去，可没有工作就会活得比较艰难。这种味道，陈红梅清楚得很，一个结了婚的待业青年还是让人看不起的，将来有了孩子，还会让孩子看不起。这些话，陈红梅对孙卫民说过。当时，孙卫民只是笑笑，不接嘴。陈红梅也不怪他，一个饲料厂的采购员门道是有一点的，可要解决工作问题还不行。采购员都能解决待业青年的问题了，那这世界肯定也乱套了。

这事最后还是孙卫民的爹拍的板。老孙可是孙家浜的一个人物，很不得了的，村里唯一的一张《经济生活报》就是老孙订的。老孙开口经济，闭口生活，就连口袋里的香烟都是两套的，左边红塔山，右边西湖牌，有时候见了人还常常要掏错。主要是太忙了，忙中出错也是难免的。老孙先包田，再养鸡，最近又要开始养鸭了，两个大草棚都搭好了，正忙着四处找鸭苗呢。而且，屋后的棚里还关着两头种猪。这些都是老孙一个人在抓。老孙当过几天村里的兽医，最拿手的就是配种，不亮家伙都能让母猪怀上，真是神了。老孙靠的是科学。科学就是一个大针筒。种猪里面抽出来，母猪里面插进去。就是一抽与一插，牲口的繁衍问题解决了，多省事，几乎是百发百中。科学就是为了简化生活。老孙没工夫在床上听老婆唠叨，一个能把剥剥跳的公猪与嗷嗷叫的母猪都一块搞定的人，还解决不了儿子的婚事？真是笑话了。老孙从百忙之中抽了一天，直接去了镇上，让儿子把陈红梅一起叫到百福楼饭店。三个人六盘菜。老孙抿了口酒，润了润喉咙，对陈红梅说这样吧，工作由他来安排。陈红梅不说话，抬头笑了笑。孙卫民说，红梅怎么可以去乡下干活。老孙不理儿子，夹了筷菜，放进嘴里，嚼完了，咽下去后，说，盘个铺面，做什么，红梅你来拿主意。老孙只强调了一点，铺面一定要买下来，红梅哪天有了小孩，不想做了，租出去，几个工资钱还是凑得起来的嘛。这件事，老孙吩咐由儿子去办，要快，钱，他来掏，最要紧的是房契得签陈红梅的名字。老孙表示了，就当是他给的聘礼，乡下人讲排场，他不讲究，他老孙是个注重实惠的人。嘱咐完儿子，老孙扭脸关照陈红梅，时间要抓紧点，定下了，就动起来，顺便把结婚的日子也定了，好让卫民她妈也早点准备起来。老孙是说一不二的人，脸上洋溢着贫下中农翻身得解放后的兴奋与自豪。他一举酒，说，来，红梅，你也喝一口，一口总要喝的嘛。

陈红梅是赶在春节前把服装店开出来的。生意做年底嘛。改革开放后的农民口袋是一下子鼓起来的。可脾气还是那个老脾气，变不了，就喜欢赶在一年到头的那几天里来花钱。有了钱的农民才是真正的财大气粗，几乎是目空一切的。开着五吨的水泥"挂桨"，不到中午就把镇上的那些河都停满了。然后是分工，男人上馆子，女人带着孩子逛街。过年前的女人那个忙啊，都有点乱了，眼睛要看着她们的孩子，还要看着商店挂的那些花花绿绿的年货。当然，更要看着的是一条船里出来的别的那些女人。别人买什么，自己也买什么。农村来的女人不攀比，就是有点跟风，很孩子气的，辛苦了一年，到头来这个年过得比不上隔壁邻居是不作兴的。可农村的女人也有分寸，该做主的时候做主，在给自己买件衣服，买条裤子，这些大事情上，还得由男人来拿主意，男人说了算。所以，春节前的上午，主要是打年货的农村女人们在街上忙，来来去去，风风火火的。打完了，就提着年货给孩子们买衣服，买吃的，顺便才为自己看一下。看中了，问清楚价钱，记住了，就到饭馆的门口去等她们的男人。女人们很有规矩，饭店是不上的，进去了自己的男人会让人笑话，回家说不定还要挨一顿骂，好像这辈子没吃过饭似的。当女人的，一懒，二馋，都会让人看不起。女人们在门口等，一手提着年货，一手拉着她们的孩子。男人疼老婆，疼在什么时候？就在喝完酒的时候，大部分都是说一不二的，就一个字，看中了，买。人民币是什么？就是政策加力气，是自己的，又像不是自己的。力气用完了还会来嘛，政策也一个样。过年的前几天，农民手里的人民币就像一张张橘子皮，剥起来都有点嫌慢。

陈红梅忙得不行，嘴角上都长暗疮了，可心里高兴。有句俏皮话说得一点没错：造原子弹的，不如卖茶叶蛋的。说的就是这个道理。道理通常是掌握在握钱的手里的。而过一个什么样的年，现在已经不重要了。主要是孙卫民也忙，厂里的债要下乡去讨，家里的新房也正在忙着装修，两件都是大事情。他们新房就做在陈红梅的家里。这是林国英隔着千山万水在挂号信里建议的，新房还是做家里，请卫民好好地装修一下，钱花在家上头，怎么花都还在家里面，而她就不回来了，她在冰天雪地的哈尔滨，遥祝小夫妻俩白头偕老，永结同心。陈红梅一看就知道，信是出自那个孙老师的手笔。林国英可不是那种会说话的人。她哪里会知道白头偕老与永结同心这种客气的字眼。

5

按照陈红梅的想法，婚事还是放在春天的好。四五月份，春暖花开，万物复苏，裹了一个冬天的衣服卸掉了，暖洋洋的春风，从领口一直能吹进心里去，吹得整个人像花那样舒展开来。春天可是个女人争奇斗艳的季节，而新娘子无疑会是万花丛中最引人注目的一朵。春天对女人来说太重要了。一年之计在于春，陈红梅早有打算了，乘着新婚的那股春风，北京是一定要去一趟的，上幼儿园时就盼着到天安门下的金水桥边站一站了，这可是一次机会，一辈子也可能就这么一次。回来后就好好地把铺子经营好，把家维持好，生孩子的事，却不能按照孙卫民妈的想法来，还得缓一缓。人生能有几回春？生了孩子，女人的春天也快到头了。

可事实不是这样的。到头来，陈红梅的想法还是让她自己打乱了。陈红梅的小日子没来，正好是忙着进货、开张的那几天。陈红梅想不来也好，看来经济建设真是放在第一位的，连月经都得让到一边去了。陈红梅一点也没往心里去，一个月，一个月都是这样过来的，她的小日子从来都不准时，忽前忽后的，根本没有一点组织性与纪律性，有时一拖就是一个星期。陈红梅是到了年三十的下午才急起来的。中午一过，街上一下冷清起来。刚才还成群结队的农民，这会儿一下就没了，就像让北风刮走了一样，一下变得安静与干净了。陈红梅坐在店里，理完抽屉里的钱，放进挎包里，起来洗了洗手，开始对着镜子化妆。这个年，陈红梅要去孙家浜过。早就说定的，孙卫民的妈把被褥都晒好几天了。过了年，还要在乡下好好休息休息，一直要等到过了初七，孙卫民上班了，他们才一起回镇上来。陈红梅是在去孙家浜的路上，忽然又想起自己的小日子的。坐在孙卫民的摩托车后座上，扳着指头算算，陈红梅慌了，胸口贴紧孙卫民的背心，都觉得有点恶心了，非要孙卫民停车不可。

陈红梅迎着西北风，站在光秃秃的田野之间出神，吓坏了孙卫民。不敢多问，又不能不问。孙卫民小心翼翼地一连问了三遍。陈红梅才说怕是有了。孙卫民问她有什么了？陈红梅咬住嘴唇不说，一把抓起他的手按在肚子上。孙卫民明白了，一笑，说不怕，反正就要结了。

后来的麻烦完全是由孙卫民引起的。酒后误事，酒后乱性，而酒后更容易的还是失言。那不是人的错，罪魁祸首是酒。大年三十的，一家人那样地喜庆，特别是孙卫民，婚事还在准备着呢，下一代就等不及了，大概已经有了。这话是孙卫民拍着兄弟孙卫国的肩膀说的，很有树了榜样的味道，意思是你孙卫国也得抓紧了，不要一天到晚就知道在村里赌博。孙卫民说这话的时候，隔壁的村长已经把老孙拖去了，临走还请陈红梅也一块去。村长既热情又淳朴，代表着孙家浜乡亲们的一个态度：乡下地方没什么娱乐活动，大过年的，"小来来"，不要紧的。陈红梅客气，说她不会。村长很奇怪，不会可以学嘛，他们孙家浜的媳妇怎么可以不会打麻将呢？陈红梅只好跟着去，走到门口还回头嘱咐孙卫民少喝点，等会来接她的班。其实，孙卫民也是随口说说，孙卫国也根本没听到耳朵里去，听进去的是孙卫民的妈。孙卫民的妈坐在厨房门口，支着下巴，正两眼茫茫地看着兄弟俩，听到孙卫民说有了，赶紧解下围裙，就往隔壁的村长家里跑。

孙卫民的妈也不顾台面上三缺一，拉着陈红梅就回家。陈红梅还以为是孙卫民醉了，走得很急。孙卫民的妈一把扶住陈红梅，一路上不住地提醒她慢点，看着点路面，当心绊着了。孙卫民的妈直接领着陈红梅上楼，进了房里，按到床上就蹲下去要给她脱鞋子。这让陈红梅很不安，长大后还没受过这种待遇呢。孙卫民的妈却不管，拉过枕头让陈红梅先靠着，她这就下去打洗脚水上来。陈红梅更不安了，长辈再对小辈好，也不能好成这样子。孙卫民的妈却说靠着，别起来，要当心身子，红梅，往后可不能熬夜了，要多躺，宁躺莫坐。说完，往陈红梅的肚子的方向瞥了瞥，抿着嘴，一颠一颠地走了。

这个晚上孙卫民一夜没回来，不知道到哪里去赌了。陈红梅靠在床背上，有点羞，有点恼，而更多的还是怨，反正怎么想都不是滋味。眼睛盯着电视机，看些什么也只有天知道了，就听见人家都在笑，到处都是欢声笑语。这有什么可高兴的？陈红梅把手放在肚子上，心思却顺着那些声音钻出屋子，一下就没了方向，很无端的，在茫茫的夜空中飘浮，又寂寞又无助，像烟雾，很不实在，又无孔不入，朝着四面八方扩散。这是干什么？陈红梅不知道，就跟远处传来的爆竹声一样，隐隐约约的，一下接着一下，冲到半空中，以为没有了，谁知又冷不丁地炸开来，还是两响的。

婚期定在下个月的十二号。日子是孙卫民的妈从黄历上挑下来的，正式宣布的人是孙卫民的爸。大年初一的早上，老孙坐在八仙桌朝南的老位置上，一手夹着香烟，捏着火柴，另一只手里拿着火柴盒，但没划下去。老孙身上的西装是全新的，袖口上的商标还没拆掉呢。在这个新年的头一天，老孙特意在新西装里面穿了两件鸡心领的羊毛衫，为的是突出衬衫假领头上系着的那条领带，完全是一副参加模范专业户授奖大会前的打扮，神气得很，同时还压抑着兴奋与焦虑。老孙说这样也好，来不及怕什么？他关照孙卫民明天就去找装修师傅，加班加点，突击一下，钱，好说，他会加的。关键是下个月十二号，一定要把事办了。老孙说完，划着火柴，叼上香烟，点上，深深地吸了口，慢慢地吐出来后，隔着烟雾看了看坐着的儿子，最后把目光落在陈红梅脸上。陈红梅不出声，嘴上不说，脸上已经摆开了。大家都看出来了，陈红梅不愿意。日子定得太仓促了，可这怪不得别人，肚子里的事情能遮住，还是遮住的好。乡下人就怕背后让人说闲话。老孙呵呵一笑，半开了句玩笑，说急火煮馄饨，不露馅了嘛。

陈红梅回到楼上，关上门就开腔了，到底是谁结婚？她问孙卫民，不等回答，又冷笑一声说，真是笑话了。

孙卫民笑着说，不是有了吗？

陈红梅说，谁说有了？

孙卫民说，不是你说的吗？

陈红梅说，有了，就不能去做掉？

孙卫民说，做掉了，不是还要有吗？

反正不能这么结。陈红梅一屁股坐在床沿，你们拿我当什么了？

孙卫民说，不就是一个结吗？

陈红梅不开口了，咬紧了牙齿，脱了鞋子脱裤子，脱了裤子脱衣服，拉开被子，又睡了。吃午饭的时候，孙卫民进来叫了两声，推了一把。陈红梅不动，蒙在被子里听着孙卫民下楼，对大家说睡着了。其实，孙卫民的父母都看出来了，没过门的媳妇在发脾气呢。孙卫民的妈只好端着饭菜上楼，说睡归睡，饭怎么能不吃呢？来，红梅，吃了再睡。陈红梅还是不出声，就像睡着了，躺得一动也不动。孙家的这顿午饭吃得就有点闷闷不乐，孙卫民的妈忽然把筷子往桌上一搁，说这还不是为了她肚子里的孩子吗？见没人答话，她又重新拿起筷子，说这还不是为她好？还是没人接嘴，她扭头对着孙卫民说，你也要有脾气，可不能太惯着了。

这话，陈红梅听见了，站在楼梯口，胸脯一下子有了起伏。下午，孙家的人都走光了，兄弟俩肯定是去"小来来"了，还在吃饭时门外就来催了。老孙带着老婆去喂鸡了，大年初一的，也不能把那些畜生忘了，喂完鸡还要喂鸭喂猪，哪边都不能怠慢了。陈红梅就是这个时候走的，一个人虎着脸，迎着风就出了村，跟谁都没打招呼。事实上，走出不远陈红梅就回头望了一眼，风里好像传来了摩托车的马达声，但是没有。孙家浜在大年初一的天空下，灰蒙蒙的，一副无动于衷的颜色。

陈红梅回到斜塘镇上天都黑了。大年初一的夜晚，家家户户都透着灯光，那样地浑黄而温暖。陈红梅却冷得牙齿打战，走在下西街上，只有路灯下自己的影子，一会儿长，一会儿短，甩也甩不掉，死皮赖脸地绊着两只脚。家里去不了，里面乱七八糟的，到处是油漆与木料。陈红梅只能回铺子里。陈红梅一天没吃东西了，可她倒在小板床上却不觉得饿，就是冷。怎么铺子里的灯光还不如街上人家窗户里透出来的有暖气呢？第二天一大早，孙卫民找来了。陈红梅不理他，脸沉得就像一盆结成冰的水，既冷又硬。陈红梅犹豫了一晚上，主要是怕，但现在豁出去了，一甩胳膊就往外走。孙卫民跟在她屁股后面，一直到了卫生院的门口，才说这是干什么？好好的上什么医院？陈红梅头也不回，只在鼻子里哼了哼，就去挂了张妇产科的号。孙卫民像是有点明白了，说，你可别做傻事啊。陈红梅还是不说话，只看了他一眼。孙卫民又说，红梅，还是回去吧。

医生也劝陈红梅回去，不用急的，还早呢，真要来"流"，过了春节也不迟。陈红梅不听，非要马上就"流掉"不可。医生只好实话实说了，大过年的，手术室里可只有实习的医生，为了陈红梅的身体着想，医生建议陈红梅一定要"流"，还是上县城的妇保院去"流"。陈红梅就是不肯，为的就是"流"来的，谁也别想糊弄她。陈红梅心里急，话就说得有点冲。陈红梅说这点小手术都做不了，还叫什么卫生院，还穿什么白大褂。医生马上拉下了脸，还没见过这么不知好歹的人。医生很不客气地指出，又不是要生了，流产嘛，都是偷偷摸摸，闹什么动静？有什么好闹的？医生提起笔就开了一张单子，让陈红梅到外面去付了钱，就直接进手术室好了，他不管了，真是好心没得好报。

出了门诊室的门，孙卫民夺过单子，横一把，竖一把，就撕了，说回去吧，他妈还在家里等着呢。陈红梅嗓门大了，说不去。孙卫民说别闹了，让人家笑话。陈红梅让人家去笑好了。孙卫民笑了笑，已经看出来了，女人就是这样，嘴巴还硬得很，人却早到了要找梯子下的时候了。这把梯子，孙卫民早端正好了。他一点也不急，拉过陈红梅的手，说别闹了，红梅，犯不着自己折腾自己。陈红梅说我愿意，我就喜欢自己折腾自己。孙卫民还是笑了笑，拉着陈红梅一起坐到走廊里的板凳上，话说得相当有道理，再大的气，也不能出在孩子身上，孩子是无辜的。这也是老孙的意思：孩子可不是母鸡下的蛋，打了就打了，你不心疼，他还心疼呢。陈红梅说不关他们的事，这事除了她自己，谁也不能做主。可当公公的还是有做主的事的，昨天夜里老孙就对儿子说了，明天起个早，去镇上把红梅请回来，别忘了跟她说，就说是他老孙说的，哪天有空，让红梅亲自跑一趟县城，孩子的行头也该准备起来了，金锁片、金手镯、金脚镯，有多大的，就打多大的，只要红梅高兴就成，办喜事嘛，就得高高兴兴的。孙卫民把这些话原封不动地搬出来，陈红梅的脑袋低下了，嘟着嘴巴，不出声了。可她抬起头来时，脸上却挂着两行泪。

6

陈红梅的肚子刚过六个月，孙卫民的妈又来了。孙卫民的妈每个月来看陈红梅两次，不是提着一篮鸡蛋，就是拎着两只老母鸡，一点创意都没有，好像还在配给供应那样。不过，这一次稍微有点不同了，孙卫民的妈挎着一篮鸡蛋，后面多了个提着两只鸡的叶芬芳。叶芬芳，陈红梅见过几次面的，挺秀气的一个农村大姑娘，是孙卫民表姨家的堂侄女还是什么的，弄不清楚了。反正一表三千里，是孙家浜上的人，这一点没错。都是他们孙家那条老根上的。

自从喝过陈红梅敬上的媳妇茶，孙卫民的妈很拿自己当回事，对着陈红梅说话也不像以前那么客气了。一进店里，就拉开椅子一坐，说她忙，老孙又添了一批鸡，她后半夜都要起来喂一趟食，就像又在奶着个孩子。见陈红梅一点动静都没有，就说，芬芳哪，别光站着啊，叫人啊，叫嫂子啊。叶芬芳看了眼陈红梅，脸很红，叫得很轻。陈红梅只是抿下嘴，不表示答应，也不表示不答应。孙卫民的妈又说了，乡下孩子就是出不了场面，在家里还整天嫂子、嫂子地念叨，见面就怯了。孙卫民的妈笑呵呵的，那模样，好像她从哪天开始已经成了城里人了，眯起眼睛看看叶芬芳，又看看陈红梅，说，红梅哪，我家里忙，分不出身来，就让芬芳多照应着吧，家里店里的，也别客气，尽管交代给芬芳好了，不懂的就让她学，乡下孩子不嫌累的。陈红梅愣了愣，还没明白出了什么事，孙卫民的妈已经站起来解释了，这是她跟老孙的意思，芬芳不是外人，由她照应着，她跟老孙都放心。陈红梅说不是还有卫民吗。孙卫民的妈说男人懂什么，自己都照应不了自己。说着，她拉了拉陈红梅，一直把她拉到店门外，掐着喉咙说管三顿饭就行了。孙卫民的妈特别强调，钱不能给，他们家还欠着老孙好几千呢。陈红梅还是坚持不要。孙卫民的妈有点不高兴了，说，卫民都答应了，这也是卫民的意思嘛。

　　说心里话，陈红梅担心的就是孙卫民。大着肚子的女人身子是迟钝，可心思活跃，想的事情比平常日子里更多，更细道。什么叫卫民的意思？这要真是孙卫民的意思，那等于是给黄鼠狼送小母鸡来了，都是要当爷爷奶奶的人了，还怕不知道老婆怀孕后的男人最急的是什么吗？陈红梅已经三个多月没跟孙卫民在床上活动了。刚结婚的时候，陈红梅的热情还是很高涨，也是怀着目的的，就盼着能不知不觉地"流掉"。"流掉"了，养养伤，仍然赶得上这个春天，上得了北京的天安门。可是，陈红梅越卖力，却越不抱希望，反过来也就认命了。陈红梅对自己说这都是命，是老天注定的。孙卫民也相当地替孩子着想，一见肚子隆出模样来了，就尽量地早出晚归，不是麻将打到后半夜，就是喝到不行了，稀里糊涂的，怎么回家都记不起来了。可是长夜漫漫啊，孙卫民在一次酒醒之后，还是顶着陈红梅的大腿感叹道：要是旧社会就好了，至少还能有个陪房的丫头。

这句玩笑话给陈红梅留下了不可磨灭的印象。整个下午，陈红梅越想越气，越想越火，而更多的还是对未知的顾虑，但脸上看不出来。陈红梅看着叶芬芳的眼光很有分寸，既像个长辈，又像个主人，不冷不热，不温不火，好像叶芬芳这个人在她眼里有跟没有是一样的。其实不然，陈红梅留了十二分的心了。叶芬芳穿得是土气的，的确良的短袖衫，吊脚管的裤子，可里面的胸脯是圆鼓鼓的，后面的屁股也是圆鼓鼓的，两条辫子不长也不短，走起路来一摆一摆的，活脱脱就是一只拍着翅膀的小母鸡。

陈红梅特意提早打烊，等孙卫民一回家，就抽出菜刀交给叶芬芳，让她去把两只鸡都杀了。陈红梅看着叶芬芳的背影，对孙卫民说明天就把她送回乡下去。

孙卫民问，为什么？

陈红梅说，用不着。

孙卫民问，为什么用不着？

陈红梅说，用不着就是用不着。

孙卫民笑了笑，看了看陈红梅，又笑了笑，说，干吗呢？你不放心什么呢？那是亲戚。

亲戚怎么了？亲戚就不是女的了？这话在陈红梅肚子里转个弯，没说出来。人就是这样，说穿了，把底牌翻到桌面上，反倒把嘴给堵住了。看来，孙卫民是早就有准备的，吃饭的时候就在布置工作了。工作的重心当然是把陈红梅照顾好，而他是不会亏待叶芬芳的。叶芬芳点头，拿眼睛瞟了下陈红梅，不敢出声。陈红梅也不开口，吃完了，打水漱了漱口，像是什么事也没发生，趿着拖鞋进房，打开了电视。叶芬芳低声叫了声哥。孙卫民说吃，吃完了收拾，收拾完了就早点睡。可这饭怎么吃得下？乡下的大姑娘再没见过世面，这脸色还是会看的。早上跟着表姨娘出来的时候还想得好好的，到了镇上嘴要甜，话要少，脏活累活抢着干，先把脚跟站稳了，扎下根，就不怕开不了枝，散不了叶。叶芬芳可不是个拎不清的野丫头，穷人的孩子早当家嘛。穷人的孩子还知道机会来了不拉住，回头喝"乐果"（农药）都嫌晚。可这机会见到陈红梅就变了，就像一篮子打到水里，以为满了，提起来才明白，篮子又空了。叶芬芳低下头，扒着饭碗流泪了。

这丫头说什么也不能留在家里面。孙卫民一走，陈红梅就起来了。打开衣橱挑了几件过时的衣服，找个马甲袋塞进去后，出来叫了声芬芳。叶芬芳碗洗完了，桌子也擦干净了，这个时候正用力擦着厨房里的煤气灶。陈红梅一晃马甲袋，说拿着，几件旧衣服。叶芬芳转过来，一脸都是泪，叫了声嫂子后，赶紧低下头，没去擦眼泪，却使劲绞着抹布。哭也没用，陈红梅在心里哼了声，说想家了？叶芬芳又叫声嫂子。陈红梅说没事，明天就让你那哥送你回去。叶芬芳抬起泪眼，同时也开始抽鼻子了，看着陈红梅，说，嫂子。

叶芬芳哭得太伤心了，坐在凳子上，都有点泣不成声了，但话说得相当明白，字字句句都是带着鼻涕，带着泪的。她爹死得早，还留下了一屁股的债，她妈拉扯着她们姐弟这么多年不改嫁，到现在叶芬芳才知道，她妈为的都是她们姐弟俩，可她这个女儿没出息啊，一点也帮不了家里的忙啊。叶芬芳说一句，就撩起衣襟抹一把脸，可眼泪这时也人来疯，你越是抹，它就越是往外流。那悲伤与绝望，点点滴滴，同时又丝丝入扣，让陈红梅一下子想起了林国英。同样是死了丈夫，自己的妈怎么就比不上人家的妈呢？陈红梅站起来，把马甲袋里的衣服往叶芬芳手里一塞，说好了，别哭了，明天去店里把那小板床搬回来。

陈红梅一觉醒来就后悔了，平日里对自己都心肠挺硬的，怎么见着叶芬芳那两滴眼泪就软了呢？陈红梅想不通，摇了摇头，自己还是一时糊涂了。好在叶芬芳不糊涂，看得清风向。穿上陈红梅的旧衣裳，一天到晚忙完家务就跟在陈红梅屁股后头，照应得头头是道，都有点低三下四了。特别是每天晚上睡觉前那一洗。陈红梅的大肚子太累赘了，俯不下身去。叶芬芳过来叫了声嫂子，蹲下去就把手伸进了脚盆里。陈红梅说别，芬芳。叶芬芳说没事的，嫂子，她妈怀着她弟时，都是她洗的。好像陈红梅一下成了她的妈。那就不光是好意了，都演变为一片孝心了。而且，叶芬芳做得一点也不做作，很自然的，一面说，一面搓着脚丫子，比陈红梅自己洗得都细致。乡下的大姑娘真是太朴实了。洗完了还抬起头，咧开嘴对着陈红梅一笑，一副任劳任怨、心甘情愿的模样，劝陈红梅再泡上一会儿，说是她妈说的，有喜娘子多泡脚是有好处的。不过，叶芬芳迁就得还是过分了。陈红梅洗完脚，换了盆水就开始洗屁股。为了方便陈红梅洗屁股，孙卫民专门让饲料厂的木匠做了张小凳子，用来放水盆。陈红梅叉开两条腿洗的时候，一不小心就把水盆打翻了，咣的一下，溅了一地的水。陈红梅倒没吓着，吓坏的是叶芬芳，跑进卫生间来脸都白了，拍着心口说吓死了，还以为是嫂子摔了呢。乡下人就是善于大惊小怪，言过其实。陈红梅赶紧放下睡裙遮住自己，没注意到叶芬芳已经重新打了盆水，端着，转到陈红梅屁股后面，蹲下去说，嫂子，还是她端着洗吧，稳当。陈红梅这才吓了一跳，这怎么行，叫人怎么洗得下手？这不光是让人害羞，还简直是在作践人嘛。叶芬芳却说得一片真诚：没事的，嫂子，快洗吧。真是盛情难却啊。陈红梅只好撩起裙子来洗，手势放得很轻，速度加快了，可估计水还是能溅到叶芬芳脸上的。穿上短裤后，陈红梅说，芬芳，以后不能这样了。叶芬芳笑着说没事，嫂子。陈红梅却有事，别有一番滋味在屁股上面。回到房间里怎么也坐不踏实，想了想，重新出来，站到卫生间门口看着正拖地的叶芬芳。陈红梅忽然说，芬芳，往后别叫嫂子了，叫姐。

叶芬芳改口叫陈红梅姐了。还不用说，静下来细看，叶芬芳的眼角眉梢，还真有一点陈红梅的影子。尤其是洗完头，披着一脸湿头发的时候，在气质上都有些接近了。真是吃哪家饭，像哪家人。何况，叶芬芳还好学，背地里还偷偷模仿陈红梅，一举手，一投足的，都很留意。镇上的女人就是不一样，怀着孩子呢，还走得那样优雅、含蓄，仍然忘不了挺胸收腹。要放在乡下那些女人身上，一挺起肚子，就马上把两条胳膊摆得张牙舞爪似的，叉手叉脚的，走到哪里都是肚子先行。可陈红梅不这样，人的重心向后了，身子却倾过来了，侧侧的，比一般的有喜娘子要有姿势。不过，叶芬芳仔细分析下来，主要还是陈红梅穿的裙子。不是随便什么裙子都能穿的，那可都是为大肚子特制的，就像小女孩的娃娃裙，上面还镶着花边呢，别致得很。叶芬芳觉得在陈红梅身上要学的东西多了，也不光是怎么走路，怎么穿衣服，可又不敢明着学。叶芬芳看得出来，镇上的女人什么都好，就是心眼比乡下的女人小。叶芬芳只能暗暗地学，默默地记。会了，不显摆出来，留着以后肯定是用得着的。叶芬芳相信自己不可能一辈子服侍陈红梅。总有一天她也会跟陈红梅一样，上完一趟厕所回来，就洗一回手。洗完一回手，肯定还要往手背上抹一回护手霜。现在都快夏天了，这一天下来要洗多少回手，抹多少回护手霜啊。叶芬芳想想都发呆，可还是明白了，这就是镇上的女人，跟乡下女人的区别就从两只手上面开始的。叶芬芳对陈红梅简直有点崇拜了。如果说刚来那阵低声下气、任劳任怨的做法还有一点讨好的成分，那么现在，叶芬芳完全是自觉自愿、一心一意了。偶像都是靠魅力征服人的。现在，叶芬芳一心只想着陈红梅这个姐。有了目标，人才能活得有精神。

按照金大勇的说法，陈红梅这回是多了个徒弟。陈红梅笑笑，不加评论，心里却蛮舒服的。学就学吧，多个影子有什么不好？影子永远是为了衬托别人而存在的。但是，陈红梅的警惕性没有放松，相反，更加注意了。天气是一天比一天热，都让人有点受不了了。孙卫民却改不了农民出身的那习性，一下班回到家里就扒衣服，扒完衣服扒裤子，要一直脱到只剩三角裤才肯罢手，根本不考虑家里现在多了个外人，而且还是个女的。陈红梅打过孙卫民几次招呼了，像什么样子，人家芬芳还是大姑娘呢。孙卫民却不在乎，说得还很理直气壮。孙卫民说芬芳怎么了？人家见得多了，孙家浜的男人一到夏天都是光着屁股下河的，这有什么好大惊小怪的？可孙卫民兜着这一大坨晃来晃去的，怎么叫人看得下去。你孙卫民可以不在乎，陈红梅却舍不得。陈红梅注意到了，叶芬芳已经尽量不朝孙卫民看了，但难免也有避不了的时候。叶芬芳别着头，脸红过好几回了，眼睛也瞟陈红梅好几回了。那意思很清楚，这可不能怪她。陈红梅皱了皱眉头，说孙卫民，你文明点好不好。孙卫民没动静，还在仰着脖子喝啤酒。叶芬芳自作聪明了，为的还是拍陈红梅的马屁，跑过去拿了孙卫民的裤子出来，一脸乡下大姑娘的憨直，说，哥，听姐的，穿上。

事情就坏在孙卫民听了叶芬芳的话，竟然放下酒杯把裤子穿上了。陈红梅一下子气得就像有只手揪住了心。老婆的话当成了耳旁风，一个八竿子打不到一块去的妹子放个屁，孙卫民倒乖乖地听了。而陈红梅更恨的是叶芬芳说话的口气，这哪像是个小保姆说的话，这简直是在命令孙卫民穿上。这个屋子里可以发布命令的人是谁？谁能命令孙卫民穿上或是脱下？陈红梅一个晚上没睡安稳，平日里那些事都是点点滴滴涌上来的。这天，躺在店里的竹榻上，陈红梅忽然要吃西瓜，叶芬芳回家切了半个西瓜来，用水果刀分开来，一块一块地放在柜台，两个人你一块我一块地吃。吃到一半，陈红梅忽然又说要去买两条田径裤。叶芬芳抹着嘴巴说她这就去，还问陈红梅要买多大尺码的与什么样的颜色。陈红梅不回答，隔着柜台看着她，脸色很不一般，眼神也很有意义。陈红梅说用不着，这是给孙卫民买。说完，陈红梅捧着肚子出去了，而意思全都留在柜台上了：西瓜可以分来吃，有的事情只能她来做，是谁也不能代劳的。

陈红梅打着伞气喘吁吁地回来后，就发现她的做法起了作用。叶芬芳小板凳放到了柜台外面，坐得规规矩矩，一双手还夹在了两条腿中间。这么热的天，连电风扇都不敢对着自己吹。陈红梅一上台阶，叶芬芳就出来接过了伞，合上，扶着陈红梅进来，安顿到竹榻上坐下，马上把一块西瓜递了过来，姐，解解渴。陈红梅接过西瓜，叶芬芳一转身已经拧好了毛巾，站在一边候着了。叶芬芳什么都做了，就是没接陈红梅手里那两条田径裤。看来她肚子里什么都清楚，不过还是聪明过了头。陈红梅在心里冷笑一声。对付聪明过头的人，陈红梅有的是办法。她一只手举起了包着的田径裤，说搓一把，晾出去。叶芬芳应了声，接过来，转身要去，陈红梅又叫住了她，像是忽然记起来了，说芬芳，你先过来。叶芬芳重新回到陈红梅跟前，陈红梅却不开口了，有条不紊地啃干净西瓜皮，丢进了边上的水桶里后，擦干净嘴巴，擦干净手，慢慢地躺下去。靠舒服了，陈红梅才说往后要记住，家里贴身那些小衣服，晾干了，就收起来，别老是挂着，这里不比乡下。

大肚子的女人就是心眼小，个个像得了神经病。叶芬芳开始看不起这个偶像，但脸上看不出来，还是一副顺顺当当的样子，可做事、说话，格外地小心。这里不比乡下。镇上的人讲究多，镇上的人还翻脸无情。叶芬芳还听出来了，陈红梅是随时可以把自己赶回孙家浜去的。

7

夏天一过陈红梅的预产期就近了，可天气没凉快下来，温度仍然居高不下。店里陈红梅基本上是不去了，再说开了门也不会有生意，几个月没去进货了，架子上早就空荡荡的了。孙卫民倒是主动上杭州去进过一趟货的，去的时候陈红梅还挺高兴，至少丈夫也知道要勤快了。想着这家店，就等于想着这个家，也就是想着她陈红梅。可他一回来，陈红梅的脸色就难看了。陈红梅俯不下身，编织袋里的衣服都是叶芬芳拿出来，一件一件地递给她。陈红梅抖开来看一件，就往地上扔一件，再看一件，就再扔一件。到后来索性不抖也不看了，指着那一大堆，问孙卫民这都是些什么啊？孙卫民说女式时装，件件都是新款。孙卫民自问对时装还是有一点了解的。陈红梅却气得这么大肚子了，还坚持往那些"新款"上踢了一脚，说垃圾，破烂。说完，用两只手撑着后腰，仰着脑袋，进了房间。孙卫民看了看满地的衣服，又看了看开着的房门，张了张嘴，没说什么，掏出口袋里的钱点了点，叼上一根烟，也不点着就出了家门。

叶芬芳摇了摇头，一个人开始收拾。把衣服一件件放回编织袋里，靠在墙角上。完了，一声不响地回了自己的小房间。现在，叶芬芳是彻底地看不起陈红梅了，还城镇户口的呢，一天到晚还看看电视，看看杂志的，说穿了，比不识字的乡下婆娘都蛮不讲理。现在，叶芬芳什么事也不想说，什么话也懒得问，看在眼里了，也不落进心里面。该干什么，干什么。干完了，一个人钻进自己的小房间。什么哥啊，姐啊的，叫个热闹罢了。叶芬芳是看透了，这户人家是待不长了，走是迟早的事。去哪里？也已经有了方向。现在，叶芬芳心里有了一个人。一想到那个人，就忍不住偷偷地想笑，想用上牙齿去咬下嘴唇。叶芬芳恋爱了，是偷偷地、悄悄地在进行中，谁也看不出来，只有天知地知，他知我知。叶芬芳心里那个他就是金大勇。

叶芬芳第一眼见金大勇是在陈红梅店里，也没什么特别深的印象，就是注意到了金大勇那两条腿，看起来格外地长，跟身体很不对称。仔细看才发现金大勇的腿其实并不长，相对来说比一般的男人还矮了一点。高的是穿在他脚上那双皮鞋的后跟，就像女人家的高跟鞋。叶芬芳估计了一下，金大勇脱掉皮鞋的个头最多跟她差不多，绝不会超过一米六二。这样的男人一般都会被女孩子忽略过去。如今的女孩子眼界可高了，白起眼珠子都是向上翻的，落眼点起码都在一米七、一米八的位置上。一个男人长得不高，那就等于是残废。金大勇每天都来店里好几次，跟叶芬芳也已经熟得不得了，说说笑笑的，有时还会开上一两句一点也不好笑的玩笑。叶芬芳可都是一只耳朵进，一只耳朵出的，从没把他那张脸放在心上面，带到枕头上去过。可以说叶芬芳躺在小板床上什么都想，就是从来不想金大勇这个人。

说起来，叶芬芳心里咯噔一声开了窍，还是从陈红梅的一句玩笑话上开始的。有点一言惊醒梦中人的意味。那天还是老样子，金大勇慢悠悠地晃进来，没说上几句就急匆匆地跑着回去了。隔壁的皮鞋铺里来了顾客，在嚷着叫老板呢。金大勇再次来到陈红梅店里就发感慨了，说自己要是也有叶芬芳这样一个帮手就好了。陈红梅躺在竹榻里，说金大勇需要的不是帮手，是老板娘。金大勇笑呵呵的，眼睛很无奈地落到陈红梅脸上。那意思，叶芬芳还不明白，陈红梅却清楚得很，是溢于言表的。陈红梅有点烦了，不能动不动就用这种眼神看人，那是很没意思的。于是，她笑了一下，忽然说要不把我们芬芳娶回去，给你当老板娘好了。这完全是一句玩笑话，说完，陈红梅就笑得咯咯的，叶芬芳却羞得脸都没处放了，而更多的是生气，不能老拿乡下人大姑娘寻开心，好像自己就是孙卫民的妈拎出来的那些童子鸡，想让谁吃，就给谁拎回家去。叶芬芳觉得伤了自尊心，玩笑就变得有那么一点正经了，大眼睛白了陈红梅一下。不过，叶芬芳马上就发觉这一下过分了，可白出去的眼睛怎么收得回来？只能重新回到玩笑里面，拖长着音调叫了声姐。语气相当地羞涩，矫情得很，可埋怨的味道还在。陈红梅听出来了，反倒一本正经起来，说人家大勇有什么不好，有手艺，有店面，人家还是独子呢。那口气，好像自己就是叶芬芳的妈。

叶芬芳想想也是，一个女人家图什么？还不是想这辈子不愁吃，不愁穿的，就跟陈红梅一样，大了肚子就能一天到晚躺在竹榻里面，踏踏实实的，衣来伸手，饭来张口的。你陈红梅舍得把自己嫁给孙卫民，还不是图他乡下家里养的那些鸡啊、鸭的？那她叶芬芳为了一双双的皮鞋，把自己嫁到镇上来，说起来还比陈红梅高出一个档次呢。金大勇人生得是矮了点，可反过来，怎么说你陈红梅都是水往低处流了，而她叶芬芳可是人往高处走的。叶芬芳像是在跟陈红梅暗地里较劲，躺到小板床上开始想金大勇了。想了好几个晚上后，下决心了，要努力争取一把。叶芬芳没谈过恋爱，可这有什么关系？谈恋爱嘛，用村里的话说，船到桥洞自然就直了，关键是不能让陈红梅看出来。叶芬芳知道，让陈红梅看出半点名堂来，自己睡在小板床就等于白想了。

叶芬芳还是自己给自己创造了机会。本来陈红梅一般都是在店里打午觉的，躺在竹榻里，两只脚搁在一张方凳上面，睡得很不实在，半梦半醒的，有时还要被顾客吵到。天气转热以来，生意的淡季也跟着来了，店里的库存不多，而且大多数是尺码不全的，有一吊没一吊地挂着。有一天中午，叶芬芳趁着陈红梅睡前瞎聊的时候，提建议了，像是随口说说，一副没经过大脑的样子，而为的都是陈红梅的午觉着想。叶芬芳说姐，还是床上去睡，踏实。陈红梅叹了口气，懒洋洋的，朝着货架上面看了眼，像是在考虑。叶芬芳却有点急，想再添上一把柴，就说店里她看着就行了，反正价钱她也熟了。陈红梅一下收回了目光，拿眼睛对着叶芬芳，醒目得很。叶芬芳一惊，不禁在心里骂了句自己，赶紧说要不把她睡的小板床搬回店里来。陈红梅问她那你睡哪里？叶芬芳笑着说她睡地上就可以了，地上凉快，大热天的，她们乡下都是用草席一铺睡地上的。这里可不是乡下。陈红梅撑起身子，想了想，说也好，那她就回家去躺一会儿，要是没什么生意，她让叶芬芳也早点打烊了，回来陪她。叶芬芳长长地吐出一口气，陈红梅一走，心就跟着怦怦地跳了起来。可是，又不好急着去隔壁的皮鞋店，叶芬芳的脸皮没那么厚，就算急得着了火，这种时刻，也得压着，得忍着。忍耐与等待对于女人的一生都有相当的意义。叶芬芳靠进竹榻里面，眼睛向下垂，看着自己的鼻子尖，就跟陈红梅躺着时那模样，把两只手叠起来，一起放在肚子上面。叶芬芳幸福得不行，一张竹榻就让人变了个样，好像已经成了老板娘，而更像是肚子里还怀上了金大勇的孩子。叶芬芳沉浸在无边无际的想象中。可金大勇还是吓了叶芬芳一大跳。叶芬芳睁开眼睛就见他站在跟前了，一点声音都没听见。要死。叶芬芳拍着胸口说吓死人了。金大勇不说话，像是看呆了，还有点不敢相信，一个土里吧唧的乡下大姑娘闭上了大眼睛，看起来怎么这么地恬静，这么地安详，长长的眼睫毛盖在眼皮下面，稠密得就像画上去的。叶芬芳在金大勇注视下，脸红了，做贼心虚得很，不得不别转脑袋，心里骂自己，要死，怎么又不知道该说什么了。可金大勇同样不知道该说什么，就只顾得上呵呵地傻笑。

话最后还是挑开了。这些天，叶芬芳很注意自己的形象，大动作不能有，只能在细节上头偷偷地下功夫。陈红梅一回去睡午觉了，叶芬芳做的第一件事就是把辫子解开，让一头的黑发披在肩上，看上去很蓬松，而且还有那么一点卷曲，一起一伏的，里面藏的都是一个姑娘家的心思。叶芬芳甚至想拿陈红梅抽屉里的口红来用一用，想想还是算了，太明显反倒衬得自己贱了，也怕让陈红梅看出来。叶芬芳坚持不去隔壁的皮鞋店，再怎么想，也不能那么做。但动静是要有的，母鸡都知道在要紧的时候得扇翅膀，得咯咯咯地叫唤。这道理，叶芬芳显然是懂的，叶芬芳采取的办法是唱歌。当然，这也不能算是一本正经地唱歌，叶芬芳通常是只哼歌曲，不唱歌词的。哼些什么曲？这都是无关紧要的，目的是把声音传到隔壁去，钻进金大勇的耳朵里。所以太轻了不行，太响了也多余，路过的人还以为出了神经病呢。叶芬芳的曲哼得恰到好处，丝丝入扣。一回，两回，三回的，都快成了暗号了。叶芬芳躺在竹榻里，自己都有点数了，估计差不多了，就把嘴闭上，连同眼睛也一块闭上，像是睡着了，只留耳朵在了店门口。叶芬芳是听着金大勇进来的，那姿势想都想得出来，一晃一晃的，看上去很随便，就像串门，其实是故意装出来的。男人的那点心思，都是写在脸上的。这天，金大勇站了很久没出声，叶芬芳忍不住了，睁开眼睛。金大勇看着躺着的叶芬芳，很突兀地说了句：真像老板娘了。这是很平常的一句话，吊头不吊尾的，一点用意都听不出来，什么人都可以说，什么人也都可以听。叶芬芳却不，像是一下让人戳到了伤疤上，盯着金大勇看了会儿，眼睛里就蒙上了一层雾。一点一点地，雾凝聚成了一颗泪，却怎么也掉不下来，挂在眼睛上面，好一阵，才说，我可没那个命。

金大勇今天也热昏了，想也没想，就说，有的。

叶芬芳坐起来了，眼泪跟着就往下掉。叶芬芳问，在哪？

然而，要紧的时刻偏偏有人来捣乱了，隔壁要买凉鞋的老顾客找来了，站在大街上喊金大勇，问他还做不做生意了。金大勇去也不是，不去也不是，急得直挠头皮，但还是跟着去了。临走，没头没脑地说了两个字：等着。可叶芬芳却不愿再等了，脑子没有毛病的人，这个时候都等不及。叶芬芳胡乱擦了把脸，在店堂里面转了两转，就去了隔壁。但是，回锅的油条难下口。支着柜台，叶芬芳又不知道说什么好了。真是急死人。叶芬芳只好一头埋下去，看着柜台里面的皮鞋。叶芬芳忽然说要买双皮鞋，给她弟弟穿的，她弟弟都十八岁了，还没穿过皮鞋呢。她还说还有她妈，也不知道她这辈子穿没穿过皮鞋，她还要给她妈也买一双。叶芬芳都不知道自己在说些什么了。金大勇却说，来，你自己挑。

叶芬芳说，算了，不要了。

金大勇说，一定要的。

叶芬芳说，我没钱。

金大勇说，谁要你钱了。

叶芬芳这才脑子清醒起来，涨红着脸，抬起头，说，你当我什么人啊？

金大勇说，你说什么人，就是什么人。

叶芬芳在心里长长地松了一口气，眼泪却又下来了。爱情中一旦掺和了眼泪，那恋爱就不光是一种滋味了。特别是金大勇，在皮鞋店里再也坐不住了。每一分钟都是难熬的，在墙上打个洞的心思都有。然而，金大勇还得老老实实地坐着。叶芬芳说了，不能让她姐看出来。金大勇当初还不理解，眼睛瞪得老大。叶芬芳解释，红梅姐会生气的。金大勇可不在乎，生气怕什么？大不了就是不伺候了嘛，此处不留人，自有留人处嘛。叶芬芳却摇头，主动拉起了金大勇的手，说大勇哥，不可以的，红梅姐正怀着呢，做人不能这个样子。听听看，多有良心的一个乡下大姑娘，对外人都这样好，那对自己就可想而知了。金大勇幸福得都开始颤抖了。现在，金大勇的脑袋里面再也没有陈红梅了，这么多年的念头，一下更新换代了，往往都会有点头重脚轻，有点不知道自己在干些什么了。这天中午，两只屁股一条板凳，他们并排坐在柜台后面，都有点躲起来怕人看见的意思，头埋得很低，凑在一块，话倒没怎么说，就是你看我一眼，我看你一眼，笑得唏唏的，很克制，又很放肆，像两个斯文的精神病人。可是，叶芬芳发现金大勇的眼神不对劲了，就像一滴汗，顺着她脖子就往连衣裙的领口里面淌。进去了，还不想马上出来，在那里转悠着呢。叶芬芳脸一红，站起来一扭腰，说，大勇哥，别这样。

金大勇的脸更红了，那抬起来的眼神可怜得不行。金大勇说，芬芳。

叶芬芳说，大勇哥。

金大勇说，芬芳。

叶芬芳说，起来。

金大勇说，芬芳。

叶芬芳说，什么？

金大勇不回答，屁股离开凳子，蹲在柜台下面，一把抱住叶芬芳的两腿，颤抖得不行，喉咙里还呜呜的，不知道说的是什么。叶芬芳是吓坏了，怎么想得到金大勇在大白天都敢抱自己，而且，抱的还是下半身。叶芬芳不知怎么才好，不敢动，更不能叫，只能夹紧两条腿由着他。镇上的人什么都好，就是太流氓了一点，胆子也太大了一点。叶芬芳说大勇哥，往后不可以了，给人看见，羞死人了。而更羞的人是金大勇，软得像根咸菜心，头耷拉了还不算，连腰都直不起来了。

8

事情出在这一天晚上。大概十来点钟的时候，陈红梅起来上了趟卫生间。要是放在平常，陈红梅这一趟都是要等到孙卫民回来才上的。主要是撒尿，其次就是观察一下孙卫民，看看他头发有没有乱，脸上有没有席印子，衣服的扣子有没有扣错。这些，都是陈红梅格外注意的，憋了这么多日子，男人单靠打麻将就能解决问题了？陈红梅自己都不相信。可是，这个晚上嘴馋了点，临睡又喝了杯牛奶，陈红梅有点憋不住了，而问题是出在马桶边上的卫生箱里。陈红梅轻松了以后，顺手掏了把，里面的草纸用完了。本来，用完了嘛也就算了，天气还那么热，坐在上面晾一下也就干了。可陈红梅这几天有点看不惯叶芬芳，这丫头越来越心不在焉了，连草纸用完了都不晓得添进去。陈红梅坐在马桶上叫了声芬芳。不见答应，又叫了声。还是不见答应。陈红梅想明天一定要记得，要好好跟她说说了，木鱼不敲不响，蜡烛不点不亮。陈红梅自己也没想到拉上裤衩后会去叶芬芳的房门上推了把。门开了，里面黑乎乎的，静悄悄的，睡得就像死了。陈红梅还在心里骂了句，又叫了声芬芳。陈红梅一下就提起神来，啪地打开灯，小板床上蚊帐低垂着，蚊帐里面却空空荡荡的。陈红梅的心也一下子就空了，但马上想到了丈夫孙卫民。

　　陈红梅是听着孙卫民回家的。孙卫民的人还在外面的路上，口哨声已经进屋了，由远而近，听上去那么地刺耳，那么地揪心。平常陈红梅是很喜欢听孙卫民吹的，尤其是那曲《热情的沙漠》，那样地欢快，那样地跳跃，听得入神了，人都会跟着像火苗一样跃动。最近，连没出世的孩子也好上这声音。孙卫民一吹，就在陈红梅肚子里面手舞足蹈的，很是欢欣鼓舞。孙卫民人还没进屋，陈红梅的肚子里面又起动静了，一下一下的，像跳迪斯科。真是个拎不清的小东西。陈红梅一屁股坐在饭桌前的一把钢折椅里，人却钻进了牛角尖。

　　孙卫民进屋后愣了愣，他居然还笑得出来。孙卫民笑嘻嘻地说睡吧，不用等他的。陈红梅不出声，眼睛死盯着那扇关上的大门。孙卫民又说声睡吧。说着，三下两下把自己扒得差不多了，进房拿了件裤衩后，一头钻进了卫生间，哗哗地开始洗澡了。孙卫民从卫生间里出来后，见她还一动不动地坐着，就皱了皱眉，上前扶了一把，口气是命令式的，说来，睡觉去。陈红梅不动，对着那扇大门问他，干吗不一起回来呢？杜卫民一愣，也跟着看了眼那扇门，不说话，但心里有数了，陈红梅这是老毛病又来了。孙卫民双手一拍自己那两条光溜溜的大腿，扭头就往房里走，一边自说自话，我可要睡了，明天还要上班呢。

陈红梅没想到要动刀子的。她关了灯，憋着一口气，抱紧了两条胳膊，一动不动地坐在黑暗中。她倒要看看那死丫头是怎么个回来法。是杜卫民的呼噜声点着了那根导火索，一下子，陈红梅想都没想，上厨房里提了把菜刀，就来到房间里。孙卫民四仰八叉地躺着，嘴巴还在一张一翕的，梦里都是一副吃饱后味道好极了的模样。陈红梅却不知道怎么下手好了，看了看手里的菜刀，又看了看床上的丈夫，想了好一会儿，还是在根上找原因。她一把拉下陈卫民的裤衩，都抓在手里了，陈卫民还动了动，在睡梦中哼了一下，很舒服，很享受的样子，把两条腿叉得更开了。杜红梅心想让你舒服，叫你享受。可是，杜红梅没有手起刀落。肚子里的孩子忽然来动静了，在里面暴跳如雷，一个劲地跺着脚催她快呀，用力呀，砍呀。陈红梅一把捂住肚子，钻心的疼，整个人都弓了下去，满脑袋的血一下回到了肚子里，忽地一下，陈红梅意识到了，伸进裙子一摸，一手的血。

陈红梅是提着菜刀来到卫生院的，可以说是一步一个脚印，撑着两条血淋淋的大腿站在了产科病房门口。瞌睡懵懂的护士惊醒了，噎地叫了声，首先看到的是陈红梅手里的刀，很害怕，不知道说什么好了，抬着脑袋看呆了。陈红梅说快。小护士还是不知道发生了什么事。陈红梅拼着最后一口气，尖叫：脑袋出来了。

四十分钟后，陈红梅早产生了一个女儿。孙卫民却一点都不知道发生了什么，还是叶芬芳把他叫醒的。孙卫民坐起身发现自己的裤衩褪到了大腿上，很不好意思，赶紧拉上，叶芬芳却一点也没在意。叶芬芳注意的是床边的血。要是放在平常，叶芬芳回来还要早一点的。可是，金大勇不肯，一个晚上比一个晚上缠绵。叶芬芳没办法，身上都让汗水浸透了，但还是顺了他的心意。谁知，这一躺就迷糊过去了，醒来一看都快两点半了，吓出了一身的汗，要死，怎么闭上眼睛就睡得跟头猪似的？叶芬芳慌忙穿戴。金大勇拉了拉她，说芬芳，别回去了。叶芬芳不理他，自顾自下了床，蜷起小腿把凉鞋拉上。金大勇坐在床上，又说芬芳，结婚算了。叶芬芳不动了，抬起眼睛看着窗帘布，一下一下地眨巴着。这话等了多少天了，叶芬芳想不到这个时候却来了。自从第一次躺下来，叶芬芳就在想了，可不能让他白睡啊。那个时候，叶芬芳还是有点吃不准的，自己可是什么本钱都扑在上面了。今天晚上金大勇终于开了口，叶芬芳的一块石头总算落了地。可是一进门，叶芬芳就发觉出事了，堂屋的灯亮着，陈红梅的房门大开着，里面也亮着灯，而床上躺着的只有孙卫民一个人。叶芬芳见到床边的血，很是触目惊心，孙卫民却还愣在那里，一手提着裤衩，一手揉着眼睛。叶芬芳扭头看了看一路滴出去的血，说，怕是上医院了。

9

陈红梅没有反应。叶芬芳说得很清楚，她要结婚了，男人是金大勇。叶芬芳说话的时候，竭力压制着自己，根本看不出有一丝一毫扬眉吐气的样子，低着脑袋，口口声声的，语气里面有的只是感激。叶芬芳说要是没有陈红梅这个姐，就没有她的今天，她跟大勇一辈子都不会忘了陈红梅这个姐的。陈红梅靠在病床上面，翻了翻眼皮，不吱声，胸口上压着的那块石头松动了许多，只要跟孙卫民没关系就好。可是，陈红梅松爽不起来。什么原因？说不清楚，就是想不通，叶芬芳的结果怎么会是这个样子的？自己一天到晚防贼似的防着，睡觉都是睁一只眼闭一只眼的，她叶芬芳有什么能耐在她眼皮底下跟姓金的好上了？这个时候，陈红梅甚至都愿意叶芬芳跟孙卫民勾搭到一块去了，让孙卫民把她扒光了，挤她，压她，玩弄她，最后抛弃她。陈红梅被自己的念头吓了一跳，一下挺起身来，睁大了眼睛。床边的叶芬芳也吓了一跳，说姐，怎么了？陈红梅摇了摇头，长长地吐出一口气后，一点一点松下劲去，慢慢地闭上眼睛。什么都不想想了，什么都不想看了，孩子生出来了，陈红梅的肚子里面，一点一点的，落寞与失望的情绪又积聚起来。真正高兴的人是孙卫民，像绝大多数第一次当上父亲的男人一样，有点手忙脚乱，在病房里面进进出出的，都不知道该忙些什么好了。孙卫民总算找到了一件要做的事情，上新华书店里买了一本《新华字典》，回来坐在陈红梅床头一页一页地翻，然后支着下巴苦思冥想，才给女儿取出一个名字来，梦宜。孙卫民问陈红梅怎么样？就叫孙梦宜吧。陈红梅不表态，旁边陪床的一个男人笑了笑，插嘴说不好，梦遗、梦遗的，还不如早泄呢。

在给女儿取个什么名字的问题上，孙卫民伤透了脑筋。孙卫民认为女孩子嘛，名字里带个"梦"字多好听，多有诗情画意，虚虚实实地，如梦如幻地多迷人。陈红梅坚决不同意，女孩子就得脚踏实地的。女人的事情基本上都是坏在了胡思乱想上头。孙卫民不高兴了，把《新华字典》往陈红梅怀里一塞，说那你来取，他倒要看看陈红梅能取出什么像样的名字来。陈红梅不理他，把《新华字典》往床脚边一丢，转脸对着女儿还没长开的小脸。说穿了，陈红梅自己也知道，给女儿取什么样的名字不重要，陈红梅只是气不过。孙卫民的父母太不像话了，乡下人的嘴脸，赚多少钱都盖不住的。不就是没抱上孙子吗？也不至于做得这样绝。按理说，媳妇的月子嘛，理所当然是接到乡下去坐的，由婆婆亲手伺候着，过来人懂得调理，这也是当地的老传统了。可是，孙卫民的父母一点动静都没有。出了院，老夫妻俩才一起来过一趟，连孩子都没抱一下，孙卫民的妈就关照了几句，告诉陈红梅澡不要洗，头不要洗，牙更加不能刷了。陈红梅不理她，抱着女儿只顾拨弄她的小手指。孙卫民的妈又说了，千万不能竖起来，孩子的脖颈还软着呢。陈红梅就当她在放屁。陈红梅的注意力这会儿都集中到了外间里。公公的失望是溢于言表的，陈红梅还是第一次听见老孙在埋怨儿子，怎么这么不争气呢？第一窝就没叫响。看样子老孙是不抱孙子不死心的，在外面鼓动儿子呢，说他拼死拼活的，又养鸡又养鸭的，为的是什么？他让孙卫民好好地去想想，他可是还在盼着呢。陈红梅在心里面冷笑，你盼着有什么用？孙卫民再怎么忙活都不管用了，早在妇产科的手术室里，医生就问过陈红梅了，装不装，晚装不如早装，还是一步到位的好，省得以后多吃一趟苦头。医生给陈红梅装了一只节育环。陈红梅相信，在这件事情上面是绝不会再出偏差了。

可出偏差的是孙卫民，这是陈红梅做梦都没想到的。转眼女儿的百日就过了，又一年的春节来了，大家都是欢天喜地的。陈红梅倒是想咬咬牙，出去把服装店开上一个月，把年底这一票赚进来了再说。可是，孙卫民没让。孙卫民说到底是心疼老婆与女儿的，说钱算什么？身体才是最要紧的。自从厂长进去后，孙卫民多少起了点变化，烟抽得多了，话却明显地少了。要么不说，一说出口，往往都是直来直去的，听着让人的耳朵根里很不舒服。陈红梅后来才知道孙卫民是让人欺负了，窝着一肚子的火呢。新来的厂长太不像话了，一来就搞什么改革，孙卫民第一个下了车间，还说这是为了培养行业的多面手，年轻人不下去锻炼谁去？孙卫民当场就发火了，一巴掌下去，把厂长写字台上的玻璃都拍碎了。可是有什么用呢？陈红梅在床上拍着女儿，给孙卫民出了个主意，说怕什么？大不了不干，你家里又不是没有钱。孙卫民想想也是，人争一口气，佛争一炷香，现在还犯得着去看人家的面孔吗？索性打了长病假，在家里一门心思地服侍起老婆女儿来了。孙卫民想得很好，白天买、汰、烧，晚上看看电视，女儿要哭，就抱着她围着屋子转圈。一家人抱成团，围成圈的，那有多好。然而不行，孙卫民不是这样的料。一个大男人成天待在家像什么样子？这些，陈红梅都看在了眼里，太委屈了，也太没出息了。陈红梅想劝孙卫民出去走走，聊聊天的，镇上头开着那么多的饲料行，孙卫民跟那帮人关系不一般，喝喝酒，打打牌的，那才像个男人的样。但陈红梅忍住了，这个口子不能随便地开，孙卫民是什么脾气的人？陈红梅也是清楚的。那可是放出去容易，收回来难的一只鸟，还是拴在自己的裤子带上稳当些，女儿都给他生了，服侍几天是算不了什么的。

让陈红梅改变主意的是孙卫民的妈。这天中午，孙卫民刚收拾完桌子，他妈来了，风尘仆仆的，一进门就笑呵呵的。孙卫民的妈自从儿子结婚那天起开始穿戴起来了，身上穿着黑呢的短大衣，耳朵上头还挂着一副金耳环。为了这两个圆圈圈，孙卫民的妈特意在头发两边加了两只发卡，目的是把耳朵露出来，这个时候已经冻得通红了。孙卫民没说什么，忙着洗碗呢。孙卫民的妈就自说自话了，呵了两口手心，就把陈红梅怀里的孩子抱了过去。谁知，孩子认生，一到奶奶怀里就哇哇地哭。孙卫民的妈还不肯放手，以为自己很有能耐的样子，一个劲地哄着，乖，别哭，奶奶抱抱。孙卫民在厨房里面开口了，说好了，烦不烦啊。孙卫民的妈有点下不了台，只好自觉地把孩子交回到陈红梅手里，说噢，是要吃奶了。争气的是孩子，一到陈红梅怀里马上就笑了，眼泪还挂在小脸上，两只小脚就在陈红梅手心里一蹬一蹬地跳了。陈红梅始终不看孙卫民的妈，眼皮都没抬一下。孙卫民的妈站在屋子中央搓着两只手，说明了来意，年还是回孙家浜来过，被子她早就晒好了，母女俩还要准备些什么，她让陈红梅说好了，老孙就是让她特意出来问一声的。陈红梅不出声，沉着的脸更阴了，抱起女儿一扭屁股就进了房间。一边走，一只手还解着衣服扣子，一副急着喂奶的样子。孙卫民的妈扭头看了看出来的儿子。这个时候，当妈的特别需要儿子的一句话。孙卫民想了想说算了，年他们还是在这里过算了。孙卫民的妈说那怎么行？哪有不回家过年的？孙卫民说这里不是他的家吗？孙卫民的妈一走，陈红梅就坐在床上招手了，让孙卫民来，她有话要说。陈红梅拉着孙卫民坐到床沿上，慢慢地把脑袋靠过去，轻轻地枕在他肩膀上。一家三口，一起映在梳妆台上的镜子里，就像一张全家福，气氛是相当感染人的。陈红梅由衷地说过不过年没什么大不了的，两人开心就成了。她让孙卫民别一天到晚待在家里了，女儿都生了，还没把老婆看够吗？

孙卫民晚上是绝对不出去的，主要是女儿的日夜颠倒了。白天没一点声音，不是吃，就是睡，一到后半夜就不行了，好像电灯光是扎人的，闭着一双小眼睛就知道哭，怎么哄都不成，奶头都堵不住她的嘴，非得抱着、颠着、围着屋子兜圈子不可。这个工作只能是孙卫民担当了。从年底开始，孙卫民的日子过得很有规律，上午跟女儿一起睡，中午起来吃，吃完了出去打上四圈麻将，回来后，做饭、炒菜，上了床对着电视机，一切都是为了等待女儿后半夜的啼哭。看来，男人只有当了父亲才能真正地懂事。陈红梅一下子就感觉到了幸福。一个人坐在家里想来想去，幸福是什么？陈红梅自己得出了一个结论：幸福就是什么事都用不着操心，就是昨天怎么过的，今天还怎么过，明天肯定仍然这样过。

10

正月十五一过，春节的迹象一点也没有了。街上的店面又恢复到了老样子，把红灯笼一摘，每天又准时地开，准时地关了。陈红梅也打算好了，再调理上个把月，等到春天真正地来临了，就把女儿送到饲料厂的托儿所里去。那可是孙卫民应得的福利，不享白不享。陈红梅还进一步考虑，趁着老店新开的新机遇，把服装店的档次也提升一下，再也不能用以前的老面孔见人了。陈红梅虽然人待在家里，可心已经到了生意上，早就注意起新春里的服装款式来了。抱着女儿出去散步的时候，很留意新华书店柜台里的《上海服饰》。这天下午，她给女儿换好尿布，又打算抱着出去转转，却听见有人在敲门，还有一个文文静静的声音在问是不是孙卫民的家。陈红梅拉开门，一个文文静静的男人探头探脑地站着。陈红梅说不在，出去了。来人点了点头，说不在就对了。陈红梅皱起了眉头，正想把门关上，那人自我介绍说他是饲料厂刘玉华的男人，他本人是自来水厂的会计。陈红梅盯着仔细看了下，多少是有点印象的，交水费的时候是见过这么一张脸的。可陈红梅这时想的是刘玉华，脑袋里一下塞满了那个胖乎乎的女人，心里咯噔转了个弯。刘玉华的男人请陈红梅跟他走。陈红梅没动，抱紧了女儿，还在想，刘玉华可是三十好几的人了，他们的儿子都上小学了。刘玉华的男人又说，你还是去一下的好。陈红梅说干什么。刘玉华的男人推了推眼镜，说，你自己去看吧。刘红梅不动。刘玉华的男人说，你得去管管你的男人。说完，他叹了口气补充说，我是没办法管刘玉华了。

刘玉华的男人低着脑袋一个人走在前头，走上一段，就停下来等上会儿，脸上的意思十分明显，还不快走。可陈红梅实在是拖不动自己的两条腿，整个人都像中风似的，一个地方比一个地方不听使唤。不过，陈红梅脑子还是清楚的，一路上问自己，这可能吗？这怎么可能呢？刘玉华的长相她又不是不知道，自己的屁股都要比她的脸蛋有姿色多了。陈红梅将信将疑，来到下西街上，步子一下子加快了，几乎是怀着一份好奇心在往前走了。经过金大勇的皮鞋店时，陈红梅停了停，进去一声不响地把女儿往叶芬芳怀里一塞。叶芬芳惊讶得很，自从搬出来后，陈红梅可是从没有像模像样地搭理过自己的。叶芬芳一点心理准备都没有，匆匆忙忙地，想笑，一看陈红梅的脸色，笑不出来了。

刘玉华的家在自来水厂宿舍的四楼，走到楼梯口时，刘玉华的男人拦住陈红梅，竖起食指放在自己嘴巴上嘘了下，然后掏出钥匙，轻手轻脚地向上走。陈红梅跟在他屁股后头，人提起来了，心提得更高，简直是飘上四楼去的。可是，刘玉华的男人怎么也打不开门，他回过头用眼睛请示了一下陈红梅。陈红梅一点动静都没有，抱着两条胳膊靠在楼梯栏杆上，望着他家门上倒贴的那个福字，好像跟自己一点关系也没有，自己只是来看热闹。但陈红梅心里不是这样的，急得都有点恍惚了。刘玉华的男人敲了多久的门，陈红梅不清楚，反正每一下都是敲在她的心上，这她感觉得到，实实在在的，都快裂开来了。开门的人是刘玉华，镇定得很，还很生气的样子，是一把拉开来的，咣地一下，门撞在了墙上，又弹了回来。刘玉华的大波浪梳得很整齐，衣服也不像是从床上慌慌张张下来时套上去的，大红的滑雪衫，拉链严严实实，一直拉到了脖子上。可陈红梅一看她的脸就知道是从热被子里出来的，不是一般的红。而孙卫民的脸是白的，从来没这样白过，站在刘玉华的背后，不敢盯着人看，可又非看不可，两只眼睛成了一个乒乓球，对着三个人拍过来，弹一下，打回去。刘玉华的男人伸出手指，不知道指着谁，就知道对着陈红梅说，你看，你看，你看。

陈红梅忽然有种错觉，好像轧姘头的不是别人，反倒是自己，让人捉奸在床了，什么都没穿，光溜溜的，直挺挺的，一点遮蔽都没有，什么都在众目睽睽下面了。陈红梅一言不发，掉头就走，可怎么回到家的？她不知道。路上跟谁打招呼了？也记不起来。陈红梅就知道孙卫民跟在了她屁股后面，她走得有多快，孙卫民就跟得多快。到了家里，陈红梅回过头来仔细地看了一眼孙卫民，不说话，看完之后，一头钻进了卫生间里，砰地关上门。陈红梅翻下抽水马桶的桶盖，一屁股坐在上面，两只手一起捂在脸上，把头埋进了自己的裤裆里。陈红梅还是哭不出来，眼泪虽然从手指缝里滴下来，但这绝不是哭。

　　孙卫民这时在外面敲门，红梅、红梅地叫。陈红梅这才忽地站起来，哗地一拉水箱。习惯成自然了。陈红梅狠狠地拧出一把鼻涕，索性打开水龙头，就着冷水，仔仔细细地洗了一把脸。一直洗到脸比自来水更冷了，一把拉开门，就像从冰天雪地里回来一样，陈红梅对孙卫民说离婚。孙卫民不说话，看了会儿陈红梅铁青的脸，慢慢走到桌子边，坐下去，又抬起头，眼巴巴地盯着陈红梅。陈红梅还是那两个字：离婚。结婚不是女人的第一张牌，离婚肯定是最后一张了。这是毫无疑问的，女人这辈子最理直气壮的就这么两个字——离婚。陈红梅尖着嗓子又叫了一遍后，一甩手进了房间。孙卫民一声不响地坐了会儿，忽然想起什么，赶紧走到房门口，扒着门框，小心翼翼地问，红梅，孩子呢？你把孩子扔哪里了？

图书在版编目（CIP）数据

站在到处是人的地方 / 畀愚著 . -- 北京：作家出版社，2024.10

ISBN 978 – 7 – 5212 – 2133 – 6

Ⅰ . ①站… Ⅱ . ①畀… Ⅲ . ①中篇小说 – 作品集 – 中国 – 当代 Ⅳ . ① I247.5

中国版本图书馆 CIP 数据核字（2022）第 235858 号

站在到处是人的地方

作 者：畀 愚

责任编辑：田小爽

装帧设计：李 一

出版发行：作家出版社有限公司

社 址：北京农展馆南里 10 号 邮 编：100125

电话传真：86 – 10 – 65067186（发行中心）

86 – 10 – 65004079（总编室）

E – mail: zuojia@zuojia. net. cn

http: // www. ZUOJIACHUBANSHE. com

印 刷：三河市紫恒印装有限公司

成品尺寸：142 × 210

字 数：158 千

印 张：7.5

版 次：2024 年 10 月第 1 版

印 次：2024 年 10 月第 1 次印刷

ISBN 978 – 7 – 5212 – 2133 – 6

定 价：58.00 元